帝王燕

제왕연 2

ⓒ지에모 2020

초판1쇄 인쇄	2020년 10월 19일
초판1쇄 발행	2020년 11월 3일

지은이	지에모芥沫
옮긴이	이소정

펴낸이	박대일
편집	이문영 · 박지해 · 임유리 · 신지연 · 곽현주
마케팅	임유미 · 손태석
일러스트	흑요석
디자인	박현주
교정	김미영

펴낸곳	파란미디어
출판등록	2004년 9월 14일 제313-2004-00214호

주소	03992 서울시 마포구 동교로23길 14 국제빌딩 6층
전화	02.3141.5589 영업부 070.4616.2012 편집부
팩스	02.3141.5590
전자우편	paranbook@gmail.com
카페	http://cafe.naver.com/paranmedia
인스타그램	@paranmedia

ISBN	978-89-6371-823-1(04820)
	978-89-6371-821-7(전21권)

제왕연

2

帝王燕 지에모芥沫 지음—이소정 옮김

파란

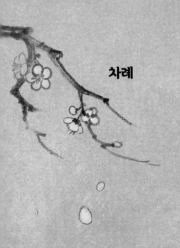

차례

배반, 큰일 났다

반 시진도 안 돼 강 대인은 금군을 동원해 어약방을 단단히 포위하고, 누구도 드나들지 못하게 했다.

그는 남궁 대인의 협조를 받아 이 약선과 관련된 약노, 약녀, 약공, 약사는 물론이고 약재를 한 번이라도 만진 적이 있는 태감과 궁녀들까지도 모두 찾아냈다. 그리고 혐의가 있는 자는 모두 감옥에 가두고 심문을 기다리게 했다.

강 대인은 누군가가 약선 꾸러미에 손을 댔다고만 하고 구체적인 상황은 공개하지 않았다. 정왕 전하가 약을 먹었는지 아닌지는 더더구나 이야기하지 않았다.

일단 소식이 새어 나가자 궁 안팎이 소란해졌다. 심지어 태후 마마까지 직접 정왕부로 와서 정왕의 안위에 관심을 기울였다.

회녕 공주와 기복방은 방화궁에서 손톱을 다듬으며 담소하고 있었다. 그때 설 공공이 총총히 달려와 어약방 상황을 보고했다. 두 사람은 마음이 통한 것처럼 서로 얼굴을 쳐다보며 웃었다.

설 공공이 물러가자, 기복방이 기다리지 못하고 말했다.

"공주마마, 가요! 우리도 구경 좀 해야죠!"

회녕 공주가 큰 소리로 웃으며 말했다.

"너무 조급해하지 마요. 그 사람이 고비연이 그랬다고 자백하면, 그때 가서 구경해 보자고요!"

기복방과 회녕 공주는 이렇게 방화궁에서 인내심 있게 기다리고 있었다.

다음 날 오후, 회녕 공주가 아직 잠을 자고 있는데 강 대인이 직접 찾아왔다. 회녕 공주가 아니라 기복방을 잡으러 온 것이었다.

강 대인은 꽤 예의 바르게 말했다.

"기 대소저, 약공 진삼원이 대소저가 약선 사건과 관련이 있다고 자백했습니다. 귀찮으시겠지만 함께 가셔서 조사에 응해 주시기 바랍니다."

"무, 무슨 말을 하는 거죠?"

기복방이 크게 놀라 그 자리에서 벌떡 일어났다. 그녀와 회녕 공주는 약공을 매수해서 약재 꾸러미 하나를 빠트리게 했다. 약공은 비연이 마음대로 약재를 바꾸고 정왕 전하를 해치려 했다고 자백하게 되어 있었다. 그러니 강 대인은 비연을 잡으러 가야 하는 것 아닌가?

일이 어째서 이렇게 돌아가는 거지? 설마 약공이 배신한 걸까?

강 대인이 곧 그녀의 의문에 대한 답을 주었다.

"기 대소저, 영발방의 약공은 당신의 뜻에 따라 약선 꾸러미의 약재를 바꿔 정왕 전하를 해치고, 그 아래 있는 고 약녀를 모함하려 했다고 인정했습니다. 저는 정왕 전하의 부르심을 받고 이 일을 조사할 전권을 가지고 있으니 협조해 주시기 바랍니다. 가시지요."

기복방이 경악했다.

"음모! 강 대인, 이건 음모예요! 누군가가 저에게 죄를 뒤집어 씌우는 거라고요! 약공이 누군가에게 매수당한 것이 분명해요!"

강 대인이 여전히 예의 바르게 말했다.

"기 대소저, 약공이 음모를 꾸몄는지는 좀 더 조사해 보아야 합니다. 함께 대리시로 가서서 조사에 협조해 주시지요. 기 대소저께 죄가 없다면 제가 반드시 기 대소저를 위해 정의롭게 일을 해결하겠습니다."

"가지 않겠어요! 이건 음모야! 누명이라고!"

기복방이 뒤로 물러서며 궁녀에게 회녕 공주를 데려와 구해 달라는 눈빛을 보냈다. 그러나 강 대인은 그녀에게 그럴 만한 시간을 주지 않았다.

그녀가 가지 않으려 하자 강 대인이 진지하게 말했다.

"기 대소저, 정왕 전하께서는 저에게 이 일에 대한 전권을 주셨습니다. 저는 명을 받은 대로 일을 하도록 하겠습니다. 용서하십시오!"

기복방은 다급했다.

"설마 정왕 전하께서 그 약공을 믿으시는 것은 아니겠죠?"

"기 대소저, 이 일과 관련해 제가 일절 대답할 수 없다는 것을 이해해 주십시오."

강 대인은 말을 마치자마자 바로 관리들에게 기복방을 압송하라고 명령했다. 회녕 공주가 밖으로 나왔을 때는 강 대인과 기복방이 사라진 후였다.

약공이 기복방이라 자백했다는 말을 듣자 그녀는 비틀거리며 의자에 앉았다. 심장이 빠르게 뛰고 두 다리가 떨리고 있었다.

설 공공이 무슨 일이 있었는지 눈치를 챈 듯 다급하게 다가와 나지막하게 말했다.

"아이고, 공주마마! 어떻게……. 뭘 하시건 간에 정왕 전하의 약에는 손을 대지 마셨어야지요! 정왕 전하께 무슨 일이라도 생기면 구족을 멸할 대죄 아닙니까요!"

"나, 나는……. 이건 고비연이 한 짓이 아닌가!"

회녕 공주는 생각할수록 다급해지고, 또 생각할수록 후회가 되었다. 당시에는 자신이 얼마나 대담한 짓을 벌였는지 모르고 있었다.

그녀가 조급하게 말했다.

"설 공공, 너, 너……, 어서 가서 어떻게 돌아가는지 좀 듣고 오너라. 또 정왕 오라버니는 어떠하신지?"

"공주마마, 정왕부의 일이 어찌 그리 알아보기 쉽겠습니까!"

설 공공도 허둥거리고 있었다.

회녕 공주가 잠시 생각하다가 겨우 말했다.

"그, 그럼 할마마마 쪽에 가서 알아보면 되지! 할마마마께서 정왕 오라버니께 가 보셨다 하지 않았어?"

설 공공이 바로 자리를 떴다. 그리고 곧 기뻐하며 달려 들어왔다.

"공주마마, 다행입니다! 다행이에요! 정왕 전하께서는 약선을 드시지 않고 어젯밤 성을 나가셨다고 합니다. 태후마마께서도 전하를 만나러 가셨다가 만나지 못하셨다고 합니다."

그제야 회녕 공주도 겨우 안도의 한숨을 내쉬며 중얼거렸다.

"정왕 오라버니가 약선을 먹지 않았다면 대체 어떻게 드러난 걸까?"

설 공공이 고개를 저었다. 이 일은 알아볼 방법이 없었다.

회녕 공주는 더 이상 깊이 생각하지 않기로 했다. 그녀는 그저 정왕 오라버니에게 별일이 없다면, 이 일이 처리 불가능한 상황까지는 이르지 않았다고 생각했다.

기껏해야, 그래, 기껏해야 그녀가 죄를 인정하면 그만이다. 그 육단상륙이 그렇게 치명적인 물건도 아니지 않은가. 기껏해야 정왕 오라버니가 좀 불편하면 그만이었는데. 부황께서도 끽해야 그녀를 며칠 연금하고 끝내실 거다. 그 외에 뭘 더 하시겠는가?

당연히, 죄를 인정하지 않을 수 있다면 그게 제일 좋은 방법이었다. 이 일은 고비연과 기씨 가문이 연루되어 있었다. 일단 이 소식이 퍼져 나가면 그녀는 웃음거리가 될 것이다.

회녕 공주는 마음을 단단히 먹고 시간을 낭비하지 않기로 했다. 그녀가 다급하게 말했다.

"어서 가마를 준비하도록! 기씨 가문으로 가겠다!"

기씨 가문.

기 대장군과 기욱이 잠을 자지 않고 약선과 관련한 일을 이야기하고 있었다. 회녕 공주는 도착하자마자 다급한 나머지 횡설수설했다.

"기 대장군, 욱 오라버니, 복방 언니가 대리시에 잡혀갔어요. 약공이 언니라고 자백했어요!"

"뭐라고요?"

"누님이라고 자백했다고요? 누님이 무엇을 했기에?"

기 대장군과 기욱은 경악했다.

회녕 공주는 원래 사실대로 말할 생각이었다. 그러나 기씨 부자의 반응을 보자 갑자기 머뭇거리며 한참 동안 아무 말도 하지 못했다.

기 대장군은 대리시가 약선과 관련한 일을 처리 중이라는 사실을 상기했다. 그는 불안한 나머지, 회녕 공주의 신분도 잊은 채 노성을 내질렀다.

"대체 어찌 된 일입니까? 그 계집애가 대체 무슨 일을 했답니까? 말씀해 주시지요!"

회녕 공주는 기 대장군이 이렇게 사납게 구는 것을 처음 보았다. 놀란 나머지 재빨리 기욱 뒤로 숨었다.

기욱도 다급하긴 마찬가지였지만 인내심을 갖고 회녕 공주를 위로했다.

"공주마마, 무서워하지 마시고 일단 여기 앉으십시오. 일이 대체 어떻게 돌아가고 있는 겁니까?"

기 대장군도 겨우 자신이 실례했다는 사실을 깨닫고 서둘러 회녕 공주에게 자리를 권하고 하인에게 차를 가져오게 했다.

회녕 공주는 머뭇거리던 차에 기 대장군이 화를 내는 것을 보자 더더욱 진상을 말할 엄두를 내지 못했다. 그녀는 과감하게 모든 일을 기복방에게 미뤄 버렸다. 자신은 일이 벌어진 후에야 모든 것을 알았다고 말했다.

회녕 공주의 말이 끝나자 기 대장군과 기욱의 안색이 완전히 새하얗게 질려 버렸다. 경악할 수밖에 없는 일이었다!

잠시 침묵하던 기 대장군이 사납게 탁자를 내리치며 다시 노성을 내질렀다.

"터무니없어! 정말이지 말도 안 되는 일이야!"

기욱도 더 이상 담담하게 있지 못하고 화를 내며 말했다.

"정왕 전하의 약에 손을 대다니, 누님이 미친 게로군!"

그 모습을 보자 회녕 공주는 더더욱 자신도 관련이 있다는 말을 하지 못하고 달래듯 말했다.

"대장군, 욱 오라버니, 복방 언니는 고비연이 너무 눈에 거슬려서 그랬던 거예요. 언니는……, 언니는 나와 욱 오라버니를 위해, 그리고 기씨 가문의 체면을 위해 그랬던 거예요."

기 대장군은 고비연의 이름조차 언급하고 싶지 않았다. 뿐만 아니라 지금은 그런 이야기를 할 때가 아니었다.

그가 진지하게 묻기 시작했다.

"공주마마, 약공 말고 누가 이 일을 알고 있습니까? 또 누가 복방에게 약선과 관련한 일을 알려 주었는지요? 그 육단상륙이라는 것이 대체 어떤 물건입니까? 복용하면 어떻게 됩니까? 복방이 그런 물건을 대체 어디서 구했을까요?"

의외, 추측할 수 없다

기 대장군도 육단상륙이라는 물건에 대해 오늘 처음 들었다. 그는 분명 이 사건 배후에, 딸에게 지시를 내린 인물이 있을 거라고 단정하고 있었다.

회녕 공주는 분노한 기 대장군을 보며 감히 고개도 들지 못했다. 진실을 말할 엄두는 더더욱 내지 못했다.

사실 복방 언니는 그녀에게 고비연이 정왕부에 있을 때 누명을 씌우기 좋다고 일깨워 주었을 뿐이었다. 어떻게 누명을 씌울지는 전부 그녀가 생각해 낸 것이었다. 복방 언니는 그저 그녀 대신 약공을 매수하러 갔었다.

"그, 그게……, 어약방의 간 약사예요. 그녀가 복방 언니에게 약선 이야기를 해 주었고, 육단상륙도 추천해 주었어요. 육단상륙은 인삼이랑 똑같이 생겼고 효능에도 별 차이가 없다고 말이에요. 먹으면 가려움증이 좀 생기지만 반나절 있으면 괜찮아진다며, 별문제 아니라고 했어요."

이 말을 들은 기 대장군과 기욱은 겨우 안도의 숨을 내쉬었다. 그 바꿔치기한 약재가 정왕 전하를 상처 입히지 않는다면 최소한 수습 불가능한 지경까지는 가지 않았다는 의미였다. 기씨 가문 전체가 연루될 일은 없어 보였다.

회녕 공주는 몰래 기 대장군과 기욱의 눈치를 살폈다. 그리고 그들이 자신을 의심하지 않는다는 것을 확인한 후에 말했다.

"복방 언니가 약공 두 사람을 매수했어요. 한 명은 영발방의 진삼원이고, 또 한 명은 배약방의 이갈존이에요. 복방 언니는 그들과 이야기를 끝냈다고 했는데…… 진삼원이 고비연이라 자백하고, 이갈존이 다시 증거를 내미는 것으로요. 그 진삼원은 정말 몹쓸 놈이에요. 복방 언니에게 그렇게 큰돈을 받아 놓고도 배신하다니!"

기 대장군이 진지하게 물었다.

"그 이갈존도 잡혔습니까? 간 약사는요?"

회녕 공주는 사실대로 대답했다.

"이갈존도 잡혔어요. 간 약사는 이 약선과는 관계가 없어 아직 의심을 받지는 않고 있어요!"

기 대장군은 뒷짐을 진 채 계속 어슬렁거리며 이 일을 어떻게 해야 할지 고민했다.

한참 동안 침묵하던 기욱이 참지 못하고 탁자를 내리쳤다.

"누님! 정말 이 일은……. 일을 성사시키기는커녕 오히려 일을 망쳐 버렸습니다!"

이 말을 들은 회녕 공주는 켕긴 나머지 그를 제대로 쳐다보지도 못했다. 그녀는 걱정하지 않을 수 없었다.

이 일이 그녀 생각이라는 걸 알면 기욱은 그녀가 멍청하다고 미워하지는 않을까? 혹시 그녀에게 화를 내지는 않을까?

회녕 공주는 생각하면 생각할수록 무서웠고, 무서울수록 마음을 굳히게 되었다. 무슨 일이 벌어져도 그녀는 죄를 인정하지 않을 것이다. 그렇다고 복방 언니가 죄를 인정하게 하지도 않을 것이다. 어떤 방법을 써서라도 최대한 빨리 복방 언니를 구해 내야 한다!

이때, 기 대장군이 공주를 보며 진지하게 말했다.

"공주마마, 궁으로 돌아가시면 간 약사에게 입을 닫고 있으라고 말을 건네주십시오! 다른 것은 저에게 맡겨 주시면 됩니다. 저와 욱이 지금 대리시로 가서, 강 대인이 복방을 심문하기전에 복방과 한번 만나야겠습니다. 그러지 않으면 복방이 자백하거나 해서 일이 더 이상해질 수도……."

"아냐! 그럴 필요 없어요!"

회녕 공주가 흥분하기 시작했다.

"기 대장군, 대리시의 강 대인은 정왕 전하에게서 전권을 받았다고 했어요. 게다가 부황께서 윤허하신 체포령도 있고요. 아주 기고만장한 상태지요. 그가…… 대장군의 체면을 생각해주지 않을지도 몰라요. 차라리 내가 직접, 내가, 그러니까…… 내가 욱 오라버니와 함께 가겠어요! 내가 복방 언니를 위해 증인이 되겠어요. 며칠 동안 언니가 계속 나와 함께 있었다고 할게요. 언니가 어디 간 적도 없고, 어약방은 더더구나 간 적이 없다고요!"

회녕 공주가 잠시 머뭇거리다가 다시 덧붙였다.

"기 대장군, 안심하세요. 다른 방법이 없다 해도, 나는…… 그 약공이 고비연에게 매수당해서 복방 언니에게 누명을 씌우려 한 거라고 말할 테니까! 어쨌든 그 약선 꾸러미는 고비연의 손도 거쳤잖아요!"

기 대장군은 대리시가 지금 어떤 증거를 가지고 있는지 아직 파악하지 못한 상태라 사실 나서고 싶지 않았다. 그는 회녕 공주가 먼저 나서 주기를 간절히 바라고 있었다. 그래서 그는 기욱에게 눈짓하고 즉시 대답했다.

"한밤중인데, 공주마마를 너무 귀찮게 해 드리는 것은 아닌지 모르겠습니다."

회녕 공주가 재빨리 고개를 저었다.

"욱 오라버니의 일은……, 아니, 아니지, 기씨 가문의 일은 내 일이나 마찬가지인걸요. 대장군께서는 너무 예의 차리실 필요 없어요."

기 대장군은 부에서 소식을 기다리기로 하고, 기욱과 회녕 공주가 다급하게 대리시로 향했다.

그와 거의 동시에 하소만이 이 소식을 비연에게 전했다.

비연은 매우 놀랐다! 그녀는 이 일이 정역비를 해치려던 그 흉수의 짓이라고 생각하고 있었지, 기복방이 벌인 일이라고는 전혀 생각지 못했던 것이다!

남궁 대인도 그렇게 많은 육단상륙을 구할 수 없는데, 기복방은 대체 어디서 찾아낸 걸까?

비연은 놀란 것보다는 불안했고, 약간 걱정이 되었다. 그 흉수는 정왕을 해치려 했을 뿐 아니라, 기씨 가문에게 누명을 씌우려는 것이 아닐까?

그 늙은 여우가 노리는 목표는 바로 기씨와 정씨, 두 군데였다!

정가군과 관련해서는 이미 실수했다. 그런데 그가 갑자기 목표를 기씨 가문으로 돌린 것이다!

그는 대체 어떤 사람일까? 너무나 음험하다!

아직 충분한 증거가 없으니 비연도 너무 깊게 추측할 수는 없었다. 그저 가능한 한 빨리 자세한 상황을 이해해야겠다고 생각할 뿐이었다.

그녀는 머뭇거리지 않고 강하게 하소만을 잡아끌어 대리시로 달려갔다.

하소만과 함께 가니, 비연은 곧 강 대인을 만날 수 있었다. 그녀는 기다리지 못하고 먼저 물었다.

"강 대인, 기복방이라고 자백한 약공이 누구인가요? 바뀐 약재가 육단상륙이라고 확인하던가요?"

강 대인은 머뭇거리는 듯 잠시 침묵했다가 대답했다.

"영발방의 약공으로, 이름은 진삼원인가 그렇다."

"진삼원!"

비연의 얼굴이 복잡해지더니 다급하게 물었다.

"강 대인, 진삼원에게 어떤 물증이 있나요? 아니면, 인적 증거라도 있었던 건가요?"

강 대인은 더 이상 이야기하려 하지 않았다. 그는 비연을 완전히 믿지 않고 있었기 때문이다.

그도 비연과 관련된 그 소문들을 들은 적이 있어 그녀의 인품에 대해서 의심하고 있었다. 게다가 정왕부에 갔을 때도 그는 의혹을 느꼈다. 남궁 대약사가 네 번이나 약을 검증해도 육단상륙을 찾아내지 못했는데, 일개 약녀인 비연이 어떻게 그희귀한 약재를 구분해 냈다는 말인가?

그는 정왕 전하가 비연에게 어떤 태도를 보이고 있는지 알지 못했다. 그는 당시 정왕 전하에게 상세한 사정을 묻고 싶었지만, 정왕 전하의 재촉을 받아 어쩔 수 없이 어약방에 가느라 그럴 만한 시간이 없었다.

오늘 밤 하소만이 비연을 데려오지 않았다면, 그는 절대로 비연에게 단 한 마디도 하지 않았을 것이다.

강 대인이 잠시 머뭇거리다가 진지하게 말했다.

"이 일은 의심 가는 부분이 아직 많다. 만 공공에게 묻고 싶은 것도 있고. 만 공공께서 잠시 시간을 내주실 수 있는지 모르겠소만?"

그러나 어찌 짐작이나 할 수 있었겠는가? 이 말이 끝나자마자 회녕 공주와 기욱이 갑자기 대문가에 나타났다. 모두 깜짝 놀랐고, 하소만도 그만 대답하지 못했다.

시위들은 그들을 막지 않았다. 감히 막을 수 없었던 것이다. 덕분에 회녕 공주와 기욱이 바로 안으로 들어왔다.

강 대인은 회녕 공주가 올 거라 생각은 했지만 이렇게 빨리 올 줄은 몰랐다. 게다가 회녕 공주가 공개적으로 기욱과 함께 올 거라고는 전혀 생각지 못했던 바였다.

그가 서둘러 앞으로 나가 예를 행했다.

"공주마마를 뵙사옵니다. 소장군을 뵙습니다."

회녕 공주와 기욱은 강 대인을 제대로 쳐다보지도 않았다. 문에 들어선 순간부터 두 사람의 시선은 줄곧 비연에게로 향하고 있었다. 그들은 이렇게 늦은 시간에 비연이 이곳에 있을 줄은 몰랐던지라, 한순간 기복방에 대한 일마저 잊고 있었다.

다시 만나게 되자 기욱은 비연에 대해 경멸뿐 아니라 혐오감마저 느꼈다.

회녕 공주의 눈빛은 그야말로 원한 그 자체라 할 만했다. 비연은 두 번이나 그녀 손에서 달아났다. 그것만으로도 달갑지 않은데, 이번에도 비연으로 인해 이렇게 큰 문제가 생겼다.

그녀가 시선만으로 사람을 죽일 수 있다면, 비연을 벌써 죽여 버렸을 것이다……

면회를 해야겠다, 증거가 필요하다

그러나 결코 눈빛 하나에 겁먹을 비연이 아니었다. 그녀는 하소만과 함께 기욱은 공기 취급하면서 회녕 공주에게만 비굴하지도, 건방지지도 않게 몸을 굽혀 인사했다.

기욱은 자신의 체면을 깎아내린 비연이 자신을 보면 스스로 켕겨 피하리라 생각했다. 그런데 그런 그녀가 모두 보고 있는 앞에서 그를 무시했다!

화가 난 그가 붉으락푸르락하며 한 걸음 한 걸음 비연에게 다가갔다. 눈빛이 음침하게 변해 있었다.

회녕 공주는 원래 기욱 앞에서 비연을 사납게 걷어찰 생각이었다. 그러나 비연에게 다가가는 기욱을 보고는 생각을 바꿔, 지켜보며 즐기기로 했다.

기욱이 한 걸음 한 걸음 다가오자 비연의 시선이 마침내 그에게로 향했다. 그러나 두려운 빛 하나 없이 태연자약하게 그를 응시했다.

기욱의 발걸음은 점점 더 무거워졌고 눈빛도 더욱 음울해졌다. 언제라도 화를 폭발시킬 태세였다.

강 대인이 나중 일이 두려워 서둘러 나섰다.

"소장군, 하실 말씀이 있으시면 말로 푸시지요."

하소만이 비연을 제 등 뒤로 잡아당겨 보호하면서 웃는 얼굴로 말했다.

"기 소장군, 이렇게 늦었는데……."

그의 말이 끝나기도 전에 비연이 속삭였다.

"만 공공, 나는 저자를 두려워하지 않아요!"

기욱이 비연 앞에서 걸음을 멈췄다. 그녀는 원래대로 담담한 표정이었다.

기욱의 건장한 체구와 나란히 서니 안 그래도 작은 몸이 더욱 왜소해 보였다. 그러나 온몸에서 뿜어져 나오는 기세만은 결코 기욱 못지않았다.

'마음에 켕기는 게 없으니 기세가 자연스럽게 강할 수밖에 없다.'

그녀가 기씨 가문을 두려워한다고 다른 이들이 생각하는 건 그렇다 치자. 기씨 가문이 그동안 몸의 원주인을 대해 오던 게 있다. 기욱 스스로도 그렇게 비열한 짓을 해 왔으면서, 대체 상황이 짐작도 안 간다는 말인가?

지난번에 우연히 정역비를 만나지 않았다면 그와 기복방은 아마 그녀를 사지로 밀어 넣었을 것이다!

회녕 공주가 그녀를 눈엣가시로 여기는 것도 그들 때문이 아닌가? 그의 누이도 그녀에게 누명을 씌우려다 지금 약공에게 지목당한 것이 아닌가!

이 한 건, 한 건, 아직 제대로 셈을 해서 받아 내지 못했다!

그녀는 오늘 제대로 한번 볼 생각이었다. 기욱이 눈을 저리 크게 뜨고 대체 무엇을 할 작정인지.

비연이 약한 모습을 보이지 않자 기욱의 커다란 눈이 점차 가늘어지더니, 마침내 직선처럼 되었다. 두 사람이 대치하면서 긴장이 점점 더 고조돼 갔다.

강 대인이 말리려 했지만 하소만이 눈짓으로 막았다. 하소만은 자신과 정왕 전하의 총애를 다투는 이 악녀가 생각 외로 싫지 않았다. 최소한 그녀는 대담했고, 정왕부의 체면을 떨어뜨리지 않았다!

시간이 흐르면서 분위기가 점점 더 긴장되어 갔다. 비연이 점점 더 담담해지자 기욱은 점차 진퇴양난에 빠져들고 있었다. 그는 그저 비연에게 겁을 주어 그녀의 약한 모습을 보려 했을 뿐이었다. 그는 대리시 사람들 앞에서 다투거나 해서 웃음거리가 될 생각은 전혀 없었다.

대체 이 여자가 저렇게 대담할 줄 누가 알았을까. 겁을 주면 줄수록 점점 더 방자해지고 있지 않은가?

기욱은 분명 화가 나 있었다. 그런데 마음속으로는 뜻밖에도 이유 모를 호기심이 생겨났다.

이 여자는 대체 어떤 사람인 걸까? 예전의 그 연약하고 우둔한 모습이 전부 연극이었단 말인가?

바로 이때 군졸이 들어왔다.

"강 대인, 혐의가 있는 자를 전부 가두었습니다. 바로 심문을 시작할까요, 아니면 내일까지 기다릴까요?"

이 말에 회녕 공주와 기욱은 겨우 자신들이 이곳에 온 이유를 떠올렸다. 회녕 공주가 다급하게 기욱을 잡아끌었다.

"욱 오라버니, 일단 저 계집은 놔두고 중요한 일부터 처리하도록 해요!"

기욱이 속으로 안도의 한숨을 내쉬면서도, 겉으로는 마지못한 듯 회녕 공주에게 잡혀 한쪽으로 물러났다.

비연은 기욱의 고고한 척하는 태도에는 신경 쓸 여유가 없었다. 그녀는 속으로 그들의 '중요한 일'에 대해 생각하고 있었다.

기복방이 체포당한 상황에서 두 사람이 한밤중에 대리시에 온 까닭이 무엇일까? 기복방을 구하러 왔을까?

강 대인도 궁금했다. 방금 무시당하긴 했지만 그는 여전히 예의 바르게 예를 행했다.

"회녕 공주마마를 뵙사옵니다. 소장군을 뵙습니다. 이렇게 늦은 시간에 어인 일로……."

기욱은 두 손을 뒷짐 진 채 꼿꼿하게 서서 다른 곳을 보고 있었다. 그래야 고상해 보인다고 여겼기 때문이다. 그는 아무 말도 하지 않고 회녕 공주가 대신 말하게 할 셈이었다.

"우리가 무엇을 하러 왔는지 모른다고?"

회녕 공주가 강 대인을 다그쳤다.

"강립안, 네가 바로 본 공주의 궁에 와서 사람을 데려가지 않았느냐. 말 한마디 없이 말이다! 참으로 대단하더군! 네 눈에는 본 공주가 들어오지도 않는 모양이지?"

강 대인이 서둘러 사죄했다.

"그럴 리가 있겠습니까. 그럴 리가요. 너무 급작스러운 일이었습니다. 상황이 긴급했기에 저도 정왕 전하의 말씀을 듣고 행동했을 뿐입니다. 공주께서는 용서하십시오! 용서해 주십시오!"

강 대인이 정왕 핑계를 대자 회녕 공주의 기세가 얼마간 사그라들었다. 그녀가 기욱을 끌어 앉히며 말했다.

"정왕 오라버니 명을 받고 한 행동이라 하니 본 공주도 너와 다투지 않겠다. 다만, 지금 장군부에서 본 공주에게 사람을 찾으러 왔다. 본 공주도 대체 어찌 된 일인지 알지 못하는 상황이니 욱 오라버니 앞에서 제대로 설명하도록 해라. 대체 어떤 작자들이 복방 언니를 비방하고 있는 것이냐? 그들에게 증거가 있다더냐?"

강 대인이 진지하게 대답했다.

"공주마마, 제가 궁에서 설명드린 바 있습니다. 기 대소저는 약공 진삼원의 지목을 받았습니다. 진상이 어떠한지는 다음 심문과 조사까지 기다려 보아야 합니다."

회녕 공주는 다급한 나머지 서둘러 탐색하듯 물었다.

"겨우 진삼원 하나라고? 그에게 무슨 인적 증거가 있다더냐? 아니면 물증이라도?"

강 대인은 난처한 표정으로 말했다.

"마마, 그, 그건……. 저도 지금은 공개하기가 어렵습니다."

회녕 공주는 기욱과 함께 사정을 살펴보러 온 참이었다. 그녀는 일부러 화가 난 척, 노한 목소리로 물었다.

"강 대인, 그 말이 무슨 의미지? 네가 지금 설마 본 공주와 욱 오라버니를 의심하는 것이냐?"

"제가 그럴 리 있겠습니까."

강 대인은 당연히 회녕 공주를 의심할 만큼 대담하지는 않았다. 그러나 그는 마음속으로 기씨 가문에 대한 혐의를 배제하지 않고 있었다.

육단상륙은 치명적인 물건이다. 기씨 가문의 지원 없이 기복방이 어찌 그런 대역무도한 일을 저질렀겠는가?

당연히 충분한 증거가 없는 상황에서는 강 대인도 감히 태도를 표명할 수 없었다. 기씨 가문의 지위가 보통이 아니니까.

비연과 하소만은 계속 한옆에 서 있었다. 이때, 두 사람이 서로 눈빛을 교환했다. 둘 다 침착하기 그지없는 모습이었다.

"그럴 리 없다?"

회녕 공주가 물러서지 않고 억지를 부리기 시작했다.

"그렇다면 왜 대답하지 않는 것이냐? 설마…… 증거가 없는 것은 아니겠지? 하하! 강 대인, 약공의 지목 하나에 감히 사람을 잡아가다니, 아주 간이 부은 모양이구나!"

강 대인은 부득이하게 계속 정왕을 들먹일 수밖에 없었다.

"공주마마, 이 일은……, 정왕 전하의 명을 받들었을 뿐입니다. 공주마마께서…… 혜량해 주십시오."

"너!"

회녕 공주는 아주 달갑지 않다는 듯 양보했다.

"좋아, 말하고 싶지 않다면 좋다. 복방 언니를 어디에 가둬 두었지? 본 공주와 욱 오라버니가 언니를 만나야겠다!"

강 대인이 다시 난처해하며 답했다.

"공주마마, 기 대소저는 현재 혐의를 받고 있으니 만나실 수 없습니다.”

회녕 공주가 화가 나서 탁자를 내리쳤다.

“강립안, 그게 대체 무슨 뜻이냐? 이것도 안 된다, 저것도 안 된다! 본 공주에게 분명하게 말하지 않는다면, 본 공주는……, 나는……, 여기서 떠나지 않을 것이다!”

회녕 공주는 포악하고 제멋대로 구는 것으로 유명한 데다 황상의 총애를 받고 있었다. 강 대인은 비록 정왕에게서 전권을 위탁받았다 하나 감히 그녀의 뜻을 거스를 수가 없었다.

머리까지 쭈뼛해진 그가 열심히 변명했다.

“공주마마, 혐의를 받는 사람의 가족은 면회가 불가능합니다. 이것은 대리시가 세워졌을 때부터의 규칙입니다.”

“너…….”

회녕 공주는 기욱 앞에서 공주의 위엄을 내세우려 했으나 강 대인은 끝까지 그녀의 체면을 세워 주지 않았다. 그녀가 노발대발하자 기욱이 서둘러 막아섰다.

기욱이 엄숙한 표정으로 진지하게 말했다.

“공주, 강 대인도 규칙에 따라 일을 하고 있을 뿐입니다. 비록 누님이 무고하다 하나 우리 기씨 가문은 결코 대리시의 규칙을 깨지 않겠습니다. 대신 제게 생각이 하나 있으니, 강 대인께서 고려해 주시면 좋겠군요.”

강 대인이 예의 바르게 고개를 끄덕였고, 고비연과 하소만도 귀를 쫑긋 세웠다.

그렇게 간단한 일이 아니야

기욱, 저 위선자의 말은 노래보다도 듣기 좋았다!

그가 말했다.

"이대로 저는 여기서 기다리겠습니다. 공주께서 홀로 누님을 만나고 오시지요. 부친을 대신해 한마디만 누님에게 전해 주십시오. 부친께서 이리 말씀하셨습니다. 누님이 정말로 그런 대역무도한 일을 저질렀다면, 기씨 가문은 절대로 누님을 딸로 인정하지 않겠다고 말입니다! 누명을 쓴 것이라면, 기씨 가문은 반드시 끝까지 파헤칠 것입니다."

"욱 오라버니, 안심하세요. 내가 꼭 전해 드릴 테니까요."

기욱의 뜻을 알아차린 회녕 공주가 강 대인을 바라보며 재촉했다.

"아직도 뭘 꾸물거리고 있는 것이냐? 어서 길을 안내하지 못할까?"

강 대인은 아직도 꺼림칙한 부분이 있긴 했지만 달리 막을 이유도 없었다. 그는 공손하게 앞에서 걷기 시작했다.

"공주마마, 이쪽으로 오십시오. 제가 모시겠습니다."

이렇게 되자 계속 침착하던 비연도 다급해졌다. 그녀는 남몰래 하소만의 발을 밟아, 어서 방법을 생각해 저들을 저지해야 한다고 일깨워 주었다.

정왕 전하를 모해하려 했다는 것은 큰일이었다. 대리시는 결코 약공 한 사람의 자백에 의거해 경솔하게 판단하지 않을 것이다. 더욱이 강 대인은 감히 쉽게 기복방에게 형을 내리지 못할 것이다.

기 대장군의 꿍꿍이에 기욱이 일관되게 고상한 척하는 태도를 보면 저들은 분명 스스로 혐의를 피해야 옳다. 그런데 한밤중에 회녕 공주까지 함께 와 그녀를 이용하지를 않나, 게다가 증거에 면회까지 요구하다니 어찌 된 일일까.

기씨 가문의 이러한 반응들을 보면, 기복방이 무엇인가를 자백할까 두려워서 그런 게 아닐까? 바꿔 말하면 저들에게 켕기는 것이 있다는 의미다.

비연은 계속 기복방이 막후의 그 흉수로부터 누명을 쓴 것이 아닐까 의심하고 있었다. 그러나 지금은 어쩔 수 없이, 기복방이 정말로 떳떳하지 못한 일을 한 것이 아닌지 의심하게 되었다. 흉수는 기회를 틈타 그녀를 이용한 것이고 말이다.

회녕 공주가 기복방을 만나 안심시킨다면, 이 사건은 점점 더 조사하기 어려워지는 것은 아닐까?

하소만은 영리했다. 그는 곧 이 문제와 관련된 꿍꿍이를 알아차렸다.

"공주마마, 강 대인, 잠시만!"

하소만이 어른스러운 표정으로 예의 바르게 말했다.

"강 대인, 회녕 공주마마, 우리는 이곳에 오기 전에 정왕 전하께 보고드렸습니다. 전하께서 말씀하시기를, 혐의가 있는 사람이라면 누구건 결코 면회를 허락해서는 안 된다고 하셨습니다! 전하께서는 지금 성으로 돌아오고 계시고, 내일 아침 일찍 직접 심문하실 예정입니다."

"아, 그렇군요."

강 대인이 진지하게 수염을 쓰다듬으며 말했다.

"공주마마, 보시지요. 정왕 전하의 말씀이 계셨다고 합니다. 내일 다시 오시는 것은 어떻겠습니까? 너무 늦었으니 제가 부하들을 시켜 공주마마께서 궁으로 돌아가시는 길을 살펴 드리겠습니다."

일이 이렇게 되자 기욱도 더 이상은 담담하게 있을 수가 없었다. 그가 물었다.

"정왕 전하께서는 막 성을 나가시지 않았습니까? 내일 정말로 돌아오실 수 있습니까?"

회녕 공주가 눈을 가늘게 뜨고 죽일 듯이 하소만을 노려보았다. 그녀는 정왕 오라버니가 내일 올지 안 올지 알지 못했다.

그러나 그녀는 아주 잘 알고 있었다. 정왕 오라버니가 오면 그녀는 절대로 복방 언니를 보지 못할 것이다! 게다가 정왕 오라버니가 직접 심문하면 복방 언니는 견디지 못하고 다 털어놓을 가능성이 지극히 높았다.

어떻게 하지?

회녕 공주가 나지막하게 말했다.

"욱 오라버니, 정왕 오라버니의 행적은 말하기 어렵지요."

기욱이 감히 모험을 하지 못하고 낮은 소리로 말했다.

"당신은 당당한 공주인데 어찌 일개 노비에게 겁을 먹는 겁니까?"

이 말에 회녕 공주가 주저하지 않고 일어나 날카로운 목소리로 질책했다.

"하소만, 본 공주와 강 대인이 이야기를 하는데 감히 네가 끼어들 수 있는 것이더냐? 너는 노비에 지나지 않는다. 그런데 감히 정왕 오라버니를 들먹여 본 공주를 핍박하려 들어? 호랑이 간이라도 삶아 먹었는지, 아주 대담하구나! 오늘 밤 본 공주는 반드시 복방 언니를 만나야겠으니 너는 빨리 꺼지도록 해라! 정왕 오라버니께서 추궁하신다면 본 공주가 알아서 오라버니께 설명드릴 것이다!"

비연은 속으로 무척 놀랐다. 하소만이 정왕 전하까지 핑계로 댔는데 회녕 공주가 저렇게 나올 줄은 몰랐던 것이다. 그녀는 점점 더 이 일이 이상하다는 것을 확신하게 되었다.

하소만은 더욱 놀랐다. 회녕 공주가 기씨 가문을 위해 감히 정왕 전하와 척을 지려 한다는 말인가? 회녕 공주는 기복방이 바꿔치기한 약재가 목숨을 앗아 갈 수 있는 육단상륙이라는 걸 아는 것인가, 모르는 것인가? 이 죄가 구족을 멸할 죄라는 것을 설마 모르는 건가?

하소만은 결국 하인이었다. 그는 감히 회녕 공주와 직접 다툴 수 없었다. 그러니 이제 강 대인에게 압박을 가하는 수밖에 없었다.

"강 대인, 우리는 정왕 전하의 말씀을 전했습니다. 만약 나중에 정왕 전하께서 오셔서 죄를 물으셔도, 우리가 일깨워 드리지 않았다고 탓하지는 마십시오!"

그러나 누가 알았을까? 회녕 공주가 다시 한번 반격을 가했다. 그녀는 창끝을 즉시 강 대인에게로 돌렸다.

"강립안, 정왕 오라버니의 명령을 어길 수 없다면, 그래, 본 공주는 상대하기 쉬운 모양이지?"

강 대인이 두려운 목소리로 외쳤다.

"그, 그럴 리가요! 그럴 리 있겠습니까!"

강 대인은 정왕부를 두려워했지만 동시에 회녕 공주도 꺼리고 있었다. 회녕 공주는 황상이 가장 예뻐하는 공주일 뿐 아니라 그 뒤에는 대황자와 오랜 세월 총애를 받아 온 운 귀비가 버티고 있었다.

한밤중이었다. 정왕 전하를 찾아갈 수도 없고 황상을 뵈러 갈 수도 없다. 강 대인은 난처한 나머지 머리카락이 다 쭈뼛 설 지경이었다.

대체 어떻게 해야 한단 말인가!

회녕 공주가 잠시도 기다리지 않고 탁자를 내리치며 노한 소리로 외쳤다.

"강 대인, 아직도 뭘 꾸물거리는 게냐? 아무래도 본 공주가 아주 우습게 보이는 모양이구나!"

"아, 아닙니다, 공주마마, 그렇지 않습니다. 소관은, 소관은……."

강 대인이 말을 끝내기도 전에 회녕 공주가 다시 말을 끊었다.

"본 공주가 너에게 말하겠다. 본 공주가 오늘 밤 여기 온 것은 기 대소저를 만나기 위해서만이 아니다. 그녀에 대한 증언을 하기 위해서다! 황조모의 약선 약방은 그 전날에야 겨우 공포된다. 그리고 전날부터 오늘 밤까지 기 대소저는 계속 본 공주와 함께 있었다. 단 한 걸음도 떨어지지 않았다. 그러니 그녀가 약공을 매수할 기회가 아예 없었다는 말이다. 본 공주가 그녀의 증인이 되어 줄 것이며, 본 공주의 궁에 있는 두 궁녀와 태감 한 명도 역시 같은 증언을 할 것이다! 약공 진삼원이라는 자는 분명 누명을 씌우고 있는 것이다!"

이 말이 끝나자 모두 침묵 속에 빠져들었다.

강 대인이 속으로 생각했다.

설마 기 대소저가 정말로 누명을 쓴 것일까?

하소만도 속으로 생각했다.

기욱이 급하게 구는 걸 보면 켕기는 데가 없는 모양인데?

비연도 속으로 생각했다.

설마 내 추측이 틀린 걸까?

이 일은 정왕 전하의 목숨과 관계된 일이었다! 간단명료하게 말해 이것은 암살 시도였다! 회녕 공주가 아무리 기욱을 좋아한다 해도 그렇게 큰 위험을 무릅쓰고 위증을 할 것 같지는 않았다!

다들 알다시피, 이렇게 큰일에 있어서는 아무리 회녕 공주라 해도 일단 위증을 하면 자신의 평생에 걸쳐 감당해야 할 것은 둘째 치고, 생모인 운 귀비나 동복 오라비인 대황자까지 연루될 수도 있었다.

회녕 공주의 단호한 태도를 보고 비연은 점점 더 이 일이 그렇게 단순하지 않다는 사실을 알아차렸다. 동시에, 대체 무엇 때문에 이렇게 복잡해지는지 이해할 수 없었다.

이때, 기욱이 모질게 덧붙였다.

"강 대인, 공주마마께서 증인이 되셨는데 아직도 사람을 풀어 주지 않는 것입니까? 설마 우리 기씨 가문이 황상께 가서 말씀드려야 하는 겁니까?"

강 대인도 더 이상은 버틸 수 없어, 바로 명령했다.

"여봐라, 어서 기 대소저를 무죄 석방하라! 여기로 모셔 오도록!"

비연의 눈가에 복잡한 빛이 스쳐 갔다. 그녀가 하소만에게 떠나자고 눈짓했을 때 회녕 공주가 갑자기 그녀를 가리키며 거만하게 물었다.

"강 대인, 한밤중에 저 천것은 무엇 때문에 여기 있는 거지? 약선 꾸러미를 저 계집이 받아 갔다고 들었다. 저 계집은 혐의가 없는 것이냐?"

비연 등은 말할 것도 없고 기욱도 매우 놀랐다. 그도 비연을 손봐 줄 생각이긴 했지만, 어쨌든 그녀는 현재 정왕부 사람이었다. 다시 말하자면, 진삼원이 무엇 때문에 누이를 배신했는지 아직 알지 못하는 상태에서 그는 더 이상 사달을 만들고 싶지 않았다.

기욱이 나지막하게 말했다.

"공주, 사람만 구하면 됩니다. 다른 건 나중에 다시 이야기하지요."

그러나 회녕 공주에게는 나름의 생각이 있었다. 그녀는 기욱 앞에서 황가 출신 공주의 위세를 드러내고 싶었다. 그리고 그보다도 더 중요한 것은 자신을 대신할 희생양이 필요하다는 사실이었다.

그녀는 나지막한 목소리로 대답했다.

"욱 오라버니, 걱정할 필요 없어요. 정왕 오라버니가 돌아오기 전에 내가 이 일을 아주 완벽하게 끝내 버릴 테니까!"

진상, 거의 다 파악했다

기욱도 당연히 회녕 공주가 일단 죄인을 베어 버리고 후에 보고를 올릴 생각이라는 것을 알아챘다. 그러나 상대해야 할 사람이 바로 정왕 전하라는 점을 생각하면 망설이지 않을 수 없었다.

회녕 공주가 그의 답을 기다리지 않고 연이어 물었다.

"강 대인, 약선 꾸러미에 손을 댄 사람은 전부 다 잡아들였다면서 고비연은 잡아들이지 않았으니, 이건 대체 무슨 의미인가?"

그 순간 비연은 음모의 냄새를 맡았다. 그녀는 회녕 공주를 바라보며 말없이 미간만 살짝 찌푸렸다. 마치 깊은 생각에 빠진 것 같았다.

하소만이 격분했다. 그가 강 대인 앞으로 나서서 엄숙한 표정으로 설명했다.

"공주마마께 말씀 올립니다. 고 약녀는 정왕부의 약녀로서, 정왕부에서 약석과 관련한 임무를 맡고 있습니다. 오늘 밤 역시 명을 받들어 저와 함께 조사에 협조하러 왔습니다! 공주마마께 사실대로 말씀드리자면, 이 약선 꾸러미에 문제가 있다는 사실을 알아낸 것이 바로 고 약녀입니다. 고 약녀는 절대로 혐의가 없습니다!"

"뭐라고? 고비연이 알아낸 거라고?"

기욱은 비연에게 이런 재주가 있을 거라고는 생각지 못했다. 회녕 공주 역시 매우 놀랐지만, 그보다는 누명을 씌우는 데 급급하여 대수롭지 않게 넘겼다.

"고비연이 알아냈다 한들 또 그게 뭐 어떻다고? 저 계집이 저지르고는 발견한 척한 것인지 알 게 뭐냐? 약을 고르고 나누는 과정에서 혼자 약선 꾸러미에 손을 댈 기회가 있었던 유일한 사람이 바로 고비연 아닌가?"

"그⋯⋯."

하소만은 그만 할 말을 잃고 말았다. 그는 분명 비연에게 혐의가 없다고 확신하고 있었다. 그러나 회녕 공주에게 반박할 말은 찾지 못하고 있었다. 그 흉수와 관련한 일을 이야기할 수도, 비연이 며칠 전에 정왕 전하의 목숨을 구한 적 있다고도 말할 수 없었기 때문이다.

어떻게 하지?

비연은 예상과 달리 무척 담담했다. 회녕 공주를 바라보는 그녀의 눈길은 마치 심문하고 있는 것 같았다. 회녕 공주는 제 속이 들여다보이는 것 같아 다급하게 비연의 시선을 피했다.

그녀는 비연이 진상을 알아내리라고는 결코 생각지 않았다. 아니, 진상을 깨달을 기회도 주지 않을 작정이었다.

회녕 공주가 갑자기 탁자를 사납게 내려치며 노한 목소리로 외쳤다.

"상립안! 고비연을 잡지도 심문하지도 않고 한밤중에 그녀를 이곳에 들여 협조까지 구하고 있다니, 대리시경이 되어 가지고 어찌 이러한 것이냐? 본 공주는 지금 부황을 찾아뵐 것이다. 네가 혐의가 있는 이와 함께 충성스러운 기씨 가문에 누명을 씌우고 있다 말씀드릴 것이다!"

강 대인은 처음에는 당황한 나머지 멍하니 굳어 있다가 곧 큰 소리로 외쳤다.

"억울합니다! 저는 억울합니다!"

어약방 규칙에 의하면 약재를 고르고 검증하기까지 분명 두세 사람이 서로 감독하게 되어 있었다. 그렇게 생각하면 비연은 확실히 홀로 약선 꾸러미를 만질 수 있었던 유일한 사람이었다.

게다가 강 대인은 본래 비연에 대해 조금 의심을 품고 있었다. 회녕 공주와 기욱이 갑자기 들이닥치지 않았다면, 그는 벌써 만 공공에게 의문을 던졌을 것이다.

그런데 회녕 공주의 힐난까지 받으니 강 대인이 어떻게 다리가 풀리지 않을 수 있겠는가?

그는 놀란 나머지 말까지 더듬고 있었다.

"공주마마, 저도 고 약녀의 혐의가 가장 크다고 생각하고 있습니다! 저는 오늘 밤 정왕부에 사람을 보내 고 약녀를 잡아 올 생각이었는데, 생각지도 못하게 만 공공이 고 약녀를 데리고 오지 않았겠습니까. 저는 막……, 막 고 약녀를 가둘 생각이었습니다. 이건……, 그러니까 공주마마와 소장군께서 오시지 않았더라면…… 잠시 지체된 것뿐입니다."

강 대인은 두려운 것은 두려운 것이고, 마침내 고비연이 현재 정왕부 소속이라는 것을 기억해 냈다. 그는 다시 하소만을 보며 설명했다.

"만 공공, 공주마마의 의문이 바로 본관의 의문이오. 다시 말하자면, 그 약재는 판별하기 쉬운 것도 아닌데 고 약녀가 어떻게 그 약재를 바로 검증해 낼 수 있었던 것인지 본관은 아주 의심스럽소. 이 일은, 어서 빨리 정왕 전하께 말씀드리는 것이 좋겠소."

하소만의 표정은 그야말로 절망적이었다. 직접 본 것이 아니었다면 그도 비연이 어약방 대약사도 검증해 내지 못한 약재를 검증해 낸 것을 믿을 수 없었을 것이다. 또한 회녕 공주가 위증을 했건 아니건 상관없이 이 비방은 확고부동한 일이 되어 버렸다!

하소만은 후회막급이었다.

여기 오지 말았어야 했는데!

하소만이 미적거리며 대답을 미루자 회녕 공주가 재촉하기 시작했다.

"강립안, 의심이 간다면서 어째서 아무것도 하지 않는 것이냐? 본 공주가 너에게 어떻게 해야 할지 가르쳐 주어야 하겠느냐?"

강 대인이 결단을 내렸다.

"여봐라, 고비연을 끌고 가라! 규칙에 따라 독방에 가두고, 본 대인의 명령 없이는 누구도 접근하지 못하게 하라!"

그와 동시에 비연이 고개를 들었다. 그녀는 이 일의 열쇠가 어디 있는지 계속 고민하고 있었다.

지금까지 그녀의 추측에는 착오가 없었다. 기복방은 확실히 이 일에 참여했고, 회녕 공주는 위증을 하고 있었다. 게다가 회녕 공주가 다급해하는 모습을 보면, 그녀도 이 일에 깊이 관여하고 있음이 틀림없었다.

이 두 우둔한 여자가 정왕 전하의 약선 꾸러미를 건드린 것은 아마도 단지 비연 그녀를 해치기 위해서였을 것이고, 정왕 전하의 생명까지 위험하게 만들 생각은 아니었을 것이다. 아니, 감히 그러지 못했을 것이다.

바꿔 말하자면, 그녀들도 흥수에게 이용당한 것이다. 그리고 지금까지도 아마 육단상륙의 진정한 약효를 모르고 있는 모양이었다. 흥수의 진정한 목표는 기씨 가문임이 틀림없었다.

진정한 볼거리는…… 이제부터구나!

군졸이 문안으로 들어왔다. 비연은 한마디도 하지 않았다. 변명할 생각 따위는 없었다. 그녀는 회녕 공주가 무고한 자신에게 죄를 뒤집어씌우고, 일단 일을 끝낸 다음 위에 이야기할 생각이라는 것을 눈치채고 있었다.

비연은 도박을 한번 해 볼 생각이었다. 회녕 공주가 아무리 대담하다 해도 정왕부 사람을 죽일 엄두를 낼 수 있을지.

몇 시진만 지나면 그녀는 자신이 이길 거라 생각했다. 하룻밤만 버티고 내일 정왕 전하가 돌아오면 진짜 재미있는 극이 시작될 것이다!

군졸들이 다가왔다. 이때, 하소만이 갑자기 비연 앞에 서서 두 팔을 벌리고는 노한 목소리로 외쳤다.

"강립안, 정왕 전하께서는 고 약녀를 절대적으로 신임하고 계시다! 정왕부의 사람을 함부로 가둘 수 있다면, 어디 해 보든가!"

하소만은 비연보다 머리 하나는 작았고 몸도 아주 왜소했다. 그러나 이 순간 그의 뒷모습은 더 이상 어른스러운 척하는 치기 어린 소년이 아니었다. 그는 아주 굳세고 강해 보였다.

비연은 하소만이 자신이 아니라 정왕 전하의 체면을 생각해서 이렇게 하는 걸 알고 있었다. 그러나 그녀의 가슴은 매우 따뜻해졌다.

비연이 나지막하게 말했다.

"안심해요. 나는 아무 일도 없을 테니까, 어서 돌아가서 전하께 보고드려요. 그저…… 내가 전하께서 돌아오시기를 기다리고 있다고만 하면 됩니다."

"가만히 생각 좀 해 봐라. 정왕 전하를 네가 어찌 기다릴 수 있겠느냐?"

하소만이 퉁명스럽게 속삭였다. 그는 그 자리를 떠나기는커녕 오히려 계속 강 대인을 위협했다.

"강립안, 마지막으로 말하겠다. 정왕 전하께서는 고 약녀를 절대적으로 신뢰하고 계시다. 믿지 못하겠다면 나도 함께 가두도록 하라! 전하께서 돌아오신 후에는, 하하, 그 결과는 직접 받아 내야 하겠지!"

"아…….."

강 대인이 말을 하기 전에 회녕 공주가 다시 탁자를 내리쳤다.

"이 개 같은 노비 자식! 감히 조정의 명을 받은 관리를 위협한다는 말이냐! 너는 정왕부의 문을 지키는 개에 지나지 않으면서 자신이 대단한 줄 아는 모양이지? 여봐라, 하소만은 하극상을 범하며 혐의가 있는 이를 감싸려 했다. 본 공주가 명령하니, 함께 가두도록 하라!"

"공주마마, 분노를 가라앉히소서! 마마, 만 공공도……."

강 대인은 결코 하소만을 가두고 싶지 않았다. 그러나 회녕 공주가 그에게 날카로운 눈빛을 보내자 손을 내저으며, 군졸에게 그대로 하라고 할 수밖에 없었다.

하소만은 여전히 비연을 제 등 뒤로 지키면서, 군졸에게 끌려가지 않고 가볍게 코웃음을 쳤다.

"앞에서 길을 안내하라!"

비연은 하소만이 일부러 그녀와 함께 감옥에 들어가려 한다는 사실을 느낄 수 있었다. 왜인지는 알 수 없었지만 일단은 침착하게 하소만에게 맞출 수밖에 없었다.

그들이 대문을 나서자마자 기복방이 앞에서 걸어오는 것이 보였다. 기복방이 그들을 보더니 다시 방 안에 있는 사람들을 보았다. 그리고 곧 회녕 공주의 계책이 성공했음을 깨달았다.

그녀는 기쁘기 그지없어 일부러 비연 앞에서 발걸음을 멈추고 속삭였다.

"너는 우리 기씨 가문과 싸울 자격이 없다! 하하, 능력이 있으면 네 그 간부奸夫에게 구해 달라고 해 보려무나! 아 참, 내가 잊고 있었네. 네 간부는 공주마마를 뵙기만 하면 고개를 숙이고 문안을 올려야 하는 처지였지? 하하……."

어떻게 할 수 있을까

기복방의 잘난 척하는 얼굴을 보며 비연은 눈을 가늘게 떴다. 그녀 역시 나지막하게 속삭였다.

"당신이 정말로 무고해야 할 텐데요. 나에게 애원할 때가 올 테니까."

비연은 회녕 공주와 기복방, 저 두 아둔한 여자들이 흉수의 적수가 되리라고는 생각지 않았다.

"너에게 애원한다고?"

기복방은 비연이 무엇 때문에 갑자기 이렇게 말하는지 이해할 수 없어 그저 비연이 미쳤다고만 생각했다.

"좋아, 열심히 기다리고 있으렴!"

그녀도 더 이상 비연을 상대하지 않고 활짝 웃으며 방 안으로 들어갔다.

"공주마마, 오셨군요! 강 대인이 정말 사람을 못살게 굴지 뭐예요! 마마께서 책임져 주셔야 해요!"

비연은 고개를 돌리지 않았다. 그녀의 입가에는 엷은 미소가 어려 있었다.

그녀는 침착하게 하소만과 함께 군졸을 따라갔다. 강 대인은 그래도 그들에게 함부로 대할 수는 없다고 생각한 듯 그들에게 독립된 감방을 배정해 주었다.

군졸들이 모두 떠난 것을 확인한 비연이 재빨리 하소만을 잡아끌고 속삭였다.

"어서 원병을 청하러 가지 않고 무엇 때문에 여기 같이 들어온 거예요?"

하소만은 짜증 난다는 듯 그녀의 손을 밀어내고 퉁명스럽게 대답했다.

"친한 척하지 마라. 본 공공이 함께 들어오지 않았으면 네가 정왕부 체면을 모두 깎아 먹었을 거다."

비연은 뭔가 이상하다는 생각이 들었다. 그녀는 날카로운 눈빛으로 하소만의 눈을 바라보다가 점차 미간을 찌푸리기 시작했다. 하소만은 즉시 그녀의 눈빛을 피해 뒷짐을 지고 살짝 등을 굽힌 채, 제법 그럴듯한 모습으로 어슬렁거리기 시작했다.

"이 일, 너무 곤란하단 말이지. 곤란해!"

"하소만!"

비연이 가라앉은 목소리로 말했다.

"나에게 뭔가 속이고 있지요?"

하소만은 듣지 못한 척 여전히 중얼거리고만 있었다.

"정말 곤란해……. 곤란하단 말이야……."

비연은 점점 더 이상하다는 생각이 들어 쫓아가, 그의 옷깃을 사납게 잡고 차가운 목소리로 말했다.

"이 자식, 대체 말을 할 거야 말 거야?"

하소만은 자신을 잡은 비연의 힘에 깜짝 놀랐다. 그녀가 조금만 더 힘을 주면 그의 숨이 끊어질 것 같았다.

"놔……, 놓으라고……. 말, 말할 테니까!"

비연은 그제야 손을 놓았다. 하소만은 그녀의 흉흉한 기세를 보며 울먹이는 소리로 속삭였다.

"정왕 전하는…… 아마 내일 오시지 못할 거야."

이 말이 끝나기도 전에 비연은 멍해지고 말았다.

"뭐라고?"

하소만이 눈 딱 감고 말해 버렸다.

"나도 전하께서 어디 가셨는지 모른다. 내일 전하께서 돌아오신다 말했던 것은…… 그저 그들을 겁주려 했던 것뿐이다. 회녕 공주가 이렇게 대담하게 경거망동할 줄 나라고 알았겠느냐?"

비연의 안색이 창백해졌다.

회녕 공주는 분명 가혹한 형벌로 자백을 강요할 것이다. 몇 시진 정도라면야 버텨 낼 수 있었다. 그러나 며칠이라면……? 감히 상상할 수도 없었다.

하소만 역시 이 이치를 알고 있었다. 그가 진지하게 말했다.

"계집, 안심하도록 해라. 본 공공이 있으니 저들이 너무 방자하게 굴지는 못할 게다."

비연이 뽀로통하여 그를 노려보았다.

"잘난 척 안 하면 죽기라도 하나? 회녕 공주가 너를 가뒀는데 뭘 더 꺼릴 것이 있겠어? 넌 절대 이 안으로 들어와서는 안 되었던 거야! 바보!"

하소만도 화가 나서 소리쳤다.

"망할 계집, 네가 걱정되어 그랬건만!"

비연이 갑자기 멈칫했다. 그녀는 하소만은 찬찬히 들여다보며 잠시 아무 말도 하지 않았다. 누군가가 자신을 걱정하는 말을 해 준 것은 처음이었다. 그것도 이렇게 어린 목소리로 말이다.

비연은 곧 정신을 차렸다. 가만히 앉아 죽음을 기다릴 생각은 없었다. 정왕 전하의 행적이 불명확한 이상, 그녀 스스로 자구책을 생각해 내야 했다.

진짜 흉수를 끄집어낸다면, 정역비의 그 가짜 약방문 사건을 이 일에 결부시킬 수 있다면 분명 적지 않은 시간을 벌 수 있을 것이다.

그녀는 상황을 알고도 위에 보고하지 않았다는 죄명을 뒤집어쓸지언정, 회녕 공주가 가할 고문을 받고 싶지는 않았다!

"하소만, 저들에게 말해. 강 대인을 만나야겠어. 나는……."

비연의 말이 끝나기도 전에 먼 곳에서 적막을 깨고 발걸음 소리가 들려왔다. 비연과 하소만이 약속이나 한 듯 돌아보았다.

다가온 사람은 바로 회녕 공주였다. 게다가 그녀를 따르는 이들은 신분을 알 수 없는 시종 몇 명이 전부였다. 강 대인이나 기씨 가문의 남매는 물론이고 군졸 하나도 보이지 않았다.

비연이 속으로 놀라며 생각했다. 회녕 공주가 이렇게 빨리 쫓아오면서 대리시 사람조차 데려오지 않다니. 이것은 강 대인이 회녕 공주에게 압박을 받고 있다는 이야기다.

바꿔 말하면, 비연은 강 대인을 만날 수 없을 것이고, 가짜 약방문과 관련한 말을 꺼낼 기회도 없을 것이다.

어떻게 하지? 어떻게 할 수 있을까?

이를 악물고 버틸 수밖에!

회녕 공주는 하소만이 거짓을 말했다는 것을 알지 못했기 때문에 시간을 허투루 쓰고 싶지 않았다. 심지어 고비연이 말을 할 여지조차 남기지 않을 생각이었다.

그녀는 발걸음을 멈추고 바로 명령을 내렸다.

"여봐라, 저 계집을 심문하라! 진실을 말할 때까지!"

감옥 문이 열리고 시종 몇이 들어왔다. 하소만이 다급한 나머지 재빨리 비연 앞을 막아서며 한 단어 한 단어 또렷하게 말했다.

"정왕 전하께서는 고 약녀를 신임하고 계십니다! 공주마마, 세 번 생각하신 후에 행하십시오! 벼랑 끝에 닿으면 말고삐를 잡아야 하는 법입니다!"

"이 개 같은 노비 자식! 본 공주는 너 따위에게 가르침을 받을 신분이 아니다!"

회녕 공주가 눈짓하자 두 시종이 하소만을 잡아 그의 입을 틀어막았다. 하소만은 발버둥 쳤으나 도저히 벗어날 수 없었다.

비연은 반항해 봤자 헛수고라 생각하며 한마디 말도 없이 그대로 서 있었다. 얼음처럼 차가운 눈빛이 무어라 형용할 수 없는 존귀함을 품고 있었다.

회녕 공주는 분명 승리자였으나, 비연의 그런 눈빛을 받자 어쩐지 자신이 그녀보다 낮아지는 느낌을 받았다.

회녕 공주는 비연의 몸에서 풍겨 나오는 귀한 느낌이 대체 어디서 온 것인지 알 수 없었고, 인정하고 싶지도 않았다.

그녀가 노한 목소리로 외쳤다.

"여봐라, 어서 심문을 시작하도록 해라! 제대로 심문해 보도록 하라!"

말은 심문이었지만 사실은 고문을 가하라는 이야기였다!

두 시종이 비연을 붙들었다. 다른 두 시종이 형구를 가져왔다. 손가락을 끼운 후 조여서 괴롭게 만드는 형구였다. 가볍게 쓰더라도 열 손가락 모두 고통스럽고, 세게 쓴다면 손가락의 뼈가 부러져 못쓰게 될 수도 있었다.

이 형구는 궁에서 전용으로 쓰는 것이었다. 손을 끼워 고문한다 해도 상처는 고사하고 멍조차 남지 않았다. 그러나 보통 형구에 비해 훨씬 고통스러운 것이었다!

꽉 쥐고 있던 비연의 두 손이 활짝 펴지고 형구 속으로 들어갔다. 그녀는 앞으로 어떤 고통이 찾아올지 예감하면서도, 여전히 회녕 공주를 노려보며 자신의 두 손을 바라보지 않았다.

회녕 공주는 원래 비연을 천천히 괴롭힐 작정이었지만 그녀의 눈빛을 받자 수치심이 분노로 변해 시종을 재촉했다.

"뭘 꾸물거리고 있는 게냐? 어서 시작하라!"

시종은 즉시 끈을 잡아당겼고, 비연은 너무도 아픈 나머지 몸을 떨었다. 마치 영혼이 온몸에서 빠져나가는 기분이었다. 그러나 그녀는 여전히 회녕 공주를 노려보며 자신의 손을 한 번도 내려다보지 않았다.

고통은 사람을 강하게 만들지 못하지만, 적의 얼굴은 사람을 강하게 만든다!

시간은 아직 많이 남아 있었다. 그녀는 꿋꿋하게 버틸 것이다. 복수의 그 순간까지!

회녕 공주는 비연이 신음 한 번 내지르지 않을 줄은 몰랐다. 그녀는 시종을 밀쳐 내고 직접 형구에 연결된 끈을 잡고 속삭였다.

"고비연, 본 공주가 마지막 기회를 주겠다. 진실을 이야기하지 않으면…… 너는 두 손을 쓰지 못하게 될 것이다!"

마침내 비연의 시선이 자신의 두 손으로 떨어졌다. 그러나 곧 다시 회녕 공주의 얼굴로 향했다.

비연이 입을 열었다.

"좋아요, 진실을 이야기하죠."

회녕 공주가 은밀하게 기뻐하자 비연이 갑자기 소리를 높였다.

"나, 고비연은 하지 않은 일을 승인할 수 없습니다. 공주마마께서 이렇게 다급하게 제게 죄를 인정하도록 하려 하시는 것은, 혹시 켕기는 구석이 있어서는 아니신지요?"

"너!"

회녕 공주는 화가 난 나머지 죽어라고 형구에 달린 끈을 잡아당겼다. 비연은 너무 아파 머리카락 사이로 땀이 송송 맺혔지만 얼굴 한 번 찡그리지 않고 오히려 큰 소리로 웃기 시작했다.

다른 이들은 고난 속에서 즐거움을 찾는다 했던가. 그녀는 고통 속에서 즐거움을 찾을 것이다!

"공주마마께서 이 이야기를 듣기 싫어하시는 모양이니 다른 이야기로 바꿔 볼까요. 공주마마께서는 기씨 가문이 아니면 시집가지 않으실 생각인데, 하필이면 기욱이 저와 먼저 혼약을 맺었지요. 그러하니 공주마마께서는 켕기는 마음이 있는 것뿐 아니라, 공적인 일을 빌려 사적인 잇속을 채우고 계신 것 아닌 가요! 제가 기욱을 공주마마께 양보해 드릴 테니, 저를 좀 가만 놔둬 주시겠어요?"

"고비연! 죽고 싶은 모양이구나!"

화가 머리끝까지 치민 회녕 공주가 젖 먹던 힘까지 짜내어 끈을 잡아당겼다. 마치 바로 비연의 손가락뼈를 부수지 못하는 것이 안타깝다는 듯…….

너무 기뻐 눈물이 나오네

비연은 뭐라 말할 수 없이 아팠지만 꿋꿋하게 계속 회녕 공주를 자극했다.

"보아하니 제 말이 맞는 모양이군요!"

회녕 공주는 화가 나서 미칠 것 같은지 시종에게 명해 함께 끈을 잡아당기게 했다.

비연은 고통으로 식은땀을 흘리면서도 아무 말도 하지 않았다. 그녀는 이를 악문 채 말없이 견디며 회녕 공주가 그녀의 손가락을 부수기를 기다렸다.

손가락뼈에 문제가 생겼는데도 계속하면 상처가 생길 수밖에 없다. 그럼 회녕 공주가 멈추고 싶지 않아도 멈출 수밖에 없을 것이다. 비연은 눈을 감은 채 가장 고통스러운 그 순간을 기다렸다.

그러나! 한 시종이 회녕 공주를 일깨웠다.

"마마, 이대로 가면 상처가 남습니다. 너무 서두르지 마십시오!"

그러자 회녕 공주가 분노 속에서 겨우 정신을 차리고 재빨리 끈을 던져 버렸다.

회녕 공주에게는 비연의 손가락을 부러뜨리려는 마음뿐 아니라 아예 죽여 버릴 마음까지 있었다. 그러나 지금은 예전과는 상황이 달랐다. 대리시에서 사람을 죽일 수는 없었다. 이 사건과 관련하여 어떤 꼬투리도 남길 수는 없었다!

반드시 정왕 오라버니가 돌아오기 전에 비연이 강 대인 앞에서 죄를 인정하도록 만들어 이 사건을 끝내야 했다.

어쨌든 육단상륙이 뭐 그렇게 위험한 물건도 아니니, 그때가서 정왕 오라버니가 추궁한다 해도 그녀가 부황을 찾아가 애교를 부리면 그만이었다! 부황이 지켜 준다면 정왕 오라버니가일개 약녀 하나를 위해 자신을 괴롭힐 리 없었다!

손에 상처를 입힐 수 없다면 다리는 어떨까?

그녀는 비연이 이런 고통을 얼마나 오래 버텨 낼 수 있는지지켜볼 작정이었다!

"본 공주가 너를 괴롭게 만들어 주마! 잠시 후에 본 공주에게죄를 인정하겠다고 애원하지나 마라!"

회녕 공주의 눈길이 비연의 두 다리로 향했다. 그 뜻을 알아차린 시종들이 거칠게 비연의 버선이며 신발을 벗겼다. 그리고형구에 그녀의 발가락을 끼웠다.

그들은 특별히 신중하게 힘을 조절하여, 뼈를 부러뜨리거나상처를 내지 않고 장장 반 시진 동안 그녀의 발을 형구에 끼워두었다.

반 시진!

비연의 몸은 점차 통제력을 잃고 떨리기 시작했다. 정말이지, 너무 아팠다!

그러나 그녀는 자신의 두 발을 내려다보지 않고 시종일관 죽어라고 회녕 공주를 노려보았다. 마치 고집스러운 아이와도 같은 모습이었다.

구속당해 있는 하소만은 아무 말도 할 수 없어 계속 고개만 흔들고 있었다. 항상 냉랭해 보이던 그 얼굴은 안타까움으로 가득 차 있었다.

회녕 공주는 비연이 이렇게까지 버티리라고는 생각지 못했다. 마음에 좌절감이 가득 찼다. 어쩔 수 없이 잠시 비연을 놓아주고 하소만 쪽으로 갈 수밖에 없었다.

창밖으로 동쪽이 밝아 오고 있었다. 곧 새로운 하루가 시작될 것이다. 이 사건은 절대로 날이 밝을 때까지 끌고 갈 수 없었다. 비연이 죄를 인정하지 않으니, 하소만, 저 개 같은 노비 놈에게 죄를 인정하게 하는 수밖에 없었다!

그녀가 하소만의 귀에 대고 속삭였다.

"만 공공, 그대는 총명한 사람이지. 그대도 저 형구의 맛을 보겠는가? 아니면 고비연이 진짜 흉수라고 고발하겠는가? 잘 생각해 보도록 해. 차 한 잔 마실 시간을 줄 테니!"

하소만은 본래 화가 나 있던 데다 이 말을 듣자 더욱 분노가 솟구쳤다. 그래서 입을 막고 있던 천 뭉치가 제거되자마자 죽기 살기로, 입에 거품을 물고 욕설을 퍼부었다.

"회녕 공주, 내가 정왕 전하를 배반하기를 바라시다니 그 저의가 무엇이온지? 대담하고 경망되었소이다. 법도 하늘도 모르시는 모양이오. 정왕 전하께서 돌아오시면 반드시 공주마마를 손봐 주실 것이오!"

비연은 하소만을 등지고 앉아 있어 어떤 일이 벌어지고 있는지 모르고 있다가, 이 말들을 듣고 나서야 회녕 공주가 그를 구슬리려 했다는 사실을 알았다. 마음이 다급해졌다.

어찌 됐든 하소만은 아직 아이에 지나지 않았다. 몸도 채 다 자라지 않았는데 어떻게 이런 고문을 견딜 수 있겠는가?

비연은 몸이 너무도 아파서 아무 말도 하고 싶지 않았지만, 결국은 입을 열었다.

"회녕 공주, 대체 뭘 하는 거지? 나를 핍박하다 안 되니 이제 만 공공을 핍박하려는 건가? 나에게 졌다는 것을 인정하는 셈인가? 공주에게 능력이 더 있을 거라 생각했는데, 지금 보니 그간의 공주는 그저 허장성세를 부리던 것에 지나지 않았군. 하하!"

이런 식으로 공주를 자극하는 것은 죽겠다는 것이 아니면 또 무엇일까?

"고비연, 너……."

하소만의 말이 끝나기도 전에 비연이 말을 끊었다. 그녀는 이제 자극 정도가 아니라 도발하고 있었다.

"회녕 공주, 능력이 있으면 본 소저를 감옥에 가뒀겠지. 하지만 능력이 없으니 본 소저를 고문하고 있는 거고. 하하! 기욱이 계속 머뭇거리며 나를 버리지 않고 당신을 아내로 취하려 하지 않았던 것도 이상한 일이 아니었어!"

이 말은 회녕 공주의 가장 아픈 곳을 찔렀다. 그녀는 화가 나 미칠 지경이 되어, 몸을 돌려 비연의 열 손가락을 다시 형구에 끼웠다.

"고비연, 지금 너에게 본 공주의 능력을 보여 주마!"

회녕 공주는 결과를 생각하지 않고 사납게 끈을 잡아당겼다. 시종들이 말리려 했지만 그녀는 듣지 않았을 뿐 아니라, 시종들에게 다른 끝을 잡고 더 힘주어 당기라고 명했다!

비연은 아픈 나머지 참지 못하고 고개를 들었다. 머릿속이 텅 비는 것만 같았다. 마침내 그녀의 얼굴에 고통의 표정이 어리기 시작했다.

하소만은 있는 힘을 다해 발버둥 치며 고함을 질렀다. 그의 눈가는 이미 젖어 있었다.

"회녕 공주, 그녀를 놔줘! 심문하려면 나를 심문하라고! 그녀를 놔줘!"

갑자기 하소만의 고함 소리 속에 낭랑한 목소리 하나가 끼어들었다.

"정왕 전하 행차이시오……. 정왕 전하 행차이시오!"

하소만이 고함을 멈췄다. 그는 자신이 잘못 들은 것은 아닌지 의심하고 있었다.

비연 역시 그 낭랑한 목소리를 들었다. 그녀는 자신이 환청을 들었다 생각하며 속으로 웃었다.

불가능하다는 것을 명백하게 알면서도, 또 무슨 기대를 걸었기에 이런 환청까지 듣는다는 말인가?

하소만의 거짓말이 진짜였다 하더라도 이렇게 빠를 수는 없었다. 아직 날이 밝지도 않았으니까!

회녕 공주 역시 당연히 들었다. 그녀의 손이 굳어 버렸다.

그녀는 무의식적으로 고개를 돌려 방문을 바라보았다. 정왕 전하의 모습은 보이지 않았다.

대신 이때, 그 목소리가 다시 한번 울려 퍼졌다.

"정왕 전하 행차이시오……."

세 번이나 들려온 목소리. 게다가 점점 더 가까워지고 있었다. 환청이 아니었다!

회녕 공주가 눈을 휘둥그렇게 뜨고 있는 것을 보고서야 비연은 자신이 환청을 들은 게 아니라는 사실을 알아차렸다. 그녀는 정신을 다잡고 재빨리 감옥 문 쪽으로 고개를 돌렸다.

키가 크고 늘씬한 그림자 하나가 어둠 속에서 점차 가까이 다가오고 있었다. 바로 정왕 군구신이었다.

그는 문가에서 멈추지 않고 그대로 감옥 안에까지 들어와 발걸음을 멈췄다. 소나무처럼 큰 키에 늘씬한 몸매, 그리고 차갑고 냉랭한 기운. 그는 높은 곳에서 모든 이들을 굽어보는 것 같았다.

그러나 잘생긴 눈매를 찡그리고 있는 것이, 매우 기분이 좋지 않은 모양이었다. 그는 기분 나빠 하는 모습조차 잘생겨 보였다.

팽팽하게 당겨져 있던 비연의 신경 줄이 마침내 풀어지고 있었다. 고문의 고통을 겪으면서도 그녀는 울고 싶지 않았다. 그러나 이 순간엔 너무도 기쁜 나머지 큰 소리로 울고 싶었다.

그녀가 의지할 수 있는 산이 돌아왔다. 이제 안전하다!

비연은 기쁜 나머지 말도 나오지 않았다. 대신 하소만이 울먹이며 큰 소리로 외쳤다.

"전하, 노비는 억울합니다! 고 약녀도 억울합니다! 전하께서 조금만 더 늦으셨더라면 다시는 저희들을 보지 못하셨을 것입니다! 전하……, 흑……."

군구신은 하소만을 보지 않고 오히려 차가운 시선으로 비연의 맨발을 훑었다. 그리고 곧 형구에 잡혀 있는 그녀의 두 손 쪽으로 주의를 돌렸다.

회녕 공주는 그제야 겨우 정신을 차리고, 놀라서 허둥거리며 다급하게 형구에서 비연의 손을 빼냈다.

안 그래도 견디기 힘들 정도로 아팠는데, 열 손가락이 이렇게 잡아당겨지니 비연은 더욱 아파 참지 못하고 숨을 크게 들이마셨다. 그러자 군구신의 눈빛이 더욱 차가워졌다.

그는 다가오고 싶은 듯했으나 발걸음을 멈추고, 한마디도 묻지 않은 채 차갑게 명령하기만 했다.

"여봐라, 전령을 보내 이 사건의 심의를 바로 시작하도록. 본 왕이 직접 심문할 것이다! 하소만, 일단 고 약녀를 데리고 가서 치료해 주도록 해라!"

그는 그렇게 말한 후 다시 한번 비연을 바라보고는 과감하게 몸을 돌려 자리를 떠났다.

회녕 공주가 멍하니 그 자리에 서 있었다. 시종들은 자발적으로 하소만을 놓아준 후 감히 움직이지를 못했다.

하소만이 재빨리 비연에게 달려와 부축했다. 비연은 두 다리와 두 손이 모두 아파 하소만의 부축을 받고서야 겨우 일어날 수 있었다.

그녀는 자리에서 일어선 후 바로 그곳을 떠나지 않고, 냉랭한 눈길로 회녕 공주를 바라보며 말했다.

"실수를 거듭해서는 안 되는 법, 절대로 다시는 마마께 기회를 드리지 않을 겁니다!"

회녕 공주는 지금까지 그녀를 족히 세 번은 괴롭혔다.

정말로…… 이젠 충분하다!

회녕, 너를 힘들게 할게

정왕 전하가 대리시에 친히 임하여 사건을 심판한다는 것은 큰 사건이었다.

날이 막 밝은 참이었다. 대리시 모든 관원들이 자신의 자리에 있었다. 심지어 대약사 남궁 대인마저 달려왔다. 누구도 감히 태만하게 굴 엄두를 내지 못했다.

대리시의 문은 모두 활짝 열려 있었고, 군졸들은 옆으로 물러나 줄지어 서 있었다. 대리시 전체에 장중한 분위기가 흐르는 가운데 모두 엄숙하게 침묵을 지켰다.

군구신은 편한 옷을 입고 먹과 같이 검은 머리카락도 반쯤만 묶고 있었다. 하지만 그의 몸에서 흐르는 왕자의 패기는 전혀 줄어들지 않았다.

그는 고아한 자세로 상석에 앉아 있었다. 차가운 얼음 같은 얼굴에 한마디도 하지 않으니, 무심한 시선만으로도 사람들을 모두 겁에 질려 덜덜 떨게 만들었다!

대리시경 강 대인은 본래 제1배심석에 앉아야 했다. 그러나 지금 그는 창백한 안색으로 그냥 서 있었다. 두 다리는 떨리고 있었고, 그야말로 후회막급이었다.

기씨 남매의 안색 역시 모두 좋지 않았다. 언제나 눈이 머리 꼭대기에 달린 것처럼 다른 이들은 안중에도 없넌 기욱도 정왕 전하 앞에서는 감히 고개를 들지 못하고 있었다.

회녕 공주만이 강하게 버티고 있었다. 그녀는 기욱 곁으로 발걸음을 옮겨 속삭였다.

"욱 오라버니, 너무 걱정하지 말아요. 이 일은 별일 아니에요. 나 혼자만으로도 충분히 처리 가능한걸요. 모비와 큰오라버니께 사람을 보냈어요. 정왕 오라버니는 절대로 기씨 가문에 어떤 영향도 끼치지 못할 거예요!"

정왕 전하가 기씨 가문에 어떤 영향을 끼칠 수 있을지 없을지, 기욱은 자신이 없었다. 그러나 그는 알고 있었다. 회녕 공주가 죄를 뒤집어쓰기만 한다면 기씨 가문은 이 재난에서 빠져나갈 수 있었다.

그는 몰래 회녕 공주의 손을 잡고 평소보다 부드러운 목소리로 말했다.

"회녕, 당신을 힘들게 만들었군요."

회녕 공주는 깜짝 놀랐다. 그녀가 설레는 마음으로 속삭였다.

"욱 오라버니, 오라버니를 위해서라면 힘들어지는 것쯤이야, 내가 바라는 바예요."

회녕 공주를 대신해 죄를 뒤집어썼던 기복방도 이 대화를 듣고 있었다. 그러나 아무 말도 하지 못했다. 그녀는 심지어 기욱에게도 진실을 말할 수 없었다.

모두 조용해진 지 한참이 지나도록 군구신은 아무 말도 하지 않았다. 심문을 시작할 뜻도 없어 보였다. 그러나 아무도 그를 재촉하지 못했다. 의심할 바 없이 그는 비연을 기다리고 있었다.

비연은 태의를 기다리지 않고 약왕정에서 약을 배합하여 급하게 바르고, 하소만에게 자신을 부축해 달라고 부탁했다. 다시 버선이며 신발을 신고 나니 두 발의 발가락은 마치 형구에 들어가 있을 때처럼 고통스러웠다. 그러나 그녀는 몸단장을 깔끔하게 했다.

감옥과 법정 사이의 거리는 결코 멀지 않았지만 그녀는 정말로 한 걸음도 제대로 옮길 수가 없었다. 한참 시간을 들여 겨우 법정에 닿았다.

사람들 대부분은 그녀가 올 거라고는 생각지 못했다. 순간적으로 여기저기서 수군거리는 소리가 들려왔다.

강 대인 등 몇 사람을 제외하면, 법정 안팎에 있는 이들은 모두 지난밤에 일어난 일을 알지 못했다. 그들은 그녀가 무엇 때문에 여기 왔는지, 대체 왜 상처를 입었는지 궁금해하고 있었다. 반면, 기욱 등의 안색은 상당히 나빠지고 있었다.

비연은 그런 이들을 상대하지 않고, 정왕 전하가 아직 개정하지 않은 것을 보고 남몰래 안도의 한숨을 내쉬었다. 그리고 서둘러 안으로 들어가, 고통을 참은 채 몸을 굽혀 예를 행했다.

"노비 고비연이 정왕 전하를 뵙사옵니다."

군구신은 너무 오래 기다렸기 때문인지, 아니면 다른 이유 때문인지, 조금 전보다 더 기분이 나빠 보였다. 그는 비연의 두 다리를 흘깃 보더니 얼음처럼 차가운 목소리로 말했다.

"여봐라, 의자를 내주어라."

"감사합니다, 전하!"

비연이 막 자리에 앉자 군구신이 나무패를 두드리며 차가운 목소리로 외쳤다.

"개정!"

비연은 속으로 정왕 전하가 분명 참을 수 없을 만큼 기다린 모양이라고 생각했다.

탁자를 두드리는 낭랑한 소리가 본래 조용하던 법정을 더욱 엄숙하고 장중하게 만들었다. 관원들이 잇달아 자리에 앉았지만 강 대인과 기욱은 여전히 선 채였다. 그 모습을 보고 사람들은 겨우 상황이 이상하다는 것을 깨닫게 되었다.

강 대인이 참을 수 없어 앞으로 나서려 했다. 그러나 군구신이 먼저 입을 열었다.

"회녕, 누가 너에게 대리시를 대신해 사람을 심문할 권한을 주었느냐?"

회녕 공주가 깜짝 놀라 굳어 버렸다.

겨우 약재를 하나 바꾼 것뿐 아닌가. 그리고 겨우 천한 노비 하나일 뿐 아닌가. 정왕은 대체 왜 저리 진지한 걸까? 무엇 때문에 사람들 앞에서 그녀를 이렇게 난감하게 만드는 걸까?

모두 눈을 휘둥그렇게 뜨고 돌아가는 상황을 관찰하고 있었다.

비연도 몹시 놀랐다. 그녀는 정왕 전하가 남몰래 회녕 공주를 야단치고 법정에서는 그저 강 대인에게만 칼을 들이댈 거라 생각했다.

어찌 됐든 회녕 공주는 황가의 사람 아닌가. 황상 손안의 보옥 같은 공주 말이다. 정왕 전하가 황족의 체면은 생각하지 않더라도, 황상의 체면은 생각해야 하지 않는가.

설마, 정왕 전하가 이 기회를 빌려 회녕 공주 배후의 운 귀비와 대황자의 기세를 꺾어 놓으려는 걸까?

그러나 비연에게는 그렇게 깊이 생각할 여유가 없었다. 그녀는 지금 놀라기도 했지만 그보다는 흥분하고 있었다!

그녀는 회녕 공주를 놓아줄 생각이 없었다. 그런데 정왕 전하가 이런 태도를 보이다니! 세 번에 걸친 그녀의 빚을 단숨에 되돌려 줄 수 있을 것 같았다.

"저, 저는……."

회녕 공주가 한참을 얼버무리다가 겨우 황당한 이유를 댔다.

"강 대인이 감히 본 공주의 궁에 와서 사람을 잡아가면서, 본 공주에게 한마디도 하지 않았습니다! 본 공주는 당연히 무슨 일이 벌어졌는지 알아보려 했지요. 그리하지 않으면…… 본 공주가 장래에 어찌 발붙이고 지낼 수 있겠어요?"

군구신은 대답하지 않고 다시 물었다.

"누가 너에게 사사로이 형을 집행하여 자백을 강요할 권한을 주었지?"

회녕 공주가 다시 더듬거렸다.

"저, 저는 고문은 했지만 자백을 강요하지 않았어요! 약선 꾸러미는 고비연이 가져갔던 거고, 고비연의 혐의가 가장 크잖아요. 저, 제가 그녀를 겁주지 않으면, 그녀가 진실을 말하겠어요?"

군구신은 여전히 아무 대답도 하지 않고, 또한 더 이상 추궁하지도 않았다. 다만 손을 내저어 그녀를 한옆으로 물러나게 했다.

회녕 공주는 안도의 한숨을 내쉬었다. 그러나 그녀 곁에 있는 기욱의 안색은 이미 검게 죽어 가고 있었다. 정왕 전하가 회녕 공주를 처벌하지 않았지만 회녕 공주와 기씨 가문의 체면을 사납게 후려친 것이나 마찬가지였다!

아무리 명청한 사람이라도 명백하게 깨달을 수밖에 없었다. 회녕 공주의 행동은 기씨 가문을 감싸기 위한 것이었다. 그녀는 가혹한 고문으로, 기욱의 약혼녀에게 자백을 강요하려 했다!

법정 안팎의 사람들이 모두 수군거리고 있었다. 친하게 지내던 적지 않은 이들이 그에게 경멸의 눈빛을 던지고 있었다.

비연은 웃고 있었다. 속으로 몰래 웃느라 손발의 고통마저 잊을 정도였다.

사람들은 모두 정왕 전하가 그들의 체면만을 상하게 하고 더 이상 추궁하지 않을 거라 생각했다. 강 대인마저 속으로 안도의 한숨을 내쉬고 있었다.

어쨌든 정왕 전하는 회녕 공주와 남매 사이니, 그녀에게 벌을 가하려면 이 일을 황상에게까지 가져가야 했다.

그러나!

군구신은 다시 한번 의외의 행동을 했다. 그가 강 대인을 바라보며 직접 명령했다.

"여봐라, 강립안의 대리시경 직위를 해제하고 북역으로 보내라. 무엇을 잘못했는지, 그에게 제대로 반성할 기회를 주어야겠다."

강 대인이 마침내 버티지 못하고 무릎을 꿇은 채 덜덜 떨기 시작했다.

그가 반성할 필요가 있는가? 그는 당연히 무엇을 잘못했는지 알고 있었다!

모두 침묵에 빠져들었다. 심지어 비연마저 조금 두려워졌다.

모든 사람이 정왕 전하가 노련하고 맺고 끊음이 확실하다고 말했다. 몇 마디 말로 사람의 생사를 결정한다고. 그녀는 오늘에야 그 모습을 제대로 본 셈이었다.

방금 회녕 공주와 기욱의 체면을 무너뜨린 것이라면, 지금 이것은 엄중한 처벌이라 부를 만했다!

심문도 없었다. 죄목을 정하지도 않았다. 직접 직위를 해제하고, 반성하라며 북역으로 쫓아 보낼 뿐이다. 이것은 분명 조정의 문무백관에 대한 경고였다. 이후로 그 누구라도 감히 회녕 공주와 기씨 가문의 체면을 생각하여 사사로이 불법적인 행위를 한다면 강립안과 같은 꼴을 당할 거라는 경고!

강립안이 끌려감으로써 회녕 공주의 체면은 땅에 떨어진 것이나 마찬가지였다. 그러나 그녀는 여전히 자신의 체면을 지키려 했다.

회녕 공주가 속삭였다.

"욱 오라버니, 이 일은 내 실수예요. 하지만 오라버니, 안심해요. 복방 언니의 일……, 내가 반드시 지켜 줄 테니까!"

기욱은 울적하여 아무 말도 하고 싶지 않았지만 결국 한마디 대답했다.

"공주마마를 힘들게 하는군요."

강림안이 끌려 나간 후 군구신이 마침내 정식으로 심판을 시작했다.

그가 외쳤다.

"여봐라, 진삼원을 끌어내라!"

대단한 연기력

곧 진삼원이 군졸들에게 끌려 나와 무릎을 꿇었다.

"약공 진삼원이 정왕 전하를 뵙사옵니다!"

그는 여전히 약공의 저고리를 입고 있었다. 행색은 초췌했으며 겁을 먹은 듯했다. 그는 예를 행하면서 몰래 기복방을 슬쩍 쳐다보았다. 은밀히 한 행동이었지만 장내에 있던 모두가 목격할 수 있었다.

비연의 눈가에 일말의 추측의 빛이 스쳐 갔다. 그녀는 진삼원을 노려보며 아무 반응도 보이지 않았다.

군구신이 바로 직구를 날렸다.

"진삼원, 자백한 내용을 다시 한번 말하라."

진삼원은 그제야 고개를 들고 다시 겁먹은 모양으로 기복방을 흘깃 바라보고는 대답하지 않았다. 그리고 놀란 듯한 모양으로 자꾸 한옆으로 비켜나려 했다. 마치 기복방에게서 조금이라도 더 멀어지려는 것 같았다.

이런 행동을 보면 누구라도 그와 기복방 사이에 커다란 연관이 있음을 눈치챌 수밖에 없었다. 그는 기복방을 아주 두려워하고 있었다.

기복방은 화가 나서 죽을 지경이었다. 그녀는 변명하고 싶었지만, 더 많은 문제를 불러일으키게 될까 봐 두려워 그럴 수도 없었다.

군구신이 다시 말했다.

"진삼원, 두려워할 필요 없다. 자백했던 내용을 다시 한번 말하라."

진삼원이 다시 고개를 들었다. 이때, 그는 뜻밖에도 고개를 돌려 기욱을 쳐다보았다. 여전히 한 번 보는 것만으로도 겁을 먹고 피하고 싶어 하는 것 같았다. 그는 몸을 웅크린 채 더욱 두려워했다.

이 순간의 침묵은 울부짖음보다 더욱 강력했다.

그래, 바로 그러했다!

모두가 매우 놀라며 기복방이 진삼원을 매수했다고 의심할 뿐 아니라, 이 일에 기욱 역시 끼어들었다고 의심하기 시작했다.

기욱은 도저히 참을 수 없어, 자리를 박차고 일어나 노한 목소리로 외쳤다.

"진삼원, 네가 지금 정왕 전하의 질문에는 대답하지 않으면서 우리 남매를 흘깃거리는 것은 대체 무슨 의미냐? 너에게 켕기는 것이 없다면 무엇 때문에 말을 하지 못하는 것이냐? 경고하건대, 너에게 증거가 있는 것이 좋을 것이다. 그렇지 않다면 악독한 말로 중상모략 한 대가를 치를 터이니!"

기욱이 입을 열었는데 기복방이라고 어찌 참을 수 있겠는가? 그녀도 진삼원 앞으로 달려 나와 손가락질하며 저주했다.

"이 개 같은 노비 자식, 아주 제대로 연기하고 있구나! 네가 정말로 본 소저를 두려워한다면 어째서 본 소저가 시켰다고 자

백했느냐? 너, 이 음험한 소인 녀석! 말해라, 고비연이 너에게
그리하라 시킨 것이지? 어서 말해!"

기복방의 반응은 꽤 거창하다 할 만했다. 그러나 누가 알았
을까, 진삼원이 그녀보다 더 크게 반응했다.

진삼원은 자라 보고 놀란 사람 솥뚜껑에 놀라듯 갑자기 몸을
일으켜 빠른 걸음으로 정왕의 탁자 앞으로 달려갔다. 그리고
있는 힘을 다해 머리를 조아리며 큰 소리로 외쳤다.

"정왕 전하! 살려 주십시오! 살려 주십시오! 어제 분명 이야
기를 끝냈습니다. 제가 진짜 흉수를 말하고 증거를 드리기만
하면 대리시는 제 생명을 지켜 주고, 다시는 기씨 가문의 대소
저를 만나지 않게 해 주겠다고요! 대리시는 저에게 약속을 지
켜야 합니다!"

이건…….

기복방은 당황했다. 그녀는 진삼원을 매수했다. 그러나 계속
좋게 대화를 나누었을 뿐 그를 위협하거나 한 적은 없었다!

그는 일부러 저러고 있었다! 연극을 하고 있는 것이다!

그는 두려움 때문에 자백한 것이 아니었다! 누군가에게 매수
당한 것이다!

상황을 알아차린 기복방이 화가 나서 이성을 잃었다. 그녀는
빠른 걸음으로 달려 나가 진삼원의 목을 조르며 외쳤다.

"거짓말! 또 연기를 하고 있구나! 네가 본 소저를 모해하려
고 연기를 하는 거야! 무엇 때문에 이러는 것이냐? 대체 왜?"

군졸들이 서둘러 끌어냈다. 그러나 기복방은 여전히 발버둥

치며 외쳤다.

"진삼원, 네가 나를 모욕하는구나! 일부러 나를 정리해 버리려는 거지, 맞지? 말해라, 고비연이 너를 매수한 것이 아니냐? 말해!"

다시 이름이 불렸지만 비연은 마치 연극을 보는 것처럼 웃음이 나왔다. 예전에 진삼원을 그저 의심만 하고 있었다면 지금 그녀는 완전히 확신하고 있었다.

진삼원은 진짜 그 흉수의 사람이었다!

대단한 연기력이다. 들어서자마자 연기를 시작해서 일부러 기씨 남매를 자극했다. 비연은 그가 어떤 증거를 꺼낼지 계속 지켜볼 작정이었다.

군구신은 거의 모든 것을 일목요연하게 깨달은 듯, 기복방이 난동 부리는 것을 지켜보며 아무 내색도 하지 않았다. 그녀가 진삼원을 잡아먹을 것 같은 자세를 보면 누가 보아도 눈 가리고 아웅 하는 것 같았다. 배심석에 앉아 있던 관원들이 서로의 귀에 입을 대고 이런저런 이야기를 주고받기 시작했다.

결국 그들이 진삼원의 계략에 빠져들었음을 제일 먼저 깨달은 기욱이 서둘러 기복방을 잡아당겼다.

"누님, 법정에서는 무례하게 굴어서는 아니 됩니다. 정왕 전하께서 친히 심문하시니, 공정한 판단을 내려 주실 겁니다. 우리는 기씨 가문의 사람이잖습니까. 스스로 올바르게 행동했다면 두려울 것이 없으니, 저 개 같은 작자가 어떤 증거를 꺼내는지 지켜봅시다."

회녕 공주도 다급하게 이야기했다.

"복방 언니, 안심해요. 오늘 누구도 언니를 모욕할 수 없을 테니까!"

기복방도 마침내 냉정을 되찾았다.

군구신은 평소와는 달리 인내심 있게 기다리다가, 모두가 안정된 것을 보고서야 다시 말했다.

"진삼원, 본 왕이 너에게 세 번 물어야겠느냐?"

"아닙니다! 노비가 그럴 리 있겠습니까! 노비가 말하겠습니다, 말하겠어요!"

진삼원은 긴장한 나머지 말마저 더듬고 있었다.

"그, 그게……, 그게, 기 대소저가 소인에게 몰래……, 몰래 전하의 약선 꾸러미를 바꿔 놓으라고 했습니다. 그리고……, 그리고 약녀 고비연에게 죄를 덮어씌우라 했습니다."

이 일은 모두가 이미 알고 있었다. 좀 더 자세한 사정을 말하기를 기다리고 있었다.

군구신이 냉랭하게 말했다.

"상세하게 이야기하라!"

"그게……, 그러니까 약선 꾸러미를 보내기 하루 전날 밤, 기 대소저께서 직접 어약방으로 오셔서 노비를 찾으셨습니다. 그때 노비는 약선의 처방도 아직 모르는 상태였습지요. 기 대소저께서 어디서 들으셨는지 모르지만, 약방에 작은 인삼이 세 뿌리 들어간다고 하셨습니다. 그리고 소인에게 5천 금을 주시며, 약선 꾸러미 안의 인삼을 전부 바꿔 놓으라고……."

진삼원의 연기는 정말로 대단했다. 그는 여기까지 말한 후에 다시 한번 기복방을 몰래 훔쳐보았다.

기복방은 다시 화가 나서 반박하려 했지만 기욱이 그런 그녀를 말렸다.

군구신이 냉랭하게 물었다.

"어떤 물건으로 바꿔 놓으라 했지?"

진삼원은 머뭇거리다가 겨우 대답했다.

"기이한 약재입니다. 인삼과 아주 똑같이 생겼는데, 그러니까 그게⋯⋯."

군구신이 날카로운 소리로 재촉했다.

"말하라!"

"육단상륙입니다."

진삼원이 놀라서 다시 머리를 조아렸다.

"정왕 전하, 살려 주십시오! 소인은 기 대소저에게 핍박을 받았습니다! 소인이 아는 것은 전부 말했사오니, 제발 살려 주십시오!"

진삼원은 말하면서, 몸에서 금표 묶음을 꺼냈다.

"전하, 이것이 바로 기 대소저가 제게 준 5천 금입니다. 일이 성사되면 소인에게 다시 5천 금을 주겠다고 했습니다. 그리고 소인이 진양성을 떠날 수 있게 해 주겠다고도⋯⋯. 만약, 만약 일이 제대로 되지 않으면 대소저는⋯⋯, 대소저는 소인을 죽이겠다고 했습니다!"

5천 금은 절대로 적은 액수가 아니었다. 결코 진삼원과 같은 일개 약공이 쉽게 꺼내 들 수 있는 금액이 아니었다! 이 금표는 어느 정도 증거가 될 수 있었다.

사람들이 잇달아 기복방을 바라보았다. 기복방은 또다시 흥분했다. 그녀가 어찌 진삼원에게 그렇게 많은 돈을 줄 수 있었겠는가. 그녀는 진삼원에게 단 5백 금만을 주었다!

"진삼원, 너……."

그녀가 다시 입을 열어 욕하려 하자 기욱이 제지했다. 한번 고생을 하고 나니 기욱도 아주 신중해진 상태였다. 진삼원이 밑천을 다 드러내지 않는 한 그는 결코 함부로 나서지 않을 작정이었다.

5천 금은 증거가 된다. 그러나 기복방이 진짜 흉수라고 단정하기에는 부족한 증거였다. 진삼원이 다른 이에게 매수당했을 가능성도 배제할 수 없으니까.

기욱은 속으로 생각했다.

비연에게 그렇게 큰돈이 있을 리 만무했다. 그렇다면 진삼원을 매수한 사람은 대체 누구란 말인가?

그는 생각한 끝에 자신의 최대의 적을 떠올렸다.

정역비!

정역비도 소식을 듣고 그 자리에 와 있었다. 그는 문밖 시끄러운 사람들 무리에 숨어 있었다. 그는 사건의 경위에는 별 관심이 없었고, 계속 붕대로 감싼 비연의 두 손을 바라보고 있었다. 그는 마음이 아파 견딜 수가 없었다.

군졸들이 5천 금의 금표를 군구신 앞으로 가져갔다. 군구신은 그것을 흘깃 보기만 하고 별 반응을 보이지 않았다. 사람들은 그가 진삼원에게 다른 증거를 내놓으라 할 것이라 생각했다.

그러나 누가 알았을까, 군구신이 갑자기 진지하게 물었다.

"진삼원, 육단상륙을 복용할 경우 어떤 결과가 오는지 알고 있느냐?"

약효, 생명을 해치려 하다

　법정 안팎의 사람들 중 '육단상륙'이라는 약을 처음 들어 보는 이들이 적지 않았다. 그들은 매우 호기심을 느끼고 있었다. 그러나 기복방 등은 이 문제에 대해 오히려 별생각이 없었다.

　하지만 진삼원은 다시 한번 기복방 무리에게 놀라움을 안겨 주었다.

　그가 대답했다.

　"노비는 육단상륙이라는 이름을 들어 본 적이 없었습니다. 기 대소저가 저에게 그 약재를 세 뿌리 주었을 때, 노비는 그저……, 그저 그게 상륙이라고만……."

　여기까지 말한 진삼원은 사납게 머리를 땅에 조아리고는 다시는 일어나지 않았다. 그가 떨리는 목소리로 계속 말했다.

　"기 대소저가 말하기를…… 육단상륙은 목숨을 해하는 약이라고 하였습니다. 대소저는……, 대소저는…… 전하를 모해하고 고비연에게 뒤집어씌우려 하였습니다. 그리고 정 대장군에게도 뒤집어씌우려 하였습니다! 이렇게 큰일을, 노비는 차마 계속 감추고 있을 수 없어, 그, 그래서 죽음을 각오하고 자백하였습니다. 전하, 노비가 잘못했습니다, 잘못했습니다……."

　진삼원의 말 뒷부분에 신경 쓰는 사람은 없었다. 거대한 법정이 침묵에 빠져들었고, 법정 밖 사람들도 쥐 죽은 듯 고요했다.

모두 '목숨을 해하는 약'이라는 말에 놀라고 있었다. 사람들 틈에 몸을 숨기고 있던 정역비조차 놀라 숨을 들이켤 정도였다.

정왕 전하의 생명을 해하려 들다니, 이 일은 이만저만한 일이 아니었다!

기복방이 반란이라도 일으킬 생각이었을까?

아니다, 기씨 가문이라고 해야겠지. 기씨 가문이 반란을 일으킬 생각이었을까?

적막 속에서 모두가 몸서리를 치고 있었다.

그러나 회녕 공주 무리만은 조금도 긴장하지 않고 있었다. 심지어 벼랑에 매달려 있는 것 같던 기복방의 심장마저 편안해졌다.

그녀가 진삼원을 매수할 때 육단상륙이 어떤 물건인지, 어떤 약효가 있는지 상세하게 설명하지 않았다. 그저 이 약이 상륙과 마찬가지로 독이 있으니 많이 먹으면 안 된다고만 말하고 자세한 설명은 하지 않았던 것이다.

이 개 같은 노비 자식! 감히 기씨 가문을 모해하려 하다니, 미친 것이 분명하지 않은가?

입에서 나오는 말이 머리를 거치지 않고 그냥 나오는 것이 분명했다. 뜻밖에도 전하를 모해하려 했다는 그런 말을 내뱉다니! 정말이지 가소로웠다!

이 점을 설명하면, 그가 고의로 기복방을 모해하고 있다는 사실을 증명할 수 있었다!

기복방은 그래도 머리가 꽤 좋은 편이었다. 그녀는 육단상륙이 사람들이 잘 알지 못하는 약이라는 것을 기억하고 있었다. 그녀는 직접적으로 진삼원의 모함을 지적하지 않고, 진삼원의 연극에 장단을 맞추기로 했다.

"억울합니다! 정왕 전하, 소녀는 억울합니다! 소녀는 육단상 륙이라는 약에 대해 처음 들었습니다! 더군다나 이 약이 사람 의 목숨을 해친다는 것도 알지 못했습니다! 전하께서 살펴 주소서!"

회녕 공주는 방금 망신당했던 일은 잊은 것처럼 함께 달려 나와, 호기심 어린 태도를 가장하며 한옆에서 기다리고 있던 대약사 남궁 대인에게 말했다.

"남궁 대인, 본 공주도 육단상륙이라는 것이 대체 어떤 물건 인지 알고 싶구나. 어서 말해 보라!"

기욱도 머뭇거리다 일어나 나와, 특별히 남궁 대인에게 두 손을 모으고 인사했다.

"저도 누이와 같이 이 약에 대해 처음 들어 봅니다! 우리 기 씨 가문은 절대로 어리둥절한 상태로 누명을 쓸 수 없으니, 남 궁 대인께 가르침을 청하겠습니다."

비연은 그들 세 사람을 바라보며 입가를 슬며시 들어 올렸 다. 그녀는 새어 나오는 웃음기를 참는 중이었다. 그녀는 알고 있었다. 진짜 볼 만한 연극은 이제부터였다!

남궁 대인은 수염을 쓰다듬으며 더 이상 진지할 수 없는 태 도로 말했다.

"이 약은 매우 희귀한 것으로, 상륙의 별종이라 할 수 있습니다. 보통 상륙은 성질이 쓰고 차가워 비장과 위장을 해치고 독성이 있습니다. 많이 복용할 경우 설사를 유발하고, 대량이면 유산하게 되는 수도 있으며, 이질을 일으켜 사망에 이를 수도 있습니다. 그러나 육단상륙은 완전히 다른데…….”

여기까지 들은 회녕 공주와 기씨 남매는 모두 조금 흥분했다. 그들은 남궁 대인이 진삼원의 말을 부정하기를 기다리고 있었다.

그러나 누가 알았을까. 남궁 대인은 다음과 같이 이어 말했다.

“육단상륙은 보통 상륙에 비하면 더욱 쓰고 차가워 좋은 약재일 뿐 아니라 극독이기도 합니다. 아주 적은 양으로도 치명적일 수 있습니다. 한 번에 육단상륙 세 뿌리를 복용한다면…… 반드시 죽게 됩니다!”

뭐라고?

회녕 공주와 기씨 남매의 기대에 찬 표정이 동시에 그대로 얼굴 위에서 굳어 버렸다. 그들은 눈을 휘둥그렇게 뜬 채 순식간에 정신을 놓았다.

어떻게 이럴 수 있단 말인가?

기욱이 가장 먼저 정신을 차렸다. 그는 제 모습을 생각지도 않고 큰 소리로 물었다.

“무어라 했소?”

기복방이 곁에서 중얼거렸다.

“극독? 반드시 죽게 된다고? 이건, 이건…….”

회녕 공주도 무의식적으로 입을 가렸다. 마치 자신이 스스로를 통제하지 못해, 해서는 안 될 말을 할까 두려운 모양이었다.

어째서 이런 것일까? 간 약사는 분명, 이 약은 아주 희귀하지만 그렇게 큰 해를 끼치지 않는다고 했다. 복용한 후 기껏해야 피부가 가려울 뿐이고, 그마저도 시간이 지나면 자연히 낫는다고!

간 약사가 그녀를 속였을 리는 없었다. 절대로! 간 약사가 어찌 감히 그럴 수 있단 말인가?

정왕을 해치려 한 것은 지극히도 큰 죄였다! 남궁 대인이 혹시…… 뭔가를 잘못 알고 있는 것은 아닐까?

회녕 공주가 입을 열려고 했을 때 기욱이 먼저 말했다.

"남궁 대인, 당신이 한 말이…… 모두 사실입니까?"

남궁 대인은 더욱 진지하게 말했다.

"기 소장군, 약석의 일은 본래 모호한 부분이 있어서는 안 되는 법입니다. 게다가 이 일은 중대한데 제가 어찌 감히 허튼소리를 하겠습니까! 소장군이 믿지 못하시겠다면, 개 한 마리를 데려와 이 자리에서 시험해 보도록 하지요."

기욱은 남궁 대인이 거짓말을 할 이유가 없다는 것을 아주 잘 알고 있었다. 그는 두어 걸음 뒷걸음질 치다가 누이를 바라보았다. 기복방의 안색은 종이처럼 창백했다.

그녀는 당연히 기욱이 무엇을 묻고 싶어 하는지 알고 있었다. 하지만 그녀라고 어찌 육단상륙이 이런 약인 줄 알았겠는가! 간 약사가 회녕 공주를 속였으리라고 누가 짐작이나 했겠느냐는 말이다!

그녀는 고개를 저었다. 그리고 재빨리 회녕 공주를 바라보았다. 그녀는 당장이라도 기욱에게 말할 수 없어 한스러울 지경이었다. 이 일은 모두 회녕 공주가 꾸민 짓이라고, 회녕 공주가 주모자라고!

육단상륙이 목숨을 해하는 약인 줄 알았더라면, 그녀는 죽는 한이 있더라도 회녕 공주를 도와 약공을 매수하지 않았을 것이다! 이렇게 큰일이라면, 기씨 가문은 구족을 멸하게 될지도 모른다!

기복방은 화가 난 것은 화가 난 것이고, 이런 중차대한 순간 제멋대로 굴 수 없다는 것을 아주 잘 알고 있었다.

기욱은 기복방의 뜻을 알지 못하면서도 누이를 따라 회녕 공주를 바라보았다.

진삼원의 증거로는 죄를 확정하기에 부족했다. 그는 회녕 공주가 전날 밤처럼 위증을 한다면 상황을 유리하게 돌려놓을 수 있을 거라고 생각했다. 최소한 진짜 범인이 누구인지 찾아낼 시간이라도 벌 수 있을 거라고!

그러나 회녕 공주의 머릿속은 그야말로…… 텅 비어 있었다!

그녀는 원래 정왕이 어째서 비연, 저 천한 노비 하나를 위해 이렇게까지 성실하게 조사하는지 이상하게 여기고 있었다. 심지어 공주인 그녀의 체면조차 짓밟으면서 말이다.

이제야 그녀는 이 상황이 얼마나 엄중한지 깨달았다. 만약 이 일이 부황에게까지 알려지면, 부황은 그녀를 지켜 주기는커녕 어쩌면 그녀를 죽일 생각까지 품지 않으실까?

위증, 그녀는 더 이상 그런 일을 할 엄두를 내지 못했다.

그러나 도와야 했다. 그렇다, 그녀는 여전히 도와야 했다. 그녀는 다급하게 기욱과 기복방의 시선을 피하며 질문했다.

"진삼원, 너, 너에게 다른 증거가 있느냐?"

진삼원은 겁먹은 목소리로 대답했다.

"노비가 아는 것은 모두, 모두 말했습니다!"

회녕 공주의 눈가에 사나운 빛이 번쩍였다. 그녀는 과감하게 손을 들어 비연을 가리켰다.

"정왕, 그녀 역시 혐의가 있습니다!"

기복방을 지킬 수 없다면, 그녀는 새로운 희생양을 끌어들일 생각이었다. 최소한 사건을 종결하기까지 시간을 벌어 간 약사를 조사해 볼 수 있도록.

"5천 금은 증거로는 부족하지만, 기 대소저에게 혐의가 있는 것은 거짓이 아닙니다. 그러나 고비연의 혐의가 더 큽니다! 모두 아시겠지만, 본 공주는 육단상륙을 고비연이 검증해 냈다고 들었습니다. 묻건대, 일개 약녀의 신분으로 어떻게 육단상륙과 같이 희귀한 약재를 검증해 낼 수 있었을까요? 누군가가 지시했던 것이 아닐까요? 혹은, 육단상륙은 본래 그녀가 꾸러미에 넣은 것일 수도 있습니다!"

이 순간, 기씨 남매도 다소간 냉정해졌다. 기복방이 서둘러 무릎을 꿇었다.

"성왕 진하, 5천 근만으로 소녀의 죄를 단정하시고 기씨 가문의 죄를 단정하신다면, 소녀는 승복할 수 없습니다. 기씨 가문은 승복할 수 없습니다!"

기욱 역시 무릎을 꿇었다.

"기씨 가문은 두 마음 없이 충성을 다하고 있습니다. 결코 이러한 대역무도한 죄를 저지르지 않았습니다. 우리 기씨 가문을 모함하려는 누군가의 짓입니다. 전하께서는 세 번 생각하소서!"

군구신도 이만하면 연극을 충분히 본 셈이었다. 그는 기욱 등을 상대하지 않고 비연을 바라보며 물었다.

"고 약녀, 하고 싶은 말이 있는가?"

"예!"

비연이 침착하게 자리에서 일어나려 했다. 그러자 군구신은 달갑지 않은 듯 냉랭한 목소리로 한마디 던졌다.

"앉아서 이야기하도록."

대약사, 당신이 틀렸다

군구신은 안색이 좋지 않았고 어조는 더욱 그랬다. 모두 그가 기분이 좋지 않다는 것을 알아챌 수 있었다. 자신이 살해당할 뻔한 이런 일을 겪었는데 누가 기분이 좋을 수 있겠는가?

비연도 속으로 그렇게 생각했다. 그녀는 감사의 인사를 한 후순순히 자리에 앉았다. 손과 발이 아파 죽을 지경이었지만 그녀는 허리를 쭉 펴고, 단정한 자세로 앉아 진지하게 대답했다.

"정왕 전하, 회녕 공주마마께서는 노비를 모함하고 계십니다! 육단상륙을 검증할 수 있었던 것은 노비의 능력일 뿐이고, 혐의를 받기에는 부족합니다. 증거가 되기에는 더욱 부족……."

말이 끝나기도 전에 회녕 공주가 가로챘다.

"고비연, 뻔뻔하기 짝이 없구나! 본 공주가 보기에 너는 별능력이 없다! 그동안 네가 능력 있는 것처럼 보였던 것은 그저허풍을 떨었던 것 아니냐? 남궁 대인, 시비를 가려 보게. 어서말하라, 고비연에게 혐의가 있는지 없는지!"

남궁 대인은 머뭇거리며 정왕에게 묻는 듯한 시선을 던졌다.

군구신은 표정의 변화 없이 말했다.

"생각하는 대로 말하라!"

남궁 대인은 그제야 마음속에 묻어 둔 의혹을 꺼내 놓았다.

"평범한 상륙이든 육단상륙이든, 그 외관이며 냄새 등은 모두 인삼과 차이가 없습니다. 입으로 맛보지 않으면 변별할 방법이 없습니다. 한데 육단상륙 세 뿌리는 모두 완벽한 상태로, 고 약녀가 직접 맛보지도 않고 검증해 냈습니다. 저는…… 역시 의심스럽습니다!"

이 말에 법정 안팎이 즉시 시끌벅적해졌다.

모두 약에 대해서는 잘 알지 못하는 이들이었다. 비록 육단상륙에 대해 이 자리에서 계속 들었으나 여전히 그것이 얼마나 희귀한지, 인삼과 얼마나 비슷하게 생겼는지는 제대로 알지 못했다. 남궁 대인이 이렇게 말하는 것을 듣고야 비로소 모두 문제의 관건이 어디에 있는지 알게 되었다.

어약방 대약사도 한눈에 알아내지 못하는 약재를 일개 약녀인 비연이 바로 알아냈다니, 이것은 이치에 맞지 않았다! 비연은 분명 약 꾸러미 안에 육단상륙이 있다는 것을 미리 알고 있었을 것이다!

사실 회녕 공주 역시 육단상륙에 대해서는 잘 알지 못했다. 그녀는 그저 희생양을 찾아 방패막이로 쓰고 싶었을 뿐이었다. 그런데 남궁 대인이 이렇게 말하는 것을 듣고 그녀도 헉, 숨을 들이켰다.

자신이 비연을 엮으려 하지 않았다면, 반대로 자신이 비연에게 당했을 것 아닌가?

하지만 비연은 평소 간 약사와 별 교류가 없었는데!

회녕 공주는 아무리 생각해도 이해할 수 없었다. 그러나 그녀는 진상이 무엇이건, 진짜 흉수가 누구건 상관없었다! 어쨌든 남궁 대인이 비연에게 혐의가 있다고 인정했으니, 이 죄목으로 비연을 얽어맬 수 있다!

"고비연, 아직도 할 말이 있느냐? 육단상륙은 네가 넣은 것이 아니냐? 진삼원도 네가 매수한 거지?"

기욱도 사태가 변해 가는 것을 보고는 다급하게 회녕 공주를 돕고 나섰다.

"고비연, 5천 금은 대체 어디서 난 것이냐? 누가 너에게 주었지? 내가 너를 아내로 맞이하지 않으려 한다고, 다른 이와 결탁해 우리 기씨 가문에게 죄를 덮어씌우려 한 것이 아니냐? 너무 악독하구나!"

비연은 회녕 공주 등을 흘깃 보는 둥 마는 둥하더니 사람들을 더욱 흥분시킬 말을 입 밖으로 냈다.

"남궁 대인이 틀렸습니다. 육단상륙은 인삼과 외형이 거의 차이가 없으나, 외관으로도 그 다름을 분별해 낼 수 있습니다. 꼭 맛을 볼 필요는 없습니다."

이건……. 일개 약녀가 감히 대약사가 틀렸다고 지적했다! 이것은 분명 대약사의 권위에 도전하는 것이었다!

모두 순식간에 들끓기 시작했다. 남궁 대인 역시 이 상황을 이해하기 어려운 듯했다!

다른 사람 같았으면 그는 벌써 화를 냈을 것이다. 그러나 비연을 앞에 두고는 감히 큰 소리를 내지 못하고 있었다.

그는 그 점괘 위에 '정왕에게는 고비연이 필요하다. 스스로 깨닫게 되리라.'라는 문구가 있었던 것을 아직도 기억하고 있었다. 그는 비연이 단순한 상대가 아니라는 것을 깨닫고 있었다. 비연이 평범한 약녀였다면 정왕 전하가 그리하지도 않았을 것이다.

강 대인도 그에게 이 의문을 제기한 바 있었다. 강 대인이 감히 비연과 하소만을 가둔 것도 아마 회녕 공주의 핍박 때문만은 아니지 않았을까?

이 일, 정말로 간단하지 않다!

남궁 대인이 자기만의 생각에 빠져 있을 때, 회녕 공주가 참지 못하고 그를 대신해 비연을 윽박지르기 시작했다.

"고비연, 지금 대약사의 능력을 의심하는 것이냐? 하하, 네 능력이 정말 대단한가 보구나!"

비연은 그런 회녕 공주는 상대하지 않고, 잔잔한 미소를 띤 채 남궁 대인을 향해 말했다.

"대인, 노비의 말에는 거짓이 없습니다. 지금 이 자리에서 증명해 보일 수 있습니다."

회녕 공주가 다시 한번 남궁 대인의 말을 가로채고 무시하듯 말했다.

"그럼 말해 보아라. 두 약재의 외관이 대체 어떻게 다르지? 육안으로 구분하려면 어떻게 해야 하느냐 말이다!"

비연은 회녕 공주를 보지도 않고 여전히 남궁 대인을 향해 말했다.

"대인, 두 약재를 구분하는 방법은 비기니 외부에 발설할 수 없습니다. 양해해 주시기 바랍니다."

회녕 공주가 다시 한마디 하기도 전에 구경하던 이 중 누군가가 큰 소리로 웃기 시작했다.

"고비연, 그렇게 말하는 걸 보니 아무 근거도 없이 저러는 모양이지? 우리 모두 바보인 줄 아느냐?"

"일개 약녀가 감히 미친 소리를 내뱉은 거지. 정말이지 쓴맛을 보기 전에는 그만둘 줄 모르는 모양이군!"

"기 대소저는 분명 아무 잘못이 없다! 고비연의 혐의가 기 대소저보다 훨씬 크다!"

회녕 공주조차 무시하는 비연이 다른 이들에게 신경 쓸 리만무했다. 그녀의 시선은 남궁 대인에게서 떠나지 않았다.

"대인, 노비는 이 자리에서 약을 검증할 수 있습니다."

그러자 모든 이들이 더욱 의아하게 느꼈다.

회녕 공주는 주객이 전도되어, 냉큼 답했다.

"좋아, 너에게 기회를 주마! 본 공주가 오늘 네 원래 모습을 폭로해 주겠다!"

남궁 대인은 씁쓸했다. 그는 한마디도 끼어들지 못하고 결국 정왕에게 묻는 듯한 눈길을 보낼 수밖에 없었다. 정왕의 안색은 조금 전보다 더 안 좋아져 있었다.

정왕 전하의 뜻은 대체 무엇일까? 비연이 약을 검증하기를 바라지 않는 것일까?

비연이 만약 약을 검증하지 않는다면 다른 방법으로는 혐의를 씻을 수 없지 않은가!

남궁 대인은 놀라고 두려웠다!

회녕 공주가 일각도 지체하지 않고 인내심 없이 재촉했다.

"남궁 대인, 어서 약을 준비하지 않고 무엇 하는가!"

남궁 대인은 정왕을 다시 한번 살펴보았다. 그러나 정왕 전하는 아무 말도 하지 않았다. 결국 그는 회녕 공주의 명령에 따라 행동할 수밖에 없었다.

그 육단상륙 세 뿌리는 다시 사용할 수 없었다. 남궁 대인은 직접 어약방으로 가서, 비밀 창고에 보관하고 있던 육단상륙 한 뿌리를 꺼냈다. 그리고 어린 인삼 몇 뿌리와 보통 상륙도 몇 뿌리 꺼내, 세 가지 약재를 같은 쟁반 위에 섞어 두었다.

그가 군졸에게 약재를 비연에게 가져가라고 명령하려 순간, 회녕 공주가 직접 쟁반을 빼앗아 들더니 비연 앞에 내려놓았다. 그리고 입가에 차가운 미소를 머금은 채 말했다.

"고 약녀, 해 보시지."

모두 흥미진진하게, 비연이 어떻게 이 상황을 수습할지 지켜보고 있었다.

비연은 미동도 없이 그저 쟁반 위를 한번 훑어본 후 말했다.

"왼쪽에서 오른쪽 방향으로 세 번째, 다섯 번째, 여섯 번째의 세 뿌리는 보통 상륙입니다."

정말 흘깃 보는 것만으로도 약을 검증할 수 있단 말인가?

모두 비연의 말을 믿지 않았다. 회녕 공주는 더더욱 믿지 않고 외쳤다.

"남궁 대인, 비연이 지금 날조하고 있지 않은가?"

그러나 남궁 대인은 깜짝 놀라고 있었다.

비록 약학에 종사하는 이들이 모두 인삼과 상륙을 구분할 수 있다지만, 두 가지의 차이점은 매우 미세했다. 최소한 집어 들고 한참을 들여다보아야 겨우 단정할 수 있었다.

예를 들면, 인삼이 살짝 잿빛이 섞인 누런 빛이라면 상륙은 황갈색에 가까운 빛이고, 인삼의 겉에 가로세로로 희미한 무늬가 있다면 상륙은 껍질에 작은 구멍이 있었으며, 인삼의 뿌리 줄기 부분이 완만하게 구부러졌다면 상륙의 줄기는 안이 비어 있다는 식이었다.

그러나 비연은 한 번 흘깃 본 것만으로도 올바르게 판단해 냈다. 게다가 한 번에 세 뿌리나 맞혔다. 이런 능력을 어약방에서 일하는 약사 중 따를 수 있는 이가 과연 몇이나 될까?

남궁 대인은 점점 더 자신의 추측을 확신하며 속으로 중얼거렸다.

"쉽지 않아, 절대로 간단하지 않다고."

순간, 회녕 공주가 인내심 없이 재촉했다.

"남궁 대인, 어서 말하라!"

잘못 판단했겠지

정왕의 심사를 제대로 헤아리지 못한 남궁 대인은 지금 너무 많은 이야기를 하고 싶지 않았다. 그러나 회녕 공주의 야단법석에 그도 반감이 생기고 있었다.

그가 진지한 얼굴로 대답했다.

"공주마마께 말씀드립니다. 본관은 어약방을 10년 동안 장악하고 있었습니다. 그러나 한눈에 상륙을 검증해 내는 사람은 본 적이 없습니다. 고 약녀는 정말 대단합니다. 이런 인재가 겨우 약녀에 머물러 있었다니, 정말로 안타까운 일입니다!"

이건…….

회녕 공주는 혀를 찰 뻔했다.

사람들 모두 서로를 바라보며 매우 놀란 표정을 지었다. 약학에 조예가 없더라도, 한눈에 약재를 검증해 낸다는 것은 정말 능력이 있다는 증거라는 것 정도는 모두 알고 있었다!

비연이 설마 드러내지 않고 은둔해 있던 고수란 말인가?

기씨 남매는 놀랐을 뿐 아니라 공포에 사로잡혔다. 만약 비연에게 정말 그런 능력이 있다면, 혐의를 받을 사람은 기복방한 사람이 아닌가?

기욱은 믿을 수 없었다! 그는 어린 시절 비연과 정혼했다. 그가 어찌 그녀에 대해 전혀 모를 수 있겠는가.

비록 고씨 가문 선조 중에 의약의 고수가 적지 않게 있었다
하나, 그들은 모두 수백 년 전의 인물이었고 심지어 천 년 전의
일도 있었다. 그리고 그들의 재능은 전승되지 않았다! 비연에게
아무리 대단한 능력이 있다 해도 대약사를 뛰어넘을 수는 없다!

기욱이 그 점을 일깨우려 했는데 회녕 공주가 먼저 입을 열
었다.

"고비연, 본 공주는 너에게 육단상륙을 고르라 했지 보통 상
륙을 고르라 하지 않았다. 사람들을 기만하지 마라!"

기욱은 아무 말도 하지 않았다. 그는 마음속으로 회녕 공주
에게 감격하고 있었다. 지금 회녕 공주는 기씨 가문을 위해 전
심전력을 다하고 있었다.

비연이 여전히 회녕 공주를 상대하지 않고 말했다.

"남궁 대인, 죄송하지만 상륙을 쟁반에서 치워 주시겠습니
까? 그럼 제가 계속 하겠습니다."

그녀는 그렇게 말하고는 붕대를 감은 두 손을 하소만에게 내
밀며 붕대를 풀어 달라고 눈짓했다.

이때야 모두, 그녀가 열 손가락에 상처를 입어 손을 쓰기 불
편하다는 사실을 알게 되었다. 그녀가 먼저 상륙을 골라낸 것
은 다른 이들을 기만하기 위함이 아니라 부담을 줄이기 위함이
었다.

한순간에 모두가 조용해졌다. 계속 조롱을 일삼던 회녕 공주
도 마침내 어색함을 느끼고 저도 모르게 입을 다물었다. 어쨌
든 비연에게 형을 가한 것은 그녀 자신이었다.

하소만은 아주 날렵하면서도 조심스럽게 붕대를 전부 풀어 주었다. 비연의 손가락 가운데 마디는 전부 시커멓게 변해 있었다. 약을 발라 두었으나 여전히 피가 배어 나오는 곳도 있었다.

꽤 많은 이들이 그 상처를 제대로 쳐다보지도 못했다. 오히려 당사자인 비연은 참을 만하다는 듯 담담한 표정이었다.

그러나 그녀가 손가락을 움직이려 했을 때, 마침내 참지 못하고 미간을 찌푸리며 고통스러운 표정을 드러냈다.

'열 손가락은 심장에 닿아 있으니, 손가락이 아프면 심장이 아프다.'라는 이 말은 절대로 거짓이 아니었다. 이런 통증은 마치 심장을 후벼 파는 것과 같아, 형을 받을 때의 고통보다 덜하지 않았다.

그러나 그녀는 형을 받으면서도 버텨 냈다. 하물며 지금이야 말해 무엇할까?

비연은 이를 악물고 시간을 허비하지 않았다.

"남궁 대인, 부탁드리겠습니다."

남궁 대인이 서둘러 상륙 세 뿌리를 골라냈다. 이제 쟁반에는 약재가 일곱 뿌리 남아 있었다. 비연이 격렬한 통증을 참으며 첫 뿌리를 집어 들고 감별을 시작했다.

평소 그녀의 손은 매우 빠른 편이라 사람들은 그녀가 약을 검증하는 과정을 보지 못할 정도였다. 그러나 손가락에 상처를 입은 그녀는 느릿느릿 움직일 수밖에 없었다. 손에 약재를 든 채 형태를 보고 냄새를 맡은 다음, 머리, 동체, 곁뿌리며 잔뿌리까지 하나하나 만지고 눌러 보았다.

첫 뿌리를 검사한 그녀는 답을 이야기하지 않고, 이를 악문 채 두 번째 뿌리를 집어 들었다. 그리고 다시 세 번째 뿌리, 네 번째 뿌리…….

적막 속에서 모두 비연을 바라보고 있었다. 그녀는 고통스러운 표정으로, 그러나 여전히 진지하고 전문적으로 약을 검증하고 있었다. 비연은 비록 젊고 신분도 비천했으나, 전문적이고 진중하며 담담한 모습이 결코 곁에 있는 대약사 못지않았다.

이런 여자는 대개 사람들의 동정을 사지는 못한다. 그러나 사람들로 하여금 경외심을 느끼게 하는 법이다. 심지어 기욱마저 마음이 조금 동요될 정도였다.

비연이 마지막 일곱 번째 약재를 내려놓자 모두 겨우 정신을 차렸다.

가장 먼저 입을 연 사람은 역시 회녕 공주였다.

"그래, 검증할 수 있겠느냐?"

"고 약녀, 검증을 끝냈는가?"

남궁 대인은 긴장한 상태기도 했고, 또한 호기심을 느끼고 있었다. 그는 비연의 능력을 인정했지만 그렇다고 해서 비연이 육단상륙을 검증해 낼 수 있다고는 믿지 않았다. 방금 비연이 약을 검증하는 방법을 보았지만 그런 방식으로는 결코 약재 간의 차이점을 발견할 수 없었다!

비연이 웃으며 말했다.

"여기에 인삼은 여섯 뿌리, 그리고 육단상륙이 한 뿌리 있습니다."

맞았을까? 틀렸을까?

모두 남궁 대인을 바라보며 답을 기다렸다.

남궁 대인의 심장이 갑자기 빠르게 뛰기 시작했다.

"옳다!"

이에 모두 더욱 긴장했다. 남궁 대인 역시 기다리지 못하고 다급하게 물었다.

"고 약녀, 어느 약재가 육단상륙인가. 명확하게 말해 보게."

"첫 번째, 세 번째, 다섯 번째는 전부 10년 근 인삼입니다. 여섯 번째와 일곱 번째는 30년 근이군요."

비연이 잠시 멈추었다가 계속 말을 이었다.

"남궁 대인, 두 번째 약재가 육단상륙입니다. 20년 근이고요. 맞습니까?"

남궁 대인이 눈을 휘둥그렇게 떴다. 비연이 쉬운 상대가 아니라고 예상하기는 했지만 이렇게 진정한 능력을 내보이자 그로서도 믿기 어려웠던 것이다.

약재를 맛보지 않고 육단상륙을 감별해 내다니, 이는 천염국 약학사에 기록해야 할 일이었다! 하물며 비연은 약재가 몇 년 근인지까지도 감별해 냈다!

남궁 대인의 표정을 본 회녕 공주가 매우 두려워져 다급하게 물었다.

"맞는가, 아닌가, 어서 말하라!"

"마, 맞습니다. 두 번째가 바로 육단상륙입니다."

남궁 대인은 특별히 성실하게 보충했다.

"20년산인 것도, 맞습니다!"

회녕 공주는 멍해지고 말았다. 장내의 침묵 역시 극에 달했다. 비연이 정말로 약재를 감별해 낼 수 있는 능력이 있을 뿐 아니라, 그보다 더한 능력을 지니고 있을 줄은 그 누구도 몰랐기 때문이다! 기욱이 비연을 아내로 맞이하려 하지 않았다니, 눈이 삔 게 분명했다!

비연이 마침내 회녕 공주를 돌아보았다. 그녀가 미소를 지으며 눈을 반짝였다.

"공주마마, 이제 노비에게는 혐의가 없겠지요?"

회녕 공주는 눈을 휘둥그렇게 뜬 채 더 이상 아무 말도 하지 못하고 있었다.

비연은 그제야 고개를 돌려 정왕을 바라보았다. 정왕 전하는 그야말로 우거지상을 하고 있었는데, 조금 전보다 훨씬 더 안색이 안 좋아 보였다!

그녀가 자신의 재능을 드러내어 혐의를 씻었을 뿐 아니라 정왕부의 체면도 세운 셈이니, 정왕 전하는 당연히 기뻐해야 하는 거 아닌가? 그는 대체 무슨 생각을 하고 있는 걸까?

비연은 너무 많이 생각하지 않기로 하고 진지하게 말했다.

"정왕 전하, 이 노비에게 혐의가 있는지 없는지 살펴 주시옵소서!"

군구신의 반응은 매우 직접적이었다. 그가 냉랭한 목소리로 물었다.

"기복방, 자백하겠는가?"

기복방이 깜짝 놀라 무릎을 꿇은 채 소리쳤다.

"억울합니다! 소녀는 억울합니다! 억울해요!"

기욱도 깜짝 놀라 함께 억울함을 호소하며 회녕 공주에게 눈짓했다. 5천 금의 물증만으로는 결코 충분하지 않으니, 회녕 공주가 위증한다면 이 일이 원만하게 풀릴 여지가 여전히 있었다.

회녕 공주는 그 눈짓의 의미를 알아차렸다. 그녀가 머뭇거리고 있을 때 군졸 하나가 달려 들어왔다.

"정왕 전하께 보고드립니다. 옥중에 자백하고자 하는 이가 있습니다!"

이런 일이 벌어질 거라고는 생각지 못했기 때문에 모든 이들이 깜짝 놀랐다. 다만, 이 일이 기복방에게 복일지 화일지는 아무도 알 수 없었다.

기복방과 회녕 공주는 아주 명백하게 알고 있었다. 기복방이 회녕 공주를 도와 매수한 약공은 진삼원 하나가 아니라 이갈존도 있었다!

군구신이 물었다.

"누구지? 무슨 일을 자백한다더냐?"

군졸이 솔직하게 대답했다.

"약공으로, 이름은 이갈존이라고 합니다. 다른 이에게 매수당했고, 증거가 있으며, 전하를 뵈어야만 자백하겠다고 합니다."

군구신이 냉랭하게 말했다.

"끌고 오라!"

이 말을 들은 기복방의 심장은 마치 멈춰 버린 것만 같았다.

그녀는 천천히 고개를 돌려 회녕 공주를 바라보았다.

회녕 공주는 안색이 흙빛으로 질린 것이, 완전히 정신이 나가 버린 것만 같았다.

두렵다, 천의무봉

이갈존은 중년 남자로, 진삼원보다 여러 해 손위로 보였다. 그는 진삼원과 마찬가지로 대문으로 들어서자마자 공포에 질린 눈으로 계속 기복방을 힐끔거렸다.

기복방은 전과 같은 기세는 사라진 다음이었다. 이갈존을 한 번 본 후 고개를 숙이고 다시는 쳐다보지 않았다.

군구신이 냉랭한 목소리로 물었다.

"이갈존, 누구에게 매수당해 무슨 일을 했느냐? 어떤 증거가 있는지, 모두 말하라! 한 마디라도 거짓을 말했다가는 주모자와 같은 죄로 처벌할 것이다!"

이갈존은 깜짝 놀라 제대로 무릎을 꿇지도 못하면서 더듬거렸다.

"정왕 전하, 기 대소저가 저에게 고비연을 모함하라고 하였습니다. 대, 대소저가 말하기를, 누군가가 고비연이 범인이라고 자백할 것이라고……. 그, 그러니 심문 때까지 기다렸다가 제가 거짓말을 하면 된다고 하였습니다. 비연이 저를 찾아 육단상륙에 대한 것을 묻고 갔다고 모함하라고……."

모두가 깜짝 놀라 서로 얼굴만 바라보며 아무 말도 하지 못했다. 기복방이 정말 흉수라면, 이 일은…… 아주 커지고 만다!

이때, 이갈존이 뜻밖에도 겁먹은 눈으로 기욱을 흘깃 바라보앉다. 모두의 시선도 즉시 그를 따라 기욱을 바라보았고, 기욱은 당황했다.

군구신의 눈가에 복잡한 빛이 스쳐 갔다.

"증거는?"

이갈존이 다급하게 대답했다.

"기 대소저는 저에게 서군영 도두로 있는 사촌 형을 지휘사로 올려 주겠다고 했습니다. 그리고……, 그리고 제가 일을 제대로 해내면 방법을 생각해서, 저를 3년 안에 약사로 올려 주겠다고 했습니다."

이 말이 끝나자마자 기복방은 맹렬히 고개를 들고 소리쳤다.

"거짓말! 모함하지 마라!"

그녀는 이갈존에게 수백 금을 주었을 뿐 그런 말을 한 적이 없었다.

서군영은 진양성 서쪽의 경비를 맡고 있어 황상이 언제라도 인사이동을 하곤 했다. 기씨 가문이 창건한 군대라고는 하지만 군중의 제도 역시 매우 삼엄했다. 그런데 어찌 그녀와 같은 일개 여인이 군의 일에 간섭할 수 있단 말인가?

이갈존도 진삼원과 마찬가지로 누군가에게 매수당한 것이다. 그래서 그녀라고 자백했을 뿐 아니라 일을 더 부풀려 그녀를 모함하고 있었다. 기씨 가문을 모함하고 있는 것이다!

기욱도 이 사실을 깨닫고 견딜 수 없이 화가 났다. 그가 앞으로 달려 나가 물었다.

"이갈존, 서군영이 어찌 너의 모욕을 참겠느냐? 네 말, 정말

들어 줄 수가 없구나! 너는⋯⋯."

그러나 그가 말을 끝내기도 전에 군구신이 무겁게 나무패를 내려쳤다. 기욱은 더 이상 경솔하게 굴지 못하고 공손하게 두 손을 모으고 말했다.

"정왕 전하, 이것은 모함입니다. 절대로⋯⋯."

군구신은 그를 상대하지 않고 냉랭하게 명령했다.

"여봐라, 병부에 가서 조사해 보도록."

얼마 지나지 않아 군졸이 돌아왔다. 병부상서 진 대인도 함께였다.

진 대인은 병적을 가져와 그 자리에서 펼쳐 가며 조사했다. 과연, 서군영에는 이갈존의 사촌 형인 이병걸의 이름이 있었다. 나흘 전 이병걸이 도두에서 지휘사로 승진했다는 기록도 있었다! 이병걸을 뽑은 이는 바로 기욱의 수하에 있는 부장이었다.

진 대인이 보고를 끝내자 법정은 다시 쥐 죽은 듯 고요해졌다. 진상을 대충 짐작하고 있던 비연조차 겁에 질렸다.

배후에 있는 그 진짜 흉수는 상대의 계교를 알아채고 역이용한 솜씨가 대단했다. 너무도 두려운 상대가 아닌가? 그렇게 많은 돈을 묻어 두고, 천의무봉처럼 완벽하게 해치우다니! 기씨 가문을 어둠 속에 묻어 버리려는 계략이 아닌가!

이 순간, 기욱의 등에서는 식은땀이 끊임없이 흐르고 있었다. 이병걸의 이름을 듣는 순간 그는 이미 절망한 상태였다. 부장이 이병걸을 승진시키자고 제안했고, 그가 고개를 끄덕였다! 정상적인 승진이었으니까.

그러나 지금 이 순간 누가 그를 믿어 주겠는가? 그의 부장을 믿어 줄 사람이 누가 있겠는가?

기욱은 사람들이 보는 가운데 회녕 공주를 바라보며 더 이상 분명할 수 없는, 간절하게 애걸하는 눈빛을 보냈다.

이때, 회녕 공주는 이제 위증 정도는 쓸모없어졌다는 것을 깨달았다. 기복방을 위해서라면 그녀가 죄를 전부 뒤집어쓰는 수밖에 없었다. 그녀가 일어나 이 모든 것의 주모자는 자신이고, 자신이 복방 언니를 핍박했다고 말하기만 하면 기씨 가문은 재난을 모면할 수 있었다.

회녕 공주가 기씨 가문에 갔을 때 그렇게 장담했다. 이 일이 제대로 처리되지 않는다면 그녀가 나서서 죄를 받겠노라고!

그러나 조금 전까지만 해도 그렇게도 열심히, 주객이 전도될 정도로 계속 나서던 회녕 공주는 이제 입을 단단히 다물고 한 마디도 하지 않았다. 기욱을 바라보는 그녀의 눈가는 젖어 있었다. 하지만 그녀는 계속 그에게 대답하지 않았다.

육단상륙이 사람에게 치명적이다! 이제 이 일은 정왕 전하를 모살하려 한 거대한 사건이 되어 버렸다! 그녀도 책임질 수 없었다.

"기복방, 본 왕이 최후로 묻겠다. 죄를 인정하겠는가?"

군구신의 얼음과 같이 차가운 목소리가 장내의 고요를 깨트렸다. 멍해져 있던 기복방은 겨우 정신을 차리고, 재빨리 고개를 들어 회녕 공주를 바라보았다.

기복방의 눈빛에 어린 간절함은 기욱보다 훨씬 더 명료했나.

그녀는 회녕 공주에게 죄를 뒤집어쓰라고 애걸하고 있는 것이 아니었다. 그녀는 회녕 공주에게…… 죄를 인정할 것을 간구하고 있었다!

회녕 공주가 주모자였다. 기복방은 그저 조력자에 지나지 않았다!

만약 회녕 공주가 그녀에게 육단상륙이 사람에게 별 해를 끼치지 않는다고 보증하지 않았다면, 그녀는 결코 감히 나서서 사람들을 매수하려 하지 않았을 것이다. 정왕 전하의 약선 꾸러미를 바꿔치기할 엄두는 당연히 내지 못했을 테고! 지금 증거가 확실한 이상 회녕 공주만이 그녀를 구할 수 있었다.

회녕 공주는 간신히 기욱의 눈을 바라보고 있었지만, 기복방도 자신을 바라보는 것을 보자…… 용기를 잃고 말았다! 그녀는 황급히 고개를 돌려 다른 곳을 바라보며 기복방을 보지 못한 척했다.

이건…….

기복방이 눈을 크게 떴다.

비연은 기씨 남매의 반응을 보며 저도 모르게 입가에 조소하는 미소를 띠었다.

회녕 공주의 기욱에 대한 감정이 겨우 이 정도일 줄이야! 저런 여인에게서 사랑받으면서 대체 뭘 그리 잘난 척을 해 댔던 걸까?

군구신 역시 모든 것을 눈에 담고 있었다. 그는 결코 머뭇거리지 않고 빠르게 명령을 내렸다.

"여봐라, 기복방을 가두고 잘 감시하도록! 그리고 기씨 가문의 누구라도 진양성을 한 걸음도 빠져나가는 것을 허락하지 않겠다! 위반하는 자는 그 자리에서 법에 따라 처단할 것이다! 본왕이 황상께 보고드린 후 다시 처분을 결정할 것이다!"

끝났다!

기복방은 너무나 급했다. 그녀는 더 이상 아무것도 돌아보지 않고 황급하게 억울함을 호소했다.

"정왕 전하, 소녀는 억울합니다! 억울해요! 진삼원과 이갈존은 확실히 소녀가 매수하였습니다. 그러나…… 육단상륙은……, 육단상륙은 회녕 공주마마께서 소녀에게 주셨습니다!"

이 말은 마치 벽력같이 법정에 울려 퍼졌다.

모두가 깜짝 놀랐다. 회녕 공주도 당황했지만, 더욱 당황한 것은 바로 기욱이었다!

정왕 전하를 모살하려 했다는 것은 구족을 멸하는 죄였다. 기복방에게는 더 이상 선택의 여지가 없었다. 그녀는 회녕 공주를 가리키며 계속 말했다.

"진삼원의 5천 금도 공주마마께서 주신 것입니다! 이갈존은 거짓말을 하고 있어요. 저는 그에게 사촌 형이 승진하도록 도와주겠다고 한 적이 없습니다! 도와준 적도 없고요! 공주마마께서는 육단상륙을 먹는다 해도 그다지 큰 영향은 없다고 하셨습니다. 그리 말씀하신 것이 아니었다면……, 아니었다면……, 제가 아무리 남력이 세다 해도 정왕 전하를 감히 모살하려 하지 않았겠지요! 전하, 저는 억울합니다! 억울합니다!"

기욱은 자신의 누이에게 회녕 공주를 모함할 담력이 있다고 생각하지 않았다. 그는 이해할 수 없다는 듯 회녕 공주를 바라보았고, 서서히 주먹을 쥐기 시작했다.

원래 이 일은 회녕 공주가 저지른 것이었다! 회녕 공주는 그들을 속이고 있었다!

"공주, 당신……."

기욱은 화가 난 나머지 제대로 말도 잇지 못했다. 그의 잘생긴 얼굴이 점차 흉악하게 일그러졌다.

회녕 공주는 지금까지 그가 이렇게 화를 내는 모습을 본 적이 없었다. 그녀는 놀란 나머지 붉어진 눈으로 저도 모르게 변명하려 했다.

"나, 나는……."

이때였다. 법정 밖에서 날카로운 목소리가 들려왔다.

"앞에서는 정왕을 모해하려 하고, 뒤에서는 회녕 공주를 모함하려 하다니. 너희 기씨 가문이 참 대담하구나. 반역이라도 꿈꾸고 있는 것이냐?"

모두가 돌아보니 영민하게 잘생긴 남자가 들어오는 것이 보였다. 체구가 크고 훤칠한 그 남자는 바로 천염국 황상의 장자이자 회녕 공주와 같은 모비 출생인 오라비, 대황자 군요성이었다!

비할 데 없는 원한

군요성은 대략 서른 살 정도로, 영민하게 잘생긴 데다 체격도 우람했다. 그가 들어오자 관원들이 잇달아 일어나 예를 행했다.

군구신도 자리에서 일어났다. 그 모습을 보고 비연도 발의 고통을 참으며 일어나 몸을 굽혔다.

군구신은 비록 몸을 일으켰으나 달리 예의를 차리지는 않았다. 그저 그 차가운 목소리로 '대황형'이라 부르고는 수하들에게 의자를 가져오라고 명했다.

오히려 군요성이 좀 더 예의 바르게 대하며 군구신에게 먼저 앉을 것을 권했다. 그러자 군구신이 정말로 먼저 앉으며 모두에게 그만 자리에 앉을 것을 명했다.

비연은 가능한 한 빨리 자리에 앉고 싶어 마음속으로 감격했다. 정왕 전하는 확실히 가장 귀한 신분인 모양이었다. 대황자가 형이지만 명백하게 정왕 전하에게 몇 걸음 양보하고 있지 않은가!

비연은 몇몇 황자에 대해 이미 파악하고 있었다. 물론 대황자에 대해서도 어느 정도는 알고 있었다.

황족의 장자니 군요성은 본래 태자가 되기에 가장 적합한 인물이었다. 그러나 안타깝게도 그는 적출이 아니었다. 그와 회녕 공주의 모비인 운 귀비 이름은 기운지였고, 비천한 출신이었다.

천염국의 황상 군행곤이 제위에 오르기 전, 그러니까 천염국을 세우기 전에 운 귀비는 그의 시중을 드는 노비였고, 군요성을 낳은 다음에 첩이 되었다. 그 후 다시 회녕 공주를 낳았다. 10년 전 군씨 일족이 현공대륙 북부를 통일하고 황제라 칭할 때 기운지도 귀비가 되었다. 군요성은 대황자가 되었고, 회녕 공주도 공주의 봉호를 받았다.

군행곤은 젊은 시절 풍류를 즐겼고, 첩도 적지 않았다. 자식의 수도 결코 적지 않았다. 제위에 오른 후 들인 후궁이며 미인들도 부지기수였다.

그러나 그는 운 귀비를 가장 총애했다. 하지만 자식으로는 적출인 두 아들, 군구신과 태자를 가장 귀하게 여겼다. 다른 이유는 없었다. 그저 혈통 때문이었다.

군행곤의 첫 부인인 몽씨가 바로 군구신과 태자의 모후였다. 그녀는 신비스러운 출신으로 혈통이 매우 귀하다고 했다. 그녀는 10년 전 급성 전염병으로 죽었으나 그 후에 황후로 추존되었다.

그녀의 장례식 때 군구신은 나타나지 않았다. 그때부터 민간에는 군구신이 실종되었다는 소문이 퍼졌다. 그리고 3년 전 군구신이 진양성에 돌아올 때까지 이 일은 사람들에게 점차 잊혀가고 있었다.

군요성을 보자 비연은 그동안 들은 이런 이야기들이 떠올랐다. 그리고 정왕 전하에 대해 많은 의문을 느끼게 되었다. 그러나 눈앞에 재미있는 연극이 펼쳐지고 있으니, 당장은 다른 생각을 할 여유가 없었다.

군요성은 분명 회녕 공주가 청해서 온 구원병일 것이다. 그는 기씨 가문의 지지를 얻기 위해 회녕 공주와 기욱의 혼사를 찬성하고 있었다. 그가 방금 문가에서 했던 말은 결국 수레를 버리고 자기 자신을 보전하겠다는 뜻이 분명했다.

과연, 군요성은 자리에 앉자마자 회녕 공주를 질책하기 시작했다.

"회녕, 기복방이 이렇게 너를 모욕하는데 어째서 한 마디도 하지 않고 있는 것이냐!"

회녕 공주는 기욱 때문에 놀라 거의 이성을 잃은 상태였다. 그러나 군요성의 질책을 받자 그녀는 철저하게 정신을 차렸다. 이렇게 커다란 죄라면 그녀는 말할 것도 없고, 오라버니와 모비도 감당할 수 없다!

그녀는 그리고 싶지 않았지만 어쩔 수 없이 기욱의 시선을 피하면서 군요성 곁에 가서 앉았다. 그래도 군요성은 만족하지 않고 날카롭게 외쳤다.

"말해!"

회녕 공주는 금방이라도 울음을 터뜨릴 것 같은 얼굴로, 한참 후에야 겨우 말했다.

"기 대소저가 저를 모함하고 있어요. 저는 그런 지시를 내린 적이 없어요!"

기욱은 전신에서 힘이 빠진 듯 주저앉았다. 그는 군요성이 어떤 사람인지 잘 알고 있었다. 이제 가망이 없었다.

기복방은 공포에 질린 나머지 미칠 지경이었다. 그녀가 갑자기 소리치기 시작했다.

"간 약사! 맞아, 간 약사가 있었어요! 정왕 전하, 간 약사가 증언할 수 있습니다! 육단상륙은 간 약사가 회녕 공주마마께 드린 것이어요! 간 약사가 저를 위해 증언해 줄 거예요!"

기욱은 그제야 회녕 공주가 간 약사에 대해 이야기했던 것을 떠올렸다. 그는 회녕 공주에게 증오에 찬 시선을 던지고는 큰 소리로 외쳤다.

"정왕 전하, 간 약사를 불러 주시기를 간청드립니다! 우리 기씨 가문의 결백함을 입증하게 해 주십시오!"

회녕 공주도 마침내 기욱을 바라보았다. 그녀의 심장이 쿵, 소리를 내며 떨어졌다. 그녀라는 사람 전체가 무어라 형용할 수 없는 긴장 속에 빠져 버린 것 같았다.

이때, 군요성이 큰 소리로 외쳤다.

"정왕! 그녀가 증인을 불러오기를 원한다면, 모든 사람들 앞에서 심문한다 해도 무방하겠지. 사람들에게 이야깃거리나 만들어 주는 일도 피하고!"

그들은 말할 것도 없고 군구신도 간 약사를 불러오려던 참이었다. 그러나 누가 알았을까, 간 약사를 데리러 간 군졸은 간약사 대신 백지 한 장만을 가지고 왔다. 간 약사가 조금 전에 죄를 두려워하며 목을 매어 자살했다는 것이었다.

간 약사는 백지에, 자신이 기복방의 부탁을 받아 경매장에서 육단상륙을 거액에 구입했으며, 후회막급이니 죽음으로 사죄하노라 적었다.

회녕 공주는 일이 어째서 이렇게 돌아가는지를 알 수 없었다. 그러나 팽팽하게 긴장해 있던 신경은 일순 편해졌다. 그녀는 참지 못하고 거친 숨을 토해 냈다.

그러나 기욱은 이제 회녕 공주를 노려볼 기력조차 없었다. 변명할 힘은 말할 것도 없었다.

기복방은 마치 바보가 된 것처럼 계속 중얼거렸다.

"억울해……. 억울하단 말이야……."

장내는 적막 속에 빠져들었다. 기복방의 중얼거림만이 유달리 애달프게 들렸다.

군구신은 깊은 생각에 잠긴 듯 고개를 숙인 채 백지 위의 글자를 보고 있었다. 그의 긴 속눈썹이 눈가에 희미한 그림자를 만들고, 그 조용한 모습은 그를 더욱 쓸쓸하고 냉담해 보이게 했다. 그 누구도 감히 그를 방해할 수 없었다.

군요성은 본래 더 할 말이 있었으나, 군구신의 그 모습을 보고는 입 끝까지 올라온 말을 되삼켰다. 그의 마음속에는 계책이 있었고, 말을 많이 할수록 실수할 가능성도 높았다.

그리고 이 순간, 고비연도 깊은 생각에 잠겨 있었다. 그녀는 계속 회녕 공주가 어떻게 육단상륙을 손에 넣었는지 생각하고 있었는데 이제야 간 약사라는 존재를 알게 되었다. 의심할 바 없이 간 약사는 진짜 흉수의 사람이었다.

다만 그녀가 알 수 없는 것은, 간 약사의 죽음이 진짜 흉수의 짓인지 아니면 군요성이 저지른 짓인지의 여부였다.

그녀는 계속 이 사건에서 진짜 흉수가 허점을 보인 부분은 없는지 찾고 있었다. 지금 보아하니, 간 약사의 죽음이 이 사건을 파해할 틈새가 될 가능성이 극히 높아 보였다!

적막 속에서 군구신이 군졸에게 귓속말을 했다.

"가서 검시관에게 시신을 검사하게 하고, 다른 이들이 시체에 접근하지 못하게 하라."

군졸이 총총히 떠났고, 장내의 사람들 모두 호기심에 가득 차 군구신의 말을 기다렸다. 그러나 그중 누구도 감히 먼저 묻지는 못했다.

"여봐라, 기복방 등을 사형수용 감옥에 가두고 황상의 명을 기다리게 하라! 기욱은 기씨 가문의 저택에 가두도록. 본 왕의 윤허 없이는 그 누구도 기씨 가문 안으로는 한 걸음도 들어갈 수 없다!"

군구신의 이번 판결은 조금 전보다 훨씬 더 엄격했다.

할 말을 잃은 기욱은 군졸에게 끌려가면서 계속 차갑게 냉소할 뿐이었다. 그러나 기복방은 군졸에게 끌려가다가 갑자기 격렬하게 발버둥을 치기 시작했다. 그녀는 마치 미친 것처럼 소리 질렀다.

"난 죄가 없어! 죄가 없다고! 살려 줘! 회녕 공주, 나를 살려 줘! 나는 죄가 없어! 나는 아무 짓도 하지 않았다고! 공주마마, 살려 주세요! 살려 줘요!"

그녀가 소리치며 갑자기 회녕 공주를 향해 달려들었다. 회녕 공주가 깜짝 놀라 아무 말도 하지 못하고 재빨리 군요성 등 뒤에 숨었다. 두 군졸이 달려와서 기복방을 억누르고 끌고 나갔다.

기욱은 눈을 뜬 채 누이가 미쳐 가는 것을, 그리고 끌려 나가는 것을 지켜보았다. 그러나 아무것도 할 수 없었다.

그는 갑자기 발걸음을 멈추고 고개를 돌려 회녕 공주를 지긋이 바라보았다. 그의 눈빛 속에 가득한 원한은 영원히 사라지지 않을 것이었다.

회녕 공주는 마침내 참지 못하고 군요성 품에 얼굴을 묻고 큰 소리로 울기 시작했다.

그녀가 그런 행동을 했던 것은 모두 기욱 때문이 아닌가. 기욱은 어째서 그런 그녀에 대해 한 번 더 생각해 주지 않는 걸까? 그녀도 일이 이렇게 될 줄은 알지 못했다! 그녀도 어쩔 수가 없었던 것뿐인데! 그녀로서도 진상을 말할 수가 없었던 것뿐인데!

비연은 이 모든 것을 눈에 담아 두었다. 그러나 그녀는 그들을 전혀 동정하지 않았다.

간 약사의 죽음이 수상하다는 것을 정왕 전하가 눈치챘는지 알 수 없었다. 비연은 가능한 한 빨리 정왕 전하에게 진짜 흉수의 존재를 알려 주어야겠다고 생각했다. 시간을 너무 오래 끌면, 그 흉수의 수완으로 보건대, 이 사건은 아마 상황을 바꿀 수 없게 될 것이다.

기씨 가문은 물론 원망스럽지만, 회녕 공주도 이렇게 잘못을 저지르고도 법의 심판을 피해서는 안 되는 법이었다.

또한 더욱 중요한 것은, 진짜 홍수의 간계가 실현되어서는 안 된다는 것이다!

여기까지 생각한 비연은 갑자기 그 망할 얼음을 떠올렸다.

그 녀석도 분명 이 사건을 주시하고 있겠지? 그 녀석이 이 사건에 끼어들려 할까?

비연은 생각에 빠져 있느라 군구신이 몸을 일으켜 저에게 다가오고 있다는 사실을 눈치채지 못했다.

안타깝다, 사람을 납치하다

군구신이 코앞까지 다가왔을 때에야 비연은 그를 발견했다.

인정하지 않을 수 없었다. 너무도 잘생겼다. 얼굴 어느 부위를 보아도 잘생겨서, 그야말로 360도 어느 각도로 보아도 버릴 구석이 하나도 없었다. 보기만 해도 즐거워지는 얼굴이었다.

비연은 쇠뿔도 단김에 빼자는 생각으로 간 약사의 죽음에 대해 질문하려 했다. 그러나 그녀가 입을 열기도 전에 대황자 군요성이 군구신을 따라 비연에게 다가오더니, 큰 소리로 웃으며 말했다.

"일개 약녀가 대약사도 해내지 못하는 일을 할 수 있으리라고는 생각지도 못했군. 정왕, 네 혜안이 진주를 알아보았구나. 언제 그 능력을 내게도 전수해 주려무나."

군요성은 겉은 온화하지만 속은 음흉한 사람이었다. 표면적으로는 정왕에게 예를 갖추고, 심지어 아첨하는 듯하는 태도까지 보였지만 실제로는 계속 정왕을 질투하고 증오하고 있었다. 정왕만 돌아오지 않았다면 태자는 결코 그의 적수가 아니었을 것이다.

군구신이 냉랭하게 대답했다.

"대자사의 점괘는 틀린 적이 없지요."

군요성이 비연을 훑어보았다. 그러나 진짜로 능력자를 눈에 담아 두려는 듯한 모습이 아니었다. 그는 재빨리 화제를 돌려 진지한 표정으로 말했다.

"정왕, 이 사건이 아주 중대하니 시간을 낭비하지 말아야 할 것 같군. 어서 궁으로 돌아가 신하들을 소집하고, 부황께 상의드리는 것이 좋겠어."

군요성은 군구신이 부황을 만나러 갈까 봐 안심하지 못하고 있었다. 부황에게 회녕 공주에 대한 이야기를 할까 봐 두려웠던 것이다.

게다가 그는 한동안 부황을 만나지 못하고 있었다. 부황의 병세에 대해 갖가지 소문이 돌았으나 정왕은 감추고 절대로 알려 주지 않았다. 군요성은 이 기회를 틈타 소문의 진위를 알아보고 싶기도 했다.

"내가 바로 궁으로 들어가 부황께 보고드리겠습니다. 신하들을 소집할지에 대해서는 부황의 분부에 따르도록 하지요."

군구신의 눈가에 남은 빛이 비연의 두 다리를 스쳐 갔다. 그는 무슨 말인가 하고 싶은 듯했으나 결국은 아무 말도 하지 않고, 냉담한 표정으로 그녀 앞을 스쳐 가 점차 멀어졌다.

군요성이 울고 있는 회녕 공주를 궁에 데려다주라고 수하들에게 명령한 후 성큼성큼 군구신을 따라갔다. 어찌 되었건 그는 오늘 부황을 만나야만 했다!

멀어져 가는 군구신의 뒷모습을 바라보자 비연은 어쩐지 마음속이 허전해져 스스로도 깜짝 놀랐다. 그녀는 감히 그 이상 생각하지 못하고 다급하게 말했다.

"하소만, 우리도 돌아가자. 아파 죽을 것 같아."

그녀는 당장 버선이며 신발을 벗어 던지지 못하는 것이 안타까울 지경이었다!

하소만이 그녀 앞에 반쯤 무릎을 꿇었다.

"업혀."

비연이 싫은 표정을 지었다.

"날 업을 수 있겠어? 난 넘어지고 싶지 않아. 마차까지만 부축해 줘."

하소만이 퉁명스럽게 재촉했다.

"네 그 비쩍 마른 몸 정도야, 본 공공이 업고 정왕부까지 가는 것도 문제없다고! 자, 어서 업혀."

비연이 또 뭐라 하려 하자 하소만이 몸을 일으키더니 씩씩거리며 말했다.

"본 공공은 지금까지 사람을 업어 본 적이 없다. 네가 처음이라고. 이번 기회를 놓치면 다음 기회는 없을 줄 알아. 업히든가, 아니면 혼자 기어서 돌아가든가!"

이렇게까지 말하는데 비연이 뭘 어쩔 수 있겠는가? 그녀는 침착한 얼굴로 하소만에게 다시 무릎을 꿇으라고 손짓했다. 그러자 하소만이 피식 웃더니 바로 무릎을 꿇었다.

보기 좋은 모습은 아니었지만 하소만이 비연을 업은 채 후문으로 향했다.

비연이 아무리 말랐다 해도 하소만은 결국 아직 아이였다. 그녀를 업으니 꽤 힘이 들었다.

비연이 참지 못하고 속삭였다.

"힘들지?"

하소만이 잠시 침묵하더니 어색한 목소리로 대답했다.

"당연히 해야 할 일이야. 감옥에서 네가 본 공공을 대신해서 고문을 받았으니까."

그녀가 일부러 회녕 공주를 자극하여 그를 보호하지 않았다면, 상처가 이 정도까지 심하지는 않았을 것이다!

어색한 그의 목소리를 듣고 비연은 저도 모르게 웃을 뻔했다. 그녀가 가볍게 기침하고는 일부러 무시하듯 말했다.

"너를 대신하려고 한 것이 아니라, 네가 고문에 못 이겨 억지 자백을 해서 나를 모함하게 될까 봐 그런 거야!"

"너!"

하소만이 화를 냈다.

비연은 그 이상 장난을 치지 않고 진지하게 물었다.

"전하께서 오늘 밤 돌아오실까?"

하소만도 이번에는 성실하게 대답했다.

"모르겠어. 어쨌든 이렇게 큰일이니까, 2, 3일 못 들어오신다 해도 이상하지 않지."

비연은 근심에 잠겼다.

2, 3일 정도의 시간이라면 변수가 아주 크다! 어쩌지?

이때, 갑자기 누군가가 등 뒤에서 그녀의 허리를 감싸 안았다. 비연이 깜짝 놀라 고개를 돌리려 하자, 그 사람이 그녀를 하소만의 등에서 떼어 내 자신의 튼튼한 품 안으로 끌어안았다.

비연이 정신을 다잡고 보니 그는 바로 오랫동안 보지 못한 정역비였다. 갑옷을 입지 않고 푸른빛의 가벼운 복장을 한 그는 평소의 강한 느낌은 덜했다. 대신 더욱 의기양양하고, 그 무엇에도 구속받지 않는 듯 자유로워 보였다. 비연과 하소만 모두 멍해지고 말았다.

정역비는 법정 밖에서 한참 동안 안타까워하던 참이었다. 법정을 주재하는 이가 정왕 전하가 아니었다면 그는 이 사건이 무엇인지도 상관하지 않고, 법정의 위엄을 무시하고 뛰어들었을 것이다.

그가 물었다.

"만 공공, 고 약녀의 상처가 이 정도인데 무엇 때문에 태의를 부르지 않은 것이오? 바로 그 자리에서 상처를 치료했어야 하는 거 아니오?"

하소만이 대답하기도 전에 정역비가 다시 말했다.

"본 장군 마차에 마침 태의가 있으니, 만 공공은 일단 돌아가시오. 상처를 치료한 후에 본 장군이 직접 고 약녀를 데려다줄 터이니."

하소만은 즉시 정왕부 대총관의 위신을 세우며 엄숙하게 물었다.

"정 장군, 이 무슨 체통 없는 짓이오? 어서 사람을 내려놓지 못하겠소! 감히 정왕부의 사람을 건드린다면 후에……."

"전하께서 추궁하신다면 본 장군이 알아서 해명하겠소!"

정역비가 비연을 안은 채 몸을 돌려 성큼성큼 걷기 시작했다. 하소만이 그 뒤를 쫓았으나 비연의 말에 걸음을 멈추었다.

"하소만, 일단은 돌아가. 나도 정 대장군과 할 이야기가 있으니까, 이야기를 끝내고 바로 돌아갈게."

비연은 당연히 더 이상 정역비와 연루되고 싶지 않았다. 그러나 정왕 전하를 일깨우지 못했으니 정역비 쪽을 이용해 손을 쓸 생각이었다! 진짜 홍수에 대한 일은 정역비와 이야기하기 쉬울 것이다.

하소만은 깊이 생각하지 않고, 비연과 정역비 사이에 정말로 미묘한 감정이 흐르는 모양이라고 생각했다. 그는 무시하듯 비연을 한 번 흘긋 본 후에야 자리를 떠났다.

"흥, 전하께서 너같이 경박하고 지조 없는 여인을 좋아하실 리 없지!"

이 말을, 당연히 비연과 정역비 모두 듣지 못했다.

하소만이 멀어진 것을 확인한 후에야 비연이 다급하게 말했다.

"정역비, 오 공공 쪽에 무슨 동정이라도 있나요? 이 사건은 당신 사건과 동일한 인물이 벌인 짓이에요. 우리가 정왕 전하를 일깨워 드려야만 해요!"

이 말을 들은 정역비의 눈에 놀란 빛이 스쳐 갔다. 하지만 그는 여전히 비연의 상처가 급했다. 그래서 아무 말도 하지 않고 계속 마차 쪽으로 성큼성큼 걸어갔다.

비연이 진지하게 말했다.

"정역비, 이 일은 아주 중요해요. 시간을 끌면 변수가 생긴다고요!"

"아무리 중요한들 네 상처만큼 중요한가? 아픈 게 겁나지 않는 모양이지?"

정역비의 그 일관된, 온 세상이 다 하찮다는 듯한 표정의 얼굴이 일순 진지해지자 비연은 저도 모르게 안정을 찾았다. 그녀는 지금까지 정역비는 진지한 모습을 보일 수 없으리라 생각해 왔다.

마차에 도착하니 여자 의원이 보였다. 비연은 잠시나마 안심할 수 있었다.

정역비가 비연을 마차에 내려놓았다. 그 동작은 아주 느렸지만 그의 미간에는 조급한 기색이 어려 있었다.

"어서 약을 발라 주도록. 손과 발에 모두 상처가 있으니 조심하고."

그는 그렇게 말하면서 한쪽 무릎을 꿇더니, 비연의 신발이며 버선을 벗겨 내기 시작했다. 비연이 당황했고, 의원도 깜짝 놀랐다.

수십만 대군을 호령하는 대장군이 뜻밖에도 여자 앞에서 무릎을 꿇었다. 설마 그가 비연과 연루되었던 것이 단지 기씨 가문에게 보복하기 위해서가 아니라 진심으로 사랑하기 때문이란 말인가?

비연은 정신을 차리고 재빨리 말했다.

"정역비, 저리 가지 못해요! 당신 어머니는 당신에게 남녀는 서로 접촉하면 안 된다는 것도 가르쳐 주지 않았어요?"

이 말에 의원이 더욱 놀랐다.

일개 약녀일 뿐인 비연이 대장군을 이리 대한다는 말인가? 이것은 분명 믿는 구석이 있거나, 사랑을 너무 받아 교만해진 것이 틀림없었다!

이때, 비연도 의원이 복잡한 표정으로 자신을 바라보고 있다는 사실을 알아챘다. 바다를 건너더라도 결코 씻어 내지 못할 절망감이 느껴졌다. 그녀는 어쩔 수 없이 정역비에게 애원하는 듯한 눈빛을 보냈다.

망할 얼음이 계속 보고 있다

비연의 애원하는 듯한 눈빛을 보고 정역비는 무척 놀랐다.

그가 아는 한 이 약녀는 유언비어나 세간의 평은 개의치 않았고, 쉽게 다른 이에게 무언가를 부탁하는 성격도 아니었기 때문이다. 그가 아무 말 없이 바로 마차에서 물러났다.

얼마 지나지 않아 비연의 손에 다시 붕대가 감겼다. 버선과 신발도 한옆에 벗어 둔 채 발가락도 꽁꽁 싸맸다.

의원이 떠나자 비연은 지체하지 않고 조금 전의 화제를 이어 나가려 했다.

"정역비, 오 공공 쪽은……."

그러나 정역비의 눈에는 그녀의 상처만이 보일 뿐이었다. 그가 비연의 말을 끊었다.

"약녀, 많이 아픈가?"

비연은 정말로 다급했다.

"정 대장군, 중요한 일을 이야기하고 있잖아요!"

정역비는 그제야 나지막하게 말했다.

"뭘 그리 조급해하는 건지. 오 공공은 본 장군의 손에 있다."

비연이 헉, 숨을 들이마셨다. 정말 의외였던 것이다.

"뭐라고요?"

정역비는 성으로 돌아온 후 계속 사람을 시켜 오 공공을 삼시하고 있었다. 그러다 사흘 전에 오 공공이 갑자기 태감 몇 명을 거느리고 비밀리에 궁을 떠났다는 소식을 들었다. 정역비는 바로 그를 추격했으나 안타깝게도 성을 나서자마자 놓치고 말았다.

그런데 어젯밤에 누군가가 오 공공을 그의 저택에 던져 넣었다. 오 공공은 온몸이 꽁꽁 묶여 있었고, 몸에는 이름을 알 수 없는 약재 꾸러미 하나와 기괴한 약방들을 지니고 있었다.

정역비는 깊이 생각한 후에 개인적으로 오 공공을 구류하고, 비밀리에 심문했다. 그러나 오 공공은 그야말로 한 마디도 대답하지 않았다.

정역비는 오늘 정왕 전하께서 대리시에서 직접 법정을 주재한다는 말을 듣고, 그저 시끌벅적한 것을 구경이나 할까 하고 온 참이었다. 그러다 생각지도 못하게 비연을 만나게 되었던 것이다. 그녀가 오늘 이 사건과 오 공공이 연관되어 있다는 말을 하지 않았다면 그도 두 사건을 연결하지 못했을 것이다.

정역비의 얘기를 들은 비연의 머릿속은 온통 그 내력 불명의 망할 얼음으로 가득 찼다. 그녀는 거의 확신하고 있었다.

이 일은 그 망할 얼음이 한 일이다! 그는 계속 이 사건을 지켜보고 있는 게 틀림없다!

그는 비록 그녀를 함정에 빠트렸지만, 상황을 보면 정왕 전하에게 불리한 행동을 할 것 같지는 않았다. 그가 어둠 속에서 지켜보고 있다는 것을 알고 나자 비연도 조급한 마음을 가라앉힐 수 있었다.

다만, 그녀는 여전히 알 수 없었다.

그 망할 얼음은 팔황자일까, 아닐까? 분명히 계속 정역비를 돕고 있는데, 무엇 때문에 정체를 숨기고 있는 걸까?

비연이 탐색하듯 정역비를 향해 물었다.

"이상한데요. 누가 그런 일을 했을까요?"

"본 장군도 아주 이상하다고 생각한다. 이 사람은 진상을 제 손바닥 들여다보듯 알고 있겠지."

비연도 깨달은 듯 말했다.

"그가 당신을 돕고 있고요."

정역비가 무시하듯 냉소하기 시작했다.

"오 공공이 약선 꾸러미 사건과 관련되어 있다면, 이 사람은 본 장군을 돕고 있는 게 아니라 본 장군을 이용하고 있는 거지!"

실제 사정을 알고 있는 비연으로서는 평가를 뒤로 미루는 수밖에 없었다.

정역비의 눈가에 원한 서린 차가운 빛이 스쳐 갔다.

"약녀, 오 공공이 이 사건과 대체 어떻게 관련이 있는 거지? 본 장군에게 기씨 가문이 무고하다고는 말하지 마라!"

비연도 기씨 가문을 많이 원망하고 있었지만 대답은 솔직하게 했다.

"기씨 가문이 무고한 건 아니에요. 하지만 구족을 멸할 죄를 지은 것도 아니죠!"

정역비가 그녀를 노려보았다. 아주 불쾌한 듯했다.

비연은 정역비가 오 공공을 감추고 이 사건에 협조하지 않을

까 두려워 다급하게 달래 보려 했다. 그러나 정역비는 어깨를
으쓱하며 아무 상관 없다는 듯 말했다.

"됐다, 됐어. 본 장군이 기씨 늙은이의 목숨을 원하기는 하
지만, 지금 당장 해치워야 하는 것은 아니다. 나라 안에 반군도
없고 외적의 침입도 없을 때, 본 장군 스스로 해야 하는 일이
지! 지금은 잠시 기씨 늙은이를 도와준다 해도, 그때가 되면 옛
원한과 새로운 원한을 모두 한꺼번에 셈해 버릴 테니까!"

그의 말투는 여전히 건들거렸지만 비연은 정역비가 지금의
형세를 상당히 정확하게 파악하고 있다는 사실을 알아차렸다.
그리고 그가 흉수의 진정한 목적을 알아차리고 있다는 사실도.

원한 속에서도 상황을 정확히 보고, 객관적으로 사실에 대처
하며, 나라의 안위를 위해 가문의 원한을 접어 두다니!

정역비는 과연 진정한 사내였다. 정가군의 위명에 결코 부
끄럽지 않은, 천염국 수십만 대군의 추대를 받을 만한 인물이
었다.

그의 오만하고도 자유로워 보이는 옆얼굴을 바라보면서, 비
연은 자신이 사람을 잘못 구하지 않았고, 그를 그다지 싫어하
지 않는다는 사실도 깨달았다.

그녀가 서둘러 물었다.

"오 공공의 약 꾸러미를 보여 줄 수 있어요?"

그녀는 오 공공이 지닌 약방문 밀지들은 의미를 해독하기 어
려우니, 가져와 증거로 삼는다 해도 모두를 설득하기는 어려울
거라 생각했다. 망할 얼음이 오 공공을 정역비에게 건넨 것은

분명 다른 계획이 있어서가 아닐까?

정역비는 생각에 잠긴 듯한 모양으로 말했다.

"약녀, 이 오라비와 함께 저택으로 돌아가서, 오라비가 즐겁게 시중들게 해 주면 말해 주마!"

오라버니?

지난번 복만루에서, 비연이 사람들 앞에서 연기를 하며 그를 불렀던 호칭이 아닌가?

비연은 발이 너무 아파 지금 그를 걷어찰 수 없는 게 그저 안타까울 뿐이었다. 그녀는 깊게 숨을 들이마셔 냉정함을 되찾으려 노력하며 말했다.

"정역비, 자신에 대한 유언비어를 퍼뜨리는 걸 좋아하는 모양인데, 나중에 부인을 얻지 못할까 봐 두렵지는 않아요?"

그녀가 정씨 가문의 저택에 갔다는 사실을 사람들이 알게 된다면, 그 후의 결과가 어찌 될지는 하늘만이 알 것이다.

정역비가 갑자기 몸을 굽혀 다가오더니 진지하게 말했다.

"본 장군은 두렵지 않다. 너는 본 장군보다 더 두려워하지 않는 걸로 알고 있었는데?"

그녀가 두렵지 않다고?

두렵지 않다는 게 꼭 좋다는 뜻은 아니다. 게다가 그녀는 현재 신분도 달라졌다.

비연이 정역비를 밀어 원래의 자리로 돌려놓은 후 매우 진지하게 대답했다.

"정 대장군, 저는 지금 정왕부 사람으로, 정왕 전하의 제번을 떨어뜨릴 일은 할 수 없습니다! 자중하시길 바라요!"

정역비가 살짝 멍한 표정을 짓더니 한참 침묵했다. 그리고 뭔가 아까운 듯, 그러나 결국에는 자못 진지하게 고개를 끄덕였다.

"좋아, 함께 가서 그 약 꾸러미를 보도록 하지. 그다음에 다시 정왕부로 데려다주겠다."

정씨 가문 저택에 도착하자 정역비는 마치 사람이 변한 것처럼 매우 정중하게 비연을 대했다. 그는 다시 그녀를 안아 들지 않고 대신 바퀴 달린 의자를 찾아 주었다.

비연은 속으로 정역비가 정왕 전하에게 경외심을 느끼고 있는 게 분명하다고 생각했다. 그의 행동에는 조금의 가식도 없어 보였다. 그녀가 정왕 전하라는 거대한 나무에 기대고 있는 한 그녀가 얻는 이득은 이보다 더 좋을 수 없을 정도였다.

정역비가 비연을 데리고 지하 감옥으로 갔다. 비연은 얼굴을 드러내지 않은 채 오 공공을 곁눈질했다. 오 공공은 두 손이 묶인 채 고개를 숙이고 있었는데, 생기라고는 전혀 없어 보였다.

정역비가 속삭였다.

"죽으려는 마음으로 가득 차 있으니, 심문한들 소용없지."

비연이 머뭇거리다가 말했다.

"그래도 대비하는 게 좋지요. 그가 자결하지 않도록 잘 감시하세요. 그가 입을 열지 않는다 해도, 증인은 증인이니까."

정역비가 고개를 끄덕였다.

"안심해. 예방하고 있으니까."

두 사람이 이야기를 주고받는 사이에 하인이 약 꾸러미를 가져왔다. 정역비가 그것을 펼치자 비연은 바로 넋을 잃었다.

세상에!

이 꾸러미에 든 약재는 육단상륙이었다. 모두 아주 희귀한, 최상급 진품이었다!

비연의 주의력이 순식간에 꾸러미에 떨어져 있는 황갈색의 약 가루로 향했다. 그녀는 서둘러 정역비에게 그것을 집어 들게 한 뒤 열심히 냄새를 맡아 보았다. 그러나 아주 많은 삼 종류의 약재 성분이 섞여 있다는 것만 알 수 있을 뿐, 이 약 가루의 구체적인 성분까지는 알 수 없었다.

두 손이 불편하고 시간에도 한계가 있었다. 비연은 머뭇거리다가 화제를 찾아 정역비의 주의력을 돌리고는, 몰래 약왕정에 약 가루를 조금 넣어 분석과 검증을 하게 했다.

약왕정이 검증하자 바로 결과가 나왔다. 이 약 꾸러미에 있는 것은 삼 열 몇 종과 한 종류의…… 육단상륙이었다!

이게 바로 증거다!

육단상륙은 절대 구하기 쉬운 약재가 아니었다. 어약방 전체에도 단 한 뿌리가 있을 정도였다.

이 물건을 정왕 전하에게 가져간다면, 총명한 정왕 전하는 반드시 두 가지 사건이 크나큰 관계가 있다는 걸 알아채실 거다! 정왕 전하께서 두 가지 사건을 함께 조사하신다면 진짜 흉수도 조만간 꼬리를 밝히리라!

비연이 크게 기뻐하며 정역비에게 이 좋은 소식을 말하려 했다. 그러나 이때 시종이 총총히 들어와 보고했다.

"장군, 대리시 소경 공 대인께서 만나고자 하십니다!"

정역비도 고개를 갸우뚱했다.

이런 결정적인 시기에 대리시 사람이 왜 그를 찾는 걸까?

비연은 더욱 놀랐다.

공 대인은 약을 빼앗아 가려던 자객의 일을 조사하는, 바로 그 사람 아닌가?

바보, 그의 불쾌함

정역비는 비연이 배가 고프리라 생각해, 시녀에게 명해 비연의 식사 시중을 들게 하고는 자신은 공 대인을 만나러 갔다.

좁쌀죽이며 채소 요리를 보자 비연의 마음이 따뜻해졌다. 정역비처럼 항상 군에 있는 남자가 이렇게 세심할 줄이야. 그는 그녀가 예전에 오래 굶은 다음에는 기름진 음식을 먹지 말아야 한다고 이야기한 걸 기억하고 있었던 것이다.

그녀는 음식을 먹으며 공 대인이 무슨 일로 왔을까 생각하기 시작했다.

한참 후에야 정역비가 돌아와 웃으며 말했다.

"약녀, 좋은 일이야. 무슨 일인지 알아맞혀 보겠어?"

비연은 음식을 계속 먹으면서 재촉했다.

"뜸 들이지 말고 어서 이야기해요."

"오 공공과 간 약사 사이에 서로 접점이 있었어."

"이렇게 공교로울 수가? 어떤 접점이 있었던 거죠?"

비연은 너무나 이상했다.

이건 잠을 자려는 사람에게 누군가가 베개를 건네주는 형세 아닌가?

"지난번 너를 협박하던 그 자객들이, 오 공공이 간 약사를 매수하여 약을 가져가는 길을 알려 주었다고 자백했어. 대리시 사람들이 오 공공을 찾으러 궁에 들어갔지만, 이미 그가 실종된 뒤였지. 공 대인이 온 이유는……."

정역비의 말이 끝나기도 전에 비연이 입 안에 있던 죽을 뿜고 말았다. 죽이 날아가 그의 얼굴에 묻었다. 당황한 정역비를 향해 비연이 다급하게 사과했다.

"일부러 그런 게 아니에요."

주변에 있던 시녀들은 대장군이 화를 내리라 생각해 얼른 무릎을 꿇었다. 그러나 정역비는 대충 얼굴을 닦은 후 퉁명스럽게 물었다.

"두 가지 사건이 연결되어 있다는 것 때문이 아니라면, 무엇때문에 이렇게 흥분하는 거지?"

비연은 흥분한 것이 아니었다. 그저 놀랐을 뿐이었다!

애당초 약을 빼앗아 가려던 자객은 바로 망할 얼음이었다. 그리고 후에 대리시가 잡은 그 자객들은 망할 얼음이 안배한 희생양이었다.

또한 망할 얼음은 약을 배송하는 길을 그 스스로 조사해서 알고 있었지, 오 공공이 알려 주어서가 아니었다. 간 약사와는 더더군다나 아무 관계도 없었다.

지금 망할 얼음은 희생양들을 시켜 오 공공을 모략하려 하는 것이다. 경솔하게 오 공공과 간 약사 사이의 관계를 꾸며 내 두 사건을 연결시키고 있었다.

이건 분명 독을 독으로 막는 꼴이다!

바꿔 말하면, 망할 얼음이 그 가짜 위협 사건을 벌인 진정한 이유는 대리시가 그를 조사하는 것이 두려워서가 아니었던 것이다. 그 기회를 틈타, 수하의 사람들을 대리시에 남겨 위증을 하게 하기 위함이었다.

그가 오 공공을 정역비가 있는 곳에 던져 넣은 것도 이상한 일이 아니었다. 이건 아주 제대로 계획한 일이었다. 정역비의 손을 빌려 오 공공을 보내 버리려는 것이었다!

정말이지 너무도 심오한 계획이지 않은가?

비연은 계속 진짜 흥수의 심사가 엄밀하고 수단도 음험하다고 생각했다. 그러나 지금 그녀는 그 망할 얼음이 그 흥수에 절대 못하지 않다고 생각하고 있었다. 아니, 심지어 더한 것 같았다!

이 거대한 연극에는 많은 이들이 연루되어 있었지만 실제로는 그들 두 사람이 어둠 속에서 힘을 겨루는 것에 지나지 않았다. 그러니 놀라지 않을 수 있겠는가?

"무슨 생각을 하고 있는 거지?"

정역비가 다시 묻자 비연은 깊은 생각에서 깨어났다. 그녀는 당연히 진상을 말할 수 없었다.

"그렇게 공교롭다니, 당연히 흥분할 수밖에요! 정왕 전하께서 황상을 뵈러 궁으로 들어가셨는데, 황상께서 일을 매듭지으시면 큰일이잖아요. 어서, 어서 방법을 생각해서 오 공공과 장물을 모두 보고하도록 하세요."

지금 모든 이들이 간 약사 배후에 기씨 가문이 있다고 생각하고 있었다. 그러나 정역비가 오 공공을 내놓는다면 상황이 달라질 것이다. 기씨 가문도 억울함을 호소할 기회가 생길 것이다!

정역비가 머뭇거리다가 물었다.

"약녀, 너……, 너는 내 소식을 기다려 줄 건가?"

비연은 현재 손발을 쓰기가 불편하니 정왕부로 돌아가면 정역비를 다시 만나기 어려울 거라는 생각에 고개를 끄덕였다.

"여기서 당신 소식을 기다린 뒤에 갈게요. 어서 다녀와요!"

정역비가 기뻐하며 시녀들을 불렀다. 그리고 비연의 시중을 들어 주라고 명령한 후 안심하고 떠났다.

비연은 확실히 누군가의 시중이 필요했다. 그녀는 시녀들의 시중을 받아 몸을 씻었다. 온몸에 배어 있던 독기도 함께 씻어 내니 아주 상쾌한 기분이 들었다.

비연이 시녀들에게 방을 하나 내어 달라고 한 후에 그녀들을 모두 물렸다. 그녀는 침상에 앉아 머뭇거리다가 매서운 마음을 먹고, 입으로 손에 감겨 있는 붕대를 뜯어냈다. 그리고 고통을 참으며 발에 감겨 있던 붕대도 벗겨 냈다.

상처를 빨리 낫게 하려면 한 번 더 고통을 감수하는 수밖에 없었다. 그 여자 태의가 발라 준 약도 매우 좋은 것이었지만 비연이 만든 약만은 못했다. 그녀의 약은 한번 바르면 다시 바꿀 필요가 없고, 이틀이면 전부 치유될 수 있었다.

붕대를 풀어 헤친 후 비연은 탁한 숨을 내쉬고는 정신을 집중해 의식을 움직였다. 그녀는 의식 속에서 약방문을 하나 지어 약왕정에게 전달했다.

약왕정은 즉시 공간 속에서 약을 찾아 눈 깜빡할 시간도 지나지 않아 신화로 연고 형태의 약을 만들어 냈다. 그녀는 의식을 다시 한번 움직여 연고를 자신의 손 근처에 떨어뜨렸다.

"정말 착하다!"

비연이 손의 상처를 잊고 습관대로 약왕정을 두드려 주다가 고통으로 헉, 소리를 냈다. 그때, 등 뒤에서 갑자기 불쾌함이 잔뜩 실린 목소리가 들렸다.

"바보 같군!"

비연이 당황하여 재빨리 고개를 돌려 보았다. 언제부터인지 모르게 등 뒤에 한 남자가 서 있었다.

남자는 얼굴에 은빛 가면을 쓰고 검은 옷을 입고 있었다. 곧은 몸에서 풍겨 나오는 오만함, 거기에 차갑고 조용한 분위기까지. 마치 밤의 신과도 같은 모습이었다.

비연이 놀란 나머지 저도 모르게 외쳤다.

"망할 얼음!"

남자가 미간을 찌푸렸다. 그는 분명 이 호칭을 좋아하지 않는 듯했다. 그가 불쾌한 목소리로 말했다.

"누가 너에게 제멋대로 굴어도 좋다 했지?"

비연은 이 녀석이 다시 자기를 보러 올 낯짝이 있을 거라고는 생각지 못하던 차였다. 때문에 아주 흉악하게 욕설을 퍼붓기 시작했다.

"썩을 사기꾼 녀석! 감히 내 앞에 다시 나타나? 무슨 변명을 하려는지 모르겠지만, 넌 사기꾼이다!"

남자는 대답할 말이 없어서인지 아니면 쓸데없는 말은 하고 싶지 않아서인지, 그 말에 아무 반응도 보이지 않았다. 그 대신, 멍으로 가득한 비연의 손과 발을 흘깃 보더니 시선을 연고 쪽으로 돌리며 냉랭하게 말했다.

"아무것도 없는 데서 약을 만들어 내다니, 네 그 약솥은 확실히 보통 물건이 아니군."

"온 지 얼마나 된 거야? 몰래 보고 있었다니, 너……."

비연이 흥분한 나머지 벌떡 일어났다. 순간, 발가락이 너무 아파 본능적으로 발가락을 움츠리는 바람에 몸 전체가 균형을 잃고 뒤로 넘어갔다.

"앗……."

그러자 군구신이 생각할 겨를도 없이 빠르게 앞으로 나와 한 손으로 그녀의 허리를 감싸 안고, 다른 한 손으로 그녀의 입을 막았다.

두 사람 중 한 사람은 몸을 굽히고, 다른 한 사람은 몸을 뒤로 젖힌 채 서로의 눈을 바라보고 있었다. 두 사람 모두 멍한 표정이었다.

군구신이 먼저 정신을 차리고 여전히 불쾌한 어조로 말했다.

"바보!"

비연은 있는 힘을 다해 그의 손에서 벗어나려 하며 소리쳤다.

"망할 불량배 자식, 놓아줘!"

군구신이 그녀 등 뒤에 침상이 있는 것을 흘깃 보고는 우아하게 손을 빼냈다. 비연은 그대로 뒤로 넘어져 침상 위에 눕게 되었다…….

전혀 아프지 않았다. 그녀는 그제야 자신이 뒤로 넘어지기만

하면, 어떻게 넘어지건 그다지 아프지 않았을 거라는 사실을 알게 되었다.

자신이 방금 그렇게 큰 소리를 낸 것을 상기하자 어쩐지 어색한 기분이 들었다. 비연은 열 손가락이 닿지 않게 조심스럽게 몸을 옆으로 돌려, 팔꿈치로 몸을 지탱하며 천천히 일어나 앉았다.

청하지 않았는데도 망할 얼음이 알아서 그녀 곁에 앉아 있었다. 그는 연고를 꺼내 열심히 들여다보고 있었다. 이름 모를 커다란 잎에 싸여 있는 그것은 녹색으로 투명하게 빛나고 있었다. 향기도 아주 맑았다.

그가 물었다.

"약을 바꿀 생각인가? 이 약이 효과가 좀 더 좋은가?"

비연은 그에게 그다지 좋은 인상을 받지 못해 마음속으로 방비하고 있었다. 거기다 방금 그의 계책이 홍수에 비해 훨씬 깊다는 것을 알게 되자 더더욱 경계하게 되었다.

그녀는 불쾌하게 말했다.

"내 물건에 손대지 마! 대체 뭘 하러 온 거지? 어서 말해!"

군구신은 대답하지 않고 고개를 숙인 채, 손가락 두 개로 가볍게 연고를 떠냈다. 그가 냄새를 맡아 보고는 말했다.

"손."

손? 비연은 무슨 뜻인지 이해할 수 없었다.

군구신은 다른 손을 펼쳐 보이며, 얼음처럼 냉랭한 어조로 명령하듯 말했다.

"약을 발라야지. 손을 내놔라."

네가 나를 희롱하는구나

약을 바른다고?

이 녀석에게 그런 좋은 마음이 있을 리 있겠는가? 분명 다른 생각을 숨기고 있을 거다!

비연의 첫 반응은 바로 두 손을 등 뒤로 감추며 차갑게 비웃는 것이었다.

"감당 못 할 친절이로군!"

"그것도 그렇군. 그럼 시녀를 불러오지."

그의 대답에 비연은 바로 조마조마해졌다.

"대체 뭘 하려는 거지?"

시녀를 불러오면, 이 연고가 어디서 났는지 설명할 방법이 없었다. 이 녀석은 분명 그녀를 협박하고 있었다!

군구신이 대답하지 않고 여전히 짧게 말했다.

"손."

비연은 얼굴을 찡그린 채 움직이지 않았다.

마침내 군구신이 고개를 들었다. 그 얼음처럼 차가운 눈빛은 세 번 말하게 하지 말라는 경고의 뜻이 담겨 있었다.

비연이 화를 삭이느라 입술을 깨문 채 그를 마주 보았다. 작은 얼굴이 흉악해 보이도록 찡그리면서, 손을 내미느니 차라리 눈을 흘기겠다는 의지를 담고.

그동안 군구신이 보아 온 여자들은 모두 예쁘게 꾸미고 애교를 부리거나, 자신의 가장 아름다운 모습을 내보여 그를 유혹하려 했다. 비연처럼 이렇게 얼굴을 일부러 일그러뜨리는 경우는 처음이었다.

하루 종일 굳어 있던 그의 입가가 웃음을 참지 못하고 실룩이기 시작했다. 웃음소리를 내지 않고 넘길 수 있는 게 다행이었다. 그는 비연의 표정을 보지 못한 것으로 하기로 하고, 고개를 숙인 채 그녀의 손목을 잡았다.

손목이 잡히는 순간 비연은 정말로 긴장해 온몸이 굳어 버렸다. 남자에게 처음으로 손을 잡혀서가 아니라 일종의 두려움 때문이었다! 눈앞의 녀석이 자신을 괴롭히거나 아프게 할까 봐 두려웠던 것이다.

웃음기를 참으려고 애쓰고 있던 군구신은 시퍼렇게 멍이 든 비연의 손가락을 가까이에서 보게 되자 입매가 점차 단단하게 굳었다. 조금 전까지만 해도 웃고 싶더니 지금은 바로 기분이 나빠졌다. 아무래도 눈앞의 이 여자에게 감정적으로 끌려가고 있는 것만 같았다. 그러나 안타깝게도 그 자신은 그 사실을 의식하지 못하고 있었다.

그는 연고를 묻힌 손을 차마 움직이지 못하고 있었다.

그의 감정이 어떻게 움직이고 있는지 알지 못하는 비연은 긴장한 채 그의 손만 노려보고 있었다. 그가 힘을 쓸까 봐 두려웠는데 쓰지 않는 것을 보고, 아직 힘을 모으고 있는 건 아닌지 더욱 의심하게 되었다. 그녀는 결국 눈을 감는 것을 선택했다.

얼마 지나지 않아 부어오른 손가락에 맑고 시원한 감각이, 그리고 희미한 통증이 느껴졌다. 그녀가 재빨리 눈을 떴다.

망할 얼음의 동작은 아주 가벼웠다. 심지어 부드럽다고 말할 수도 있었다. 그는 손가락 하나만으로 조심스럽게 약을 바르고 있었다. 아주 천천히, 부드럽게, 그의 손가락이 그녀의 상처 위를 맴돌고 있었다.

완전히 아프지 않은 것은 아니었지만, 이렇게 심한 상처를 입은 입장에서는 그 정도는 아무것도 아닌 고통이었다.

비연은 너무나 놀랐다!

머릿속에 떠오른 첫 번째 생각은 바로, 이 녀석의 성격이 변했나 하는 것이었다.

그녀가 몰래 그를 살펴보았다. 은빛 가면 아래로 유달리 집중하고 있는 그의 눈빛이 보였다. 마치…… 따뜻한 빛을 품고 있는 것 같기도 했다.

얼음에게도 따뜻한 면이 있다고? 그러면 얼음이 녹아 버리지 않나?

비연은 자신이 너무 깊이 생각했다고 여겼다. 손이 아프지 않으니 얼마간 편한 기분이 들었다. 그녀는 잠시 머뭇거리다가 탐색하듯 물었다.

"이봐, 설마 양심에 걸려서, 나에게 미안한 마음을 전하러 온 건 아니겠지?"

망할 얼음은 대답하지 않았다. 비연이 다시 물었다.

"오 공공도 당신이 잡은 거지? 진짜 음험하네! 그 밖에 또 얼마나 많은 비밀을 알아냈어?"

망할 얼음은 계속 대답하지 않았다. 비연이 다시 물었다.

"오 공공의 그 약 꾸러미는 대체 어떻게 된 거야? 원래 오 공공 것이었어? 아니면 당신이 죄를 씌우려고 가져다 둔 거야?"

망할 얼음은 여전히 침묵했다. 비연이 이어 물었다.

"진짜 흉수가 누구인지는 알아냈어? 오 공공을 잡아서 그 뒤에 있는 진짜 흉수가 놀랄 거라는 생각은 안 해 봤어?"

망할 얼음은 여전히 반응하지 않았다. 그러거나 말거나 비연이 계속 물었다.

"아직 숨기고 있는 패가 있는 거지? 당신이 하는 일이 빛을 볼 수 없는 일도 아닌데, 뭐 때문에 그렇게 숨기고 있는 거야? 아니면……, 당신도 무슨 나쁜 일을 저질러서, 다른 이들이 알까 두려워서 그러는 건가?"

이렇게 비연은 계속 묻고 또 물었다. 군구신은 마치 아무것도 들리지 않는다는 듯 고개를 숙인 채 계속 꼼꼼하고 부드럽게 약을 발랐다.

열 손가락에 모두 약을 바른 후 그는 곁에 있는 붕대에서 쓸 만한 부분을 골랐다. 그리고 조심스럽게 비연의 손을 다시 싸매 주었다. 여전히 조심스러웠다.

비연은 속으로 의외라고 생각했다. 백의 사부조차 그녀가 끊임없이 떠들면 견딜 수 없어 했는데 이 녀석은 잘 참고 있었다.

비연은 그를 믿지 않고 좀 더 탐색해 볼 생각이었다. 그런데 망할 얼음이 아무 예고도 없이 갑자기 몸을 굽혀 그녀의 발을 들더니, 그녀의 다리를 자신의 다리 위에 올려놓았다. 깜짝 놀란 비연은 입 끝까지 올라왔던 말을 전부 삼켜 버리고 말았다!

망할 얼음이 그녀에게 약을 발라 주겠다고 말한 이후로, 그가 아프게 할까 봐 두려워하느라 다리에도 약을 발라야 한다는 사실을 잊고 있었다.

어떤 상황이건 남자에게 그녀의 발을 만지게 할 수는 없었다!

"싫어!"

비연이 다리를 움츠리려 했지만 망할 얼음이 그녀의 복사뼈를 꽉 쥐고 차가운 목소리로 말했다.

"움직이지 마!"

비연의 목소리가 그보다 훨씬 차가웠다.

"남녀가 서로 몸을 만져서는 안 되는 법인데, 당신은 지금 나를 돕고 있는 게 아니라 희롱하고 있는 거야!"

망할 얼음이 살짝 당황하는 듯하더니 정말로 손을 놓았다.

비연이 다급하게 발을 거둬들였다. 그러나 망할 얼음이 재빨리 그녀의 발목을 다시 잡고 누르더니 얼음 같은 목소리로 명령했다.

"너에게 시간을 허비하게 할 수는 없다. 어서 손과 발이 나아야지. 네가 검증해야 할 약이 아직도 많으니까."

그럼 그렇지, 공짜로 도와줄 리가!

비연은 이 녀석에게 좋은 마음이 있을 리 없다는 걸 진작부터 알고 있었다. 그녀가 냉랭하게 말했다.

"당신이 마음 쓸 일이 아니지. 이 사건 관련해서 나는 당신을 돕는 게 아니라 정왕 전하를 돕고 있는 거야. 나는 반드시 빨리 쾌차할 거고! 어서 나를 놔줘!"

망할 얼음은 놔주지 않았다. 비연이 있는 힘껏 버둥거렸지만 그는 더욱 강하게 잡았다. 비연이 더욱 버둥거렸다.

"놔줘, 이 불량배! 놔주지 않으면 비명을 지를 거야!"

군구신은 한마디 말도 없이 그녀의 발꿈치 전체를 꽉 쥐어서 그녀가 다리를 움직일 수 없게 했다. 비연이 비록 계속 저항은 하고 있었지만, 감히 큰 소리를 내거나 누군가를 불러올 생각은 하지 못했다.

결국 그녀는 고개를 돌린 채 아예 보지 않는 법을 택했다! 그러면서 마음속으로 굳게 맹세했다.

어떻게든 정왕 전하에게 이 녀석의 존재를 알릴 것이다! 몇 번이나 그녀를 함정에 빠트린 그 진짜 흉수보다 이 녀석이 백 배는 더 가증스러우니까!

군구신은 비연의 분노는 신경 쓰지 않고 침묵 속에서 그녀의 발 상처를 관찰했다. 다만, 손을 치료할 때와는 달리 이번에는 시선을 억제하지 못하고 자꾸만 위쪽을 보게 되었다. 그는 비연의 연꽃 같은 발이 작고 아름답고, 또 희고 보드랍다는 것을 깨닫고 있었다.

점차 그의 주의력이 저도 모르는 사이에 자신의 손안으로 집중되었다. 그의 손에 잡혀 있는 발꿈치는 매끄럽고 부드러웠다.

여자의 발을 보는 것은 처음이었다. 또한 여자의 발을 만지는 것도 처음이었다. 그는 미처 대비하지 못한 상태라 살짝 충격을 받았다. 마음속에서 어떤 감정이 떠오르고 있는 것 같았지만 그것이 무엇인지 그로서는 도무지 설명할 수 없었다.

머뭇거리다가 결국은 계속 약을 바르기로 했다.

손가락과 달리 발가락 사이는 틈이 좁았다. 그의 손가락이 비집고 들어가자 비연은 바로 통증을 느꼈다. 이를 악물고 조용히 참아 내던 그녀가 결국은 참지 못하고 몸을 떨었다.

군구신이 그제야 입을 열었다.

"움직이지 마라. 아프지 않게 할 테니."

비연은 대답하지 않았다.

군구신이 그녀의 발꿈치를 놓고 한 손으로 가볍게 그녀의 발가락 사이를 벌렸다. 그러고는 다시 다른 손으로 약을 바르기 시작했다.

비연이 고개를 돌려 그 모습을 바라보았다. 귀신에게 홀리기라도 한 듯 미동도 없이. 저도 모르는 사이에 입술을 가볍게 깨문 채 7할은 분노로, 또 3할은 부끄러움으로 가득 찬 표정으로 바라보고 있었다.

분명히 기억해라, 너를 원한다

군구신은 침묵했고, 비연도 말을 하지 않았다.

두 사람은 한 침상에 앉아 있었다. 그리고 비연의 다리는 계속 군구신의 다리 위에 얹혀 있었다.

온 세상이 고요한 가운데 시간마저 멈춰 버린 것 같았다. 그 고요함 속에서 두 사람은 마치 한 폭의 아름다운 그림이 되어 버린 것 같았다.

약을 다 바른 후에도 방 안 분위기는 여전히 고요했다. 비연은 그의 길고 보기 좋은 손이 연고 범벅이 된 것을 보고 어쩐지 미안한 마음이 들었다. 자신이 왜 그런 감정을 느끼는지는 스스로도 이상하기만 했다.

그녀가 입을 열려 했을 때, 문밖에서 발걸음 소리가 들려왔다. 군구신이 물건을 정리하고 떠나려 하자 비연이 다급하게 물었다.

"이봐, 당신 혹시 팔황자인……가요?"

군구신이 창가에 선 채 고개를 돌려 그녀를 바라보았다. 그리고 그녀의 질문에는 대답하지 않고 오히려 질문을 던졌다.

"여기서 밤을 보낼 생각인가?"

비연도 대답 대신 질문 공세를 퍼부었다.

"왜, 다시 오시게? 당신이 팔황자냐고!"

군구신은 그녀를 상대하지 않고 창을 훌쩍 넘어, 처음부터 존재하지 않았던 것처럼 사라졌다.

비연은 그의 이런 속도를 처음 보는 게 아니어서 이상하게 여기지 않았다. 다만, 이 녀석의 속도가 이렇게 빠르니 정왕부에도 감히 들어올 수 있을 거고, 앞으로 더욱 조심해야겠다고 다짐했다.

문밖의 발걸음 소리 주인은 시녀였다. 그녀는 비연에게 새 이불을 건네주며 공손하게 말했다.

"고 약녀, 시간이 많이 늦었습니다. 먼저 쉬시지요. 대장군께서 돌아오시면 제가 다시 부르러 오겠습니다."

비연은 고개를 끄덕였지만, 그저 침상에 기댄 채 잠시 졸았을 뿐 깊이 잠들지는 않았다.

그녀는 정역비가 한밤중이나 되어야 돌아올 수 있으리라 생각했지만, 뜻밖에도 한 시진 정도 지나 돌아왔다. 이 정도로는 아무리 정역비라 해도, 그저 오가는 정도의 시간밖에는 되지 않았을 터였다.

비연이 걱정스럽게 물었다.

"어땠어요?"

정역비가 세상의 고초를 다 겪은 듯한 표정으로 답했다.

"사람과 약 꾸러미는 대리시에 인계했어. 하지만 정왕 전하는 뵙지 못했고, 황상도 뵙지 못했어."

비연이 다시 물었다.

"그럼, 황상의 태도는 알 수 있었어요?"

"궁에 도착해서야 나는 정왕 전하께서 아예 입궁도 하지 않으셨다는 걸 알게 됐어. 여전히 대리시에 남아, 약공 몇 명을 비밀리에 심문하고 계시다더군."

정역비는 아주 유감스러운 표정이었다.

"미리 알았다면 아예 궁에 안 갔을 텐데!"

비연이 깜짝 놀랐다.

"그, 그럼 대황자 전하는요?"

"대전하께서 어서방 문 앞에서 한 시진 넘게 기다리셨는데, 황상께서 만나 주시지 않으셨대. 정왕 전하께서 가시지 않으면, 아마 날이 밝을 때까지 기다려도 헛수고일 거야. 내가 궁을 나올 때 운 귀비마마께서도 그쪽으로 가고 계시다 들었어."

대리시에서 다급해하던 군요성의 모습을 떠올린 비연이 참지 못하고 웃고 말았다.

그녀는 대황자와 운 귀비가 황상을 만난다 해도 별 효과가 없으리라고 생각했다. 이 일은 아직 끝나지 않았다. 진상이 명백하게 드러나면 회녕 공주도 도망가지 못할걸!

정역비가 궁금한 듯 물었다.

"약녀, 대체 왜 웃는 거야?"

비연은 감히 진상을 이야기하지 못하고 대충 얼버무렸다.

"당신 때문에 웃는 거죠. 그렇게 힘들게 돌아다녔는데 아무 수확도 없으니."

"오호라, 감히 본 장군을 비웃는단 말이지!"

정역비가 갑자기 몸을 굽혀 다가와 커다란 손으로 그녀의 턱을 들어 올렸다. 그러나 막 장난을 치려다 말고 멈추더니 그녀를 놓아주었다. 그리고 달갑지 않은 목소리로 말했다.

"약녀, 본 장군이 이 빚을 기억해 두지. 석 달 후에 받아 내겠어!"

비연은 코웃음을 칠 뿐이었다. 정역비는 겉보기에는 괴팍하고 그 무엇에도 구속받지 않는 것 같았지만 사실은 원칙을 지키는 성격이었다. 이후로 그는 비연에게 단 한 번도 손을 대지 않았다. 침상에서 바퀴 의자로, 그리고 다시 마차 위로 옮길 때까지, 전부 시녀들을 시켰다.

그가 직접 비연을 정왕부 후문까지 데려다주었다. 그리고 주변에 사람이 없는 걸 확인한 다음에야 그녀를 마차에서 내리게 했다.

비연이 문을 두드리려 하자 정역비가 갑자기 그녀 등 뒤에서 나지막하게 말했다.

"약녀, 본 장군이 너에게 할 아주 중요한 이야기가 있다. 똑똑히 듣고, 기억해 두도록."

대체 무슨 말이기에 이렇게 진지하다지?

비연이 고개를 돌리려 했지만 정역비가 그런 그녀를 막고 상당히 진솔한 어조로 속삭였다.

"약녀, 본 장군이 너를 원한다. 기씨 가문과의 혼약 따위는 상관없다. 석 달 후에 내가 고씨 가문으로 가서 너를 아내로 맞이하겠다!"

사실 그도 자신이 무엇 때문에 그녀를 원하는지는 알지 못했다. 그러나 자신이 그녀를 원한다는 것은 확실했다. 어쩌면 동 군영에서 모친에게 그녀를 필요로 한다고 말했을 때부터 이런 생각이 있었던 건 아닐까?

그는 단 한 번도 여자 때문에 이렇게 마음이 아파 본 적이 없 었다. 그녀에게 장군 부인이라는 신분을 준다면, 그리고 수십 만 대군으로 하여금 그녀를 지키게 한다면, 그녀도 더 이상 이 런 고문을 받거나 할 일이 없지 않을까?

말을 마친 즉시 정역비는 정왕부 후문을 쿵쿵 소리가 나도록 힘차게 두드렸다.

비연은 당황해 한참 후에야 겨우 고개를 돌렸다. 어느새 정 역비는 마차로 돌아가 있었다. 한 손에 짧은 채찍을 들고, 다른 한 손은 무릎 위에 올린 채 당당한 자세로 앉아 있었다. 어딘가 건들건들해 보이기도 했다. 그는 비연이 자신을 바라보는 것을 알아채고는 온 세상이 다 자기 아래라는 듯 웃어 보였다.

비연은 그가 농담을 하고 있다고 생각했다. 그러나 방금 그 가 했던 말은 분명 진지하고 엄숙했다.

"정역비, 당신 농담⋯⋯."

비연의 말이 끝나기도 전에 후문이 열렸다. 거의 동시에 정 역비가 채찍을 휘둘렀고, 마차가 떠났다.

문을 연 것은 하소만이었다. 비연은 말을 많이 하고 싶지 않 았다.

하소만이 멀어지는 마차를 보더니 비연에게로 고개를 돌렸 다. 항상 어린 티가 나던 작은 얼굴이 아주 무섭게 일그러져 있었다. 비연은 깜짝 놀랐다.

"왜 그러는 거야?"

하소만이 그녀를 한참 노려보다가 잇새로 내뱉듯이 말했다.

"망할 계집. 이후로 본 공공의 말을 듣지 않고 함부로 부름을 떠나면, 본 공공이 반드시 너를 힘들게 만들어 줄 테다!"

비연은 도저히 이해할 수 없었다.

"대체 무슨 일이 있었던 거야?"

하소만이 말없이 코웃음만 치더니 뒷짐을 진 채 성큼성큼 걸어갔다. 곧 망중이 나타나 비연을 문안으로 잡아끌었다.

비연이 물었다.

"만 공공이 왜 저러는 거죠?"

망중도 처음에는 아무 말도 하지 않으려 했다. 하지만 비연이 몇 번이나 재촉하자 살짝 말했다.

"전하께서 돌아오셔서 당신을 찾지 못하자, 벌로 그의 급여를 반년 치 삭감하셨어요."

"그, 그게……."

갑자기 비연은 무어라 말해야 할지 알 수 없었다. 인색한 하소만에게 있어 급여를 삭감당한다는 것은 그의 살을 베어 내는 것과 같은 것 아닌가? 그가 저렇게 흉흉한 표정을 짓는 것도 이상한 일은 아니다.

다만, 전하께서 그런 벌을 내리신 건 좀 너무하지 않은가?

비연이 서둘러 물었다.

"전하께서 돌아오셨어요? 전하께서 무슨 급한 일로 저를 찾으셨나요? 그 사건과 관계있는 거예요? 어째서 정 장군의 저택으로 사람을 보내지 않았어요?"

"전하께서 따로 말씀하지 않으셨습니다. 지금은 주무시고 계십니다."

망중의 대답에 비연은 매우 놀랐다.

"전하께서 궁에 들어가지 않으셨나요?"

대황자가 여전히 기다리고 있는데, 정왕 전하께서는 저택으로 돌아와 주무신다고? 이건 또 너무 제멋대로 아닌가?

"지금은 황상께서도 주무시고 계실 테니, 방해해서는 아니 될 말이지요."

망중은 이렇게 말하면서도 속으로 중얼거렸다.

'전하께서 당신을 다급하게 찾아다니지 않으셨다면, 이렇게 늦어질 일도 없었겠지?'

비연은 정왕 전하가 내일 몇 시에 일어나실지 묻고 싶었다. 그러나 오 공공이 이미 대리시로 넘겨졌다니 그녀도 이쯤에서 그만두기로 했다. 내일 대리시에서 사람이 와서 보고할 테니, 그녀는 계속 아무것도 모르는 척하면서 조용히 사정이 어떻게 변화하는지 살피면 될 것이다.

명월거 문 앞에 도착했을 때 망중이 참지 못하고 말했다.

"고 약녀, 정왕 전하께서는 부의 사람들이 여기저기 다니는 것을 좋아하시지 않습니다. 아주 큰일이 있지 않는 한 다른 곳에 가지 않는 것이 좋습니다. 전하께서 좋아하지 않으시고, 소만도 설명하기 곤란해지니까요."

비연은 뭔가 이상하다는 생각이 들었다. 그녀가 정왕부에 들어왔을 때 하소만은 저택 내 여기저기 돌아다니지 말라고 했을 뿐, 정왕 전하가 아랫사람이 외출하는 것을 싫어한다고 말한 적은 없었기 때문이다!

어쨌든, 그녀가 대답했다.

"알겠어요."

대화가 끝났을 때 하소만이 갑자기 방 안에서 나왔다. 비연과 망중은 깜짝 놀랐다. 비연이 당황하여 물었다.

"너, 너……."

하소만이 퉁명스럽게 대답했다.

"며칠 동안 내가 네 시중을 들 거다. 전하께서 너에게 시녀를 하나 붙여 주라 하셨는데, 시녀가 오려면 시간이 좀 걸릴 거야."

하소만의 울적한 듯한 표정을 보고 비연이 웃기도 전에, 망중이 먼저 참지 못하고 입을 가렸다.

수행, 신임을 받다

비연은 매우 피로했다. 그런데도 눈을 감으면 그 망할 얼음의 진지한 모습이 떠올랐다. 또 정역비의 그 무엇에도 구속받지 않는 듯한 웃음이 보였다. 아무 걱정도 없던 그녀가 뜻밖에도 잠을 이루지 못했다.

다음 날. 비연이 깨어났을 때는 군구신이 궁에 들어가 있었다. 그녀는 순순히 명월거에서 소식을 기다리며 상처를 치료했다.

오후가 되어도 궁 안 소식을 들을 수 없었다. 뜻밖에도 몸의 원주인의 둘째 숙부와 숙모가 찾아왔다. 당연히 그들은 정왕부에 단 한 걸음도 들어오지 못했다. 그저 후문에서 기다릴 수밖에 없었다.

후문 경비가 하소만에게 보고하자, 하소만이 무엇보다도 싫은 표정으로 비연에게 알려 주었다. 비연은 생각도 해 보지 않고 하소만에게 대신 거절해 달라고 했다. 고씨 가문의 저 아첨이나 일삼는 부부가, 상황이 이상하게 돌아가자 기씨 가문을 버리고 그녀에게 빌붙으러 온 것이다.

지금 그녀에게는 그들과 어울려 줄 여력이 없었다. 그들의 빚은 일단 기억만 해 두고, 나중에 시간이 나면 갚아 줄 것이다.

하소만이 다시 수다스러워졌다. 덕분에 그녀가 대리시 법정에서 약을 검증한 일이 황성 안팎으로 퍼져 나갔다는 사실을 알게 되었다. 그러나 그녀에 대한 평가는 아직도 그저 그랬다.

적지 않은 사람들이 그녀가 어쩌다 운이 좋아 육단상륙을 잘 알게 되었을 뿐이라고 했다. 더 많은 사람들은 그녀가 실제로 능력이 있다 해도 경박하고 지조 없는 여자에 지나지 않는다고 했다. 어약방 사람들조차 그녀 같은 여자가 그런 능력이 있다니, 의료인이 갖추어야 할 윤리도 제대로 갖추지 못했을 거라고 혹평한다고 했다.

하소만이 고소하다는 표정으로 말했다.

"여자로서의 도리를 지키지 않으니, 이런 말을 들어도 싸지!"

비연은 자신의 주머니로 하소만의 반년 치 급여를 보상할 생각이었지만 이 말을 듣고 바로 말했다.

"여자의 도리라는 게 급여로 치면 몇 달 치 정도야?"

화가 난 하소만이 아이처럼 팔을 휘둘러 비연을 때리려 했다. 바로 이때 경비가 다시 왔다.

"만 공공께 보고드립니다. 기가군의 몇몇 부장이 병사들과 함께 대문 앞에 무릎을 꿇고, 기씨 가문의 억울함을 풀어 달라고 하고 있습니다. 우두머리 말로는, 전하를 뵙지 못하면 일어서지 않겠다고 합니다!"

비연과 하소만은 동시에 놀랐다. 비연이 입을 열기도 전에 하소만이 그녀를 끌고, 최대한 빠른 속도로 오솔길을 가로질러 대문으로 갔다. 대문 옆에 있는 작은 기관을 통해 몰래 훔쳐보니 문밖에 사람들이 줄지어 무릎을 꿇고 있는 게 보였다.

우두머리인 듯한 부장은 기씨 가문 표지를 단 갑옷을 입었고, 병사들은 정식 군복을 입고 있었다. 그들 중 무기를 지닌 자는 없었다. 주변에는 사람들이 잔뜩 몰려와 그들을 둘러싸고 수군거리고 있었다.

이들이 감히 기씨 가문의 억울함을 풀어 달라고 왔다면, 분명 사건에 무슨 진전이 있는 것이다.

비연은 마음속으로 추측하는 바가 있었지만 일단 하소만에게 상황을 알아보게 했다. 하소만은 사람을 궁으로 보내 정왕 전하에게 보고하게 하고, 자신은 직접 대리시로 향했다.

하소만이 두 가지 큰 정보를 얻어 왔다.

하나는 오 공공이 간 약사와 연루되어 있다는 것으로, 두 사람이 정역비에게 가는 약을 빼앗으려 했다는 것이었다. 또 하나는 간 약사가 자살한 게 아니라 피살된 것으로 검시관이 의심하고 있으며, 지금 마지막 검시를 하고 있다는 것이었다.

첫 번째는 비연도 매우 잘 아는 바였다. 그러나 두 번째는 의외였다. 이미 입을 맞춘 두 증인이 있는 상황에서 정왕 전하가 그렇게 빨리 간 약사를 의심하고, 의문점을 조사하기 시작할 거라고는 생각지 못했던 것이다.

이 두 가지 진전이 있으니 기씨 가문이 억울함을 호소하러 올 수밖에 없었다. 보아하니 기씨 부자는 금족령을 받아 저택 안에 있지만, 매우 빠르게 소식을 접하고 있는 모양이었다.

저녁이 되자 궁에 갔던 사람이 정왕 전하의 대답뿐 아니라 여러 가지 소문들까지 듣고 돌아왔다.

일단 대문 앞에서 벌어지는 일에 대한 정왕 전하의 내답은 간단했다. 상대하지 말 것.

그러나 소문은 아주 많았다. 예를 들자면, 회녕 공주가 운 귀비에 의해 금족령을 받아 시중을 드는 이들을 제외하면 황자들이나 공주들도 만나지 못하고 있다거나. 혹은 어젯밤 대황자와 운 귀비가 어서방 문 앞에서 밤새도록 기다렸으나, 오늘 아침 정왕 전하가 입궁한 다음에야 겨우 황상이 어젯밤 침궁에서 밤을 보냈다는 사실을 알게 되었다거나. 혹은 대황자가 다급하게 신하들을 소집하여 약선 꾸러미 사건을 의논하자고 했다가 황상에게 심한 말을 잔뜩 들었다거나 등등.

이틀 후에 군구신이 저택으로 돌아왔다. 비연의 상처는 모두 나은 상태였다.

그녀는 정왕 전하가 돌아왔다는 말을 듣자 흥분하여 곧바로 침전으로 달려갔다. 그리고 문 앞에 도착하기도 전에 정왕 전하께서 전각 안에서 나오는 모습을 보았다.

그는 막 목욕을 끝내고 상앗빛 옷으로 갈아입은 상태였다. 검은 머리카락은 백옥으로 만든 비녀로 반쯤 둥글게 매듭을 지어 올렸는데, 사람 전체가 매우 맑고도 차가운 느낌이 감돌고 있었다. 검은 옷을 입었을 때보다 사람들을 멀리 밀어내는 그 냉담한 기운이 더한 것 같기도 했다.

비연은 약초 향에 특별히 민감했다. 가까운 거리는 아니었지만 그의 몸에서 풍겨 오는 옅은 약초 향을 맡을 수 있었다. 평소 한독이 발작하지 않아도 정왕 전하께서는 약초 물에 목욕하는 것을 즐긴다는 사실을 그녀는 알고 있었다.

군구신은 문밖으로 나오다가 비연을 발견했지만 마치 보지 못한 듯 성큼성큼 밖으로 향했다. 비연은 잠시 머뭇거리다가 서둘러 길을 가로질러 앞쪽으로 달려갔다. 그리고 그가 가까이 올 때쯤 갑자기 달려 나가 마치 우연히 만난 척했다.

비연이 공손하게 인사를 올렸다.

"노비가 전하를 뵙사옵니다!"

군구신은 모든 것을 다 알면서도 몸을 일으키라고 말했다. 그러나 발걸음을 멈추지 않았다.

비연은 이미 그에게 할 말까지 생각해 놓은 다음이었다.

"전하, 요즘은 괜찮으신가요? 약광석은 떨어지지 않으셨고요?"

분명 두 가지를 물었지만 군구신은 뒤의 질문에만 답했다.

"아직."

다리가 길다 보니 그는 보폭도 넓었다. 그가 한 걸음을 걸으면 비연은 세 걸음을 걸어야 간신히 따라붙었다.

"전하, 약선 꾸러미와 관련한 일은 전하가 아니셨다면 노비는 이미 죽었을 겁니다. 약을 검증해서 죄가 없음을 증명할 기회도 없었을 테고요."

그녀는 말을 하면서도 앞으로 달려가 군구신의 앞을 가로막고 공손하게 몸을 굽혔다.

"노비는 전하께서 돌아오시기를 오래 기다렸답니다. 은혜에 감사드립니다."

사실 비연이 정말로 하고 싶었던 말은 따로 있었다. 그녀가 대약사보다 육단상륙에 익숙하다는 말이었다.

그녀는 지난 이틀 동안 정왕 전하가 그녀를 대리시로 데려가 조사에 협조하게 했으면 하고 기대하고 있었다. 그러나 안타깝게도 그 말을 직접 할 수는 없었다.

군구신이 그제야 걸음을 멈추고 그녀의 두 손을 보았다.

"회복이 정말 빠르군."

비연이 헤헤 웃었다.

"태의가 준 약이 좋았던 덕분이지요."

군구신이 알겠다는 듯 고개를 끄덕이더니 말했다.

"너도 반쯤은 본 왕의 사람이니, 그들이 너를 괴롭힌다면 그것은 본 왕에게 도전하는 것이다. 이런 일에 너무 감사할 필요 없다."

비연은 그가 이렇게 길게 말하는 것을 처음 보았다. 그리고 동시에, 화제가 거기서 끊겨 버린 것 같았다. 그녀는 더 이상 말하지 못하고 그저 몸을 굽혔다.

"예, 노비는 명을 따르겠습니다."

군구신이 성큼성큼 비연 곁을 지나갔다. 그녀의 작은 얼굴이 점차 일그러지고 있었다.

얼마 가지 않아 군구신이 다시 그녀에게 말했다.

"네가 육단상륙을 잘 아는 모양이니, 본 왕과 함께 한번 다녀오도록 하자."

비연은 바로 정신을 차렸다. 마치 마음속에 꽃이 활짝 피어난 것처럼 너무도 기뻐 그녀는 찬란하게 미소 지었다.

정말이지, 정왕 전하는 사리에 밝으신 분이셔!

"예, 노비는 명을 따르겠습니다!"

그녀가 흥분하여 달려 나갔다. 그러나 군구신을 앞설 엄두도, 어깨를 나란히 할 엄두도 내지 못하고 그저 그의 등 뒤에서 얼쩡거리듯 따라갔다.

그녀는 두 번째 심문을 오랫동안 기대해 왔다. 오늘 대리시는, 분명 아주 재미있을 것이다!

비연과 군구신이 대리시에 도착했을 때, 대리시 대문 앞에는 소문을 듣고 구경하러 온 사람들로 가득했다. 법정에는 대리시 각급 관원이 모두 자리하고 있었다. 기씨 부자 역시 법정 중앙에 무릎을 꿇고 있었다.

기 대장군은 갑자기 수년은 늙어 버린 듯 초췌한 모습이었다. 항상 외모에 신경 쓰던 기욱 역시 얼굴에 수염이 덥수룩한 것이 아주 낭패한 몰골이었다.

사람들은 정왕 전하가 비연을 데리고 오는 걸 보고 모두 깜짝 놀랐다. 모두 정왕 전하가 외출하면서 시녀를 데리고 다니는 것을 처음 보았던 것이다. 그간의 사정을 아는 이가 없다 보니 모두, 비연이 지난번 법정 일로 정왕 전하의 눈에 들어 신임을 받게 되었다고만 여겼다.

한순간 법정 안의 대신들은 물론이고 법정 밖의 백성들까지 모두 질투와 부러움의 눈길을 보냈다. 특히 여자들이.

기욱이 몰래 고개를 들어 비연을 바라보았다. 그의 마음속은 후회막급이었다…….

예측, 그녀는 승진할 것이다

법정 안팎의 모든 사람들이 무릎을 꿇고 큰절을 했다.

비연이 군구신의 뒤를 따라, 고개를 땅에 조아리고 있는 사람들을 뚫고 걸어갔다. 마음속에 긍지가 저절로 생겨났다. 그녀는 다시 한번 그 망할 얼음이 그녀를 받아들이지 않은 것에 감사했다.

오늘 군구신은 법정을 주재하지 않고 방청할 생각이었다. 법정을 주재하는 것은 대리시 소경 공 대인에게 맡겼다. 공 대인은 바로 정역비의 약을 도둑맞을 뻔한 사건을 조사하던 바로 그 관원이었다.

군구신이 자리에 앉자 비연은 착실하게 그의 등 뒤로 걸어가섰다. 법정을 주재하던 때와 달리 오늘 군구신의 태도는 상당히 자유스러웠다. 물론 어떻게 봐도 우아하다는 점은 같았지만.

그는 사람들에게 몸을 일으키라고 명하고는 대약사를 향해 물었다.

"남궁 대인, 본 왕이 고 약녀로 하여금 자네를 보조하게 하려는데, 괜찮은가?"

"전하께서는 영명하십니다!"

대약사가 조금도 주저하지 않고 승낙하더니, 잊지 않고 비연을 한바탕 칭찬했다.

"고 약녀는 학식이 깊고 견식도 넓으며 경험도 풍부하지요. 기예도 뛰어나 덕과 의술을 모두 갖춘 셈이니, 고 약녀의 도움을 얻을 수 있다면 저에게는 다행한 일입니다!"

군구신이 만족스러운 듯 고개를 끄덕였다. 그리고 군졸에게 명해 비연에게도 앉을 자리를 마련해 주었다.

조금 전에도 모두가 깜짝 놀랐지만 이번에는 더욱 놀랐다. 사람들이 서로의 얼굴을 바라보기 시작했다. 총명한 이들은 정왕 전하가 그저 비연을 인정할 뿐 아니라 그녀를 자신의 사람으로 키울 작정이라는 것을 알아보았다.

이 사건이 끝난 다음에 비연은 승진하게 될 것이다. 몇 급이나 올라갈지는 지금으로써는 말할 수 없지만, 대약사의 후계자가 될 것이 분명해 보였다.

정역비도 오늘 방청석에 있었다. 그의 시선은 계속 비연에게서 떠나지 않았다. 그는 속으로 그녀를 자랑스러워하고 있었다. 정왕 전하조차 그녀를 인정하다니, 그녀를 잘못 보지 않은 것이 확실했다.

그러나 정작 비연은 그렇게 복잡하게 생각하지 않았다. 그녀는 그저 정왕 전하가 자신에게 이 재미있는 연극에 참여할 기회를 주었다는 것에 신이 나 있었다.

공 대인이 나무패를 두드려 법정이 시작되었음을 알렸다.

오 공공이 끌려 나왔다. 그는 정역비의 감옥에 있을 때와 마찬가지로 머리를 숙이고 있었다. 생기라고는 전혀 없어 보이는 게, 살길을 아예 포기한 사람 같았다.

공 대인이 큰 소리로 물었다.

"오관, 본 대인이 묻겠다. 무엇 때문에 마음대로 궁을 떠났느냐? 죄가 두려워 몰래 도망친 것이 아니냐?"

무릎을 꿇고 있던 오 공공은 아무것도 듣지 못한 듯 전혀 반응을 보이지 않았다. 공 대인이 다시 말했다.

"본 대인이 다시 묻겠다. 너는 간 약사를 매수했고, 외부로는 자객과 통했으며, 정 대장군의 목숨을 구할 약을 배송하는 것을 저지하려 했다. 누구의 지시를 받았느냐?"

오 공공은 이런 죄목은 생각지 못한 듯 잠시 멍한 표정을 지었다가 재빨리 고개를 들고 소리쳤다.

"억울합니다!"

간 약사는 확실히 그의 사람이었다. 그러나 그와 간 약사는 약을 강탈하는 사건과는 전혀 관계가 없었다! 비연이 배송하던 약 꾸러미는 그들이 이미 바꿔치기한 것이었으니, 약을 빼앗으려 할 이유가 없었다!

대체 어찌 된 일일까?

공 대인이 물었다.

"왜, 결국 말을 할 마음이 생겼느냐? 억울하다? 네가 억울하다면 무엇 때문에 궁을 떠났느냐? 네가 갖고 있던 약재들은 어디서 난 것들이지?"

오 공공이 도망쳤던 이유는 발각당할 것이 두려워서가 아니라 주인이 그에게 철수를 명했기 때문이었다.

그는 자신이 붙잡혀 돌아오게 되리라고는 생각지 못했다. 그 사람이 자신을 정역비에게 넘기리라고는 더욱 생각지 못했다.

그는 그 가면의 흑의인이 누구인지 몰랐다. 머리가 깨지도록 생각해도 그가 무엇 때문에 자신을 정역비에게 넘겼는지 알 수 없었다.

그러나 공 대인이 이렇게 질문하는 것을 듣는 순간 그는 홀연히 깨달았다. 그 흑의인은 정역비의 약이 강탈당할 뻔한 사건을 빌려, 그와 정왕의 약선 사건을 연결시키려 하는 것이다!

바꿔 말하자면, 그 가면의 흑의인은 오 공공 자신을 오랫동안 지켜봐 왔고, 오 공공이 세작이라는 사실을 이미 알고 있다는 이야기였다.

오 공공은 자신이 입을 열면 오히려 아주 많은 사정을 설명하기 힘들어진다는 것을 알고 있었다. 그러나 그가 억울하다고 말하지 않는다면 이 죄목을 인정하게 되는 꼴이 된다.

마침내 그는 당황스러운 나머지 변명하기 시작했다.

"공 대인, 저는 억울합니다! 그렇게 큰 죄라면 저는 감당할 수 없습니다! 저는 도망칠 생각이 없었습니다! 저는 반년 전 노름빚을 졌는데, 이⋯⋯, 이번에 잠시 정신이 나가 어약방의 약을 훔쳐서 갚을 생각이었습니다."

공 대인도 그에게 반박하지 않고 큰 소리로 말했다.

"여봐라, 그 두 자객을 데려오라."

두 자객이 왔다. 그리고 한목소리로 오 공공이 간 약사를 매수했으며, 약을 배송하는 길을 그들에게 알려 주었다고 자백했다.

오 공공은 약이 강탈당할 뻔한 사건에는 관심이 없었다. 그래서 대리시가 이미 자객을 잡았다는 사실을 알지 못했다.

당황한 그가 두 자객과 다투려 하였다. 그러나 두 자객의 태도는 단호했고, 한 걸음도 물러서지 않았다. 곧 세 사람이 다투는 소리가 법정을 가득 채웠다.

비연은 이 모습을 보면서 속으로 감탄했다.

망할 얼음의 수하인 저 자객 둘의 연기력이 정말 대단하지 않은가?

그녀는 문밖의 사람들을 바라보며 다시 한번 생각했다.

그 녀석도 분명 어딘가에 숨어서 자신이 만든 걸작을 감상 중이겠지?

비연에게서 멀지 않은 곳에서 군구신이 차를 마시며 오 공공 등을 바라보고 있었다. 그렇다, 바로 자신의 걸작을 감상 중이었다!

공 대인이 나무패를 두드려 그들을 조용히 시킨 후 입을 열었다.

"오관, 아직도 궤변을 늘어놓는구나. 본 대인이 오늘 너로 하여금 분명히 인정하게 만들 것이다."

공 대인이 대약사를 바라보자 대약사가 즉시 몸을 일으킨 뒤 진지하게 말했다.

"본 대인이 이 며칠 동안 사람들을 시켜 상세하게 조사하였습니다. 근 3개월 동안, 어약방의 창고에는 사라진 약재가 없습니다."

반박할 말을 찾지 못한 오 공공은 더욱 당황한 채 주먹만 쥐고 있었다. 공 대인이 다시 말했다.

"여봐라, 증거물을 가져오도록. 남궁 대인에게 검증하게 하라!"

군졸이 즉시 오 공공의 보따리를 가져와 사람들 앞에서 풀었다. 비연은 흘깃 보는 것만으로도 그 안의 물건이 약방문들과 약재라는 것을 알아차렸다.

대약사가 물건들을 꺼내 일렬로 배열한 다음 검증을 시작했다. 곧 그가 깜짝 놀란 얼굴로 말했다.

"정왕 전하, 정 대장군, 공 대인, 몇 가지 약재가 매우 이상합니다. 아주 혼란하게 배합되어 있는데, 병을 치료하기 위한 약방은 아닌 듯합니다. 이 몇 가지 약재는 모두 희귀한데, 수십 년에 하나 날까 말까 한……."

여기까지 들은 정역비가 외쳤다.

"하하! 듣기에 육단상륙이 아주 희귀한 약이라던데, 육단상륙에 비하면 어떻소?"

대약사가 서둘러 대답했다.

"비슷한 급의 약으로, 모두 가격이 결코 저렴하지 않습니다."

이 말을 듣자, 무릎을 꿇고 있던 기씨 부자가 흥분했다. 기 대장군이 참지 못하고 군구신을 향해 머리를 조아리며 외쳤다.

"정왕 전하! 오 공공과 같은 일개 노비가 어떻게 그렇게 비싼 약재를 가질 수 있겠습니까? 그는 간 약사와 한 무리임이 분명합니다! 그들은 분명 누군가의 지시로 우리 기씨 가문을 모해하려 하고 있습니다. 기씨 가문은 억울합니다!"

오 공공은 더욱 당황스러웠다. 그는 억울한 마음은 제쳐 두고 어떻게 변명할지 조급하게 고민했다.

이때 정역비가 다시 입을 열었다. 이번에는 상당히 예의를 차리지 않은 목소리였다.

"똑같이 희귀한 약이라 해서, 하하, 그래, 물증이라고는 할 수 없지. 간 약사의 그 육단상륙과 함께 연루되어 있다고 말이야. 기세명, 누가 너에게 뭘 물어보기라도 했나? 누가 너에게 말할 권한을 주었지?"

정역비는 비연의 말을 믿었다. 오 공공과 약선 꾸러미는 관계가 있고, 약선 꾸러미에는 다른 진상이 숨어 있다. 그러므로 그는 비연에게 협조해서 기씨 가문에게 기회를 주고 싶었다.

그러나 그것이 기씨 가문이 완벽하게 무고하다는 의미는 아니었다!

기세명이 조용히 있었다면, 정역비도 간신히라도 참고 아예 쳐다보지도 않았을 것이다. 그러나 기세명이 입을 연 순간 그는 참지 못하고 그를 바라보았다. 부친의 죽음이 떠올라 그는 두 눈에 원한이 가득했다.

그는 속으로 다행이라 생각하고 있었다. 이 사건의 가장 큰 피해자는 정왕 전하였다. 다른 사람이었다면 황상이 계속 기씨 가문을 감쌌을지도 모른다는 생각이 들었다.

정역비의 모욕을 받고 기 대장군과 기욱은 분노로 가득 찼다. 그러나 이렇게 중요한 시기에 그들은 감히 정역비에게 큰 소리로 따질 수 없었다. 그들의 유일한 희망은 약선 꾸러미 사건이 정역비의 약 강탈 미수 사건과 관계가 있다는 것이었기 때문이다.

기 대장군은 그 이상 아무 말도 하지 않고 울적하게 고개를 숙였다. 그때, 군구신이 입을 열었다.

"남궁 대인, 그 약 가루는 무슨 물건인가? 역시 희귀한 것들인가?"

이 말을 듣자 비연이 정신을 차렸다. 그녀의 입매가 소리 없이 위로 올라갔다.

그녀가 지금 이곳에 온 것은 저 약 가루를 검증하기 위한 것이었다. 정왕 전하의 눈은 정말로 매서웠다!

그녀가 참지 못하고 군구신을 바라보았다. 보면 볼수록 마음에 들었고, 기분이 상쾌해졌다. 군구신도 마치 그녀의 눈길을 느낀 것처럼 갑자기 고개를 돌려 그녀를 바라보았다!

혐의자가 바뀌었다

고개를 돌린 군구신과 비연의 눈이 마주쳤다. 비연은 깜짝 놀랐다. 계속 미소를 머금은 채 가늘어져 있던 그녀의 눈이 순식간에 휘둥그렇게 커지고 말았다.

군구신의 시선에는 의혹이 서린 듯했다. 그는 의심할 바 없이 그녀에게 묻고 있었다. 대체 무엇을 하고 있는 거냐고.

비연은 감히 그에게 대답하지 못하고, 눈을 크게 뜬 채 표정을 굳혔다. 그리고 마치 아무 일도 없었다는 듯 천천히 머리를 돌려 법정을 바라보았다.

군구신은 답답했다.

이 여자는 분명 아주 똑똑한데, 어째서 가끔은 이렇게 바보 같아 보이지?

그는 더 이상 눈으로 묻지 않고 열심히 대약사의 보고를 듣기 시작했다.

"전하께 보고드립니다. 이 약 가루는 여러 삼 종류의 약재를 포함하고 있습니다. 10년 근에서 100년 근까지의 삼인데, 삼칠도 있고, 우엽, 절죽, 상륙……."

비연이 생각한 대로, 대약사는 여러 이름을 말하면서 '육단 상륙'은 말하지 않았다. 그리고 마지막으로 그는 이 약 가루가 독약이라고 단정 지었다.

공 대인이 즉시 물었다.

"오관, 이 약재들은 어디서 난 것이냐? 이 독약은 어떤 작용을 하지? 너는 간 약사와 대체 어떤 관계냐?"

오 공공은 대약사의 판단을 이미 예상한 바였다. 그는 감히 육단상륙을 몸에 지니고 다니면서도 조사받을 것은 전혀 걱정하지 않았다.

그는 자신이 이 약들을 가지게 된 이유를 설명할 변명거리를 찾지 못했다. 그래서 차라리 아무 말도 하지 않기로 했다! 설사 극형을 당하게 된다 해도 입을 열지 않겠노라고!

그 두 자객의 자백은 그와 간 약사 간의 관계를 증명할 수 있었다. 하지만 그가 약선 꾸러미 사건과 무슨 관계가 있는지는 증명할 수 없었다.

이 약재들은 육단상륙과 직접적인 관계가 없으니, 아무것도 증명할 수 없었다. 그러니 기껏해야 기씨 가문이 벌받는 일이 좀 늦어질 뿐이라 생각했다. 그가 진상을 이야기하지 않는다면 기씨 가문은 영원히 금족령에 묶여 조사를 기다리게 될 것이다!

기씨와 정씨, 두 가문은 천염 황제의 양팔과 같았다. 이 10년 동안 천염 황제는 계속 두 가문의 세력을 균등하게 유지해 왔다. 그의 주인이 이렇게 오랫동안 판을 깔았던 것은 바로 이 안정적인 국면을 깨트리기 위해서였다. 노비로서 주인의 좋은 일을 망칠 수는 없었다!

"오관, 본관의 질문에 대답하라! 묵인하는 것인가?"

공 대인의 질문에도 오 공공은 고개를 숙인 채 침묵하며 결심을 굳히고 있었다. 공 대인이 힘차게 나무패를 두드리며 노한 소리로 외쳤다.

"오관, 본관이 최후로 묻겠다! 대답할 것인가, 아니 할 것인가? 더 이상 대답하지 않는다면 본관이 예를 갖추지 않는다고 원망하지 마라!"

비연이 자리에서 일어나려 했을 때, 두 군졸이 시신 한 구를 운반해 왔다. 그 앞에서 걸어오던 검시관이 법정에 들어오며 외쳤다.

"정왕 전하께 보고드립니다. 소인이 검시를 끝냈습니다. 간 약사는 살해당한 후 자살한 것으로 위장되었습니다. 결코 스스로 목을 매어 자살한 것이 아닙니다!"

이 말이 떨어지는 순간 모두가 깜짝 놀랐다!

오 공공을 그렇게 오랫동안 심문했으나 그에게 혐의가 있다는 것만을 증명했을 뿐이다. 사건의 경위에 어떤 속사정이 있을 거라고는 모두 짐작만 하는 상태였다.

그러나 검시 결과가 나왔으니 이제 이 사건에 숨겨진 무엇인가가 있다는 사실을 모두가 알게 되었다!

간 약사가 남긴 유서는 기씨 가문이 배후였음을 자백하고 자살한다는 내용이었다. 하지만 간 약사가 피살되었다면, 그녀의 유서도 가짜라는 이야기였다! 바꿔 말하자면, 누군가가 간 약사를 죽이고 기씨 가문에게 죄를 뒤집어씌우려 했다는 이야기였다!

기 대장군과 기욱이 약속이나 한 듯이 고개를 들어 군구신을 바라보았다. 그들의 얼굴에는 놀라움과 기쁨이 서려 있었다.

"정왕 전하, 억울하옵니다. 기씨 가문은 억울합니다! 전하께서 굽어 살피소서!"

"정왕 전하, 누군가가 기씨 가문에게 죄를 씌우려 했습니다. 억울합니다! 제 누이는 죄가 없습니다!"

마음을 굳히고 고개를 들지 않고 있던 오 공공은 경악하여 저도 모르게 고개를 들었다.

이건 대체 어찌 된 일이지?

그는 궁을 떠나면서 주인의 뜻을 아주 명확하게 전했다. 바로 간 약사에게, 기씨 가문을 지목한 후 목을 매어 자살하라고 명령했던 것이다.

그런데 간 약사가 어떻게 누군가에게 피살되었다는 말인가? 설마 검시관이 잘못 검시한 것일까? 어떻게 이럴 수 있지?

하소만을 통해 이 일을 알고 있던 비연은 놀라지 않았다. 검시관이 이렇게 빨리 도착한 이상, 그녀도 약을 검증하는 일을 서두르지 않을 작정이었다. 그녀는 그야말로 압권이라 할 만한 이 상황을 즐겁게 지켜볼 생각이었다.

군구신은 기씨 부자에게 신경 쓰지 않았다. 대신 공 대인이 그들에게 조용히 하라고 손짓했다. 검시관이 시체의 상처를 분석하며 간 약사가 확실히 살해당했음을 증명했다.

그의 설명이 끝나자 기 대장군이 다시 참지 못하고 소리쳤다.

"억울합니다! 기씨 가문은 억울합니다! 진짜 범인은 회녕 공주입니다! 간 약사는 회녕 공주가 죽인 것입니다! 분명히!"

기씨 가문의 존망이 걸린 일이었다. 기 대장군은 하극상을 범할 정도로 필사적이었다.

마침내 모두 며칠 전을 기억해 냈다. 바로 이 장소에서 기복방은 미친 것처럼, 진짜 범인은 회녕 공주라고 소리쳤다. 육단상륙도 회녕 공주가 간 약사를 시켜 구해 온 것이라고.

또 회녕 공주가 그녀에게 육단상륙을 먹어도 별문제가 생기지 않는다고 말했다고도 했다. 자신은 그저 회녕 공주를 도왔을 뿐이라고.

이것은…… 회녕 공주의 혐의가 가장 크지 않은가! 회녕 공주가, 간 약사가 자신에 대해 털어놓을까 두려워 죽여서 입을 막은 걸까?

공 대인 역시 당연히 그 일을 떠올렸다. 그는 감히 더 이상 심문할 수 없었다. 식은땀을 닦고 서둘러 주심석에서 내려온 그는 공손하게 군구신 앞으로 달려갔다.

"정왕 전하, 지금 보아하니 이 일에는 다른 사정이 있는 듯합니다. 그러하니……."

공 대인은 일단 잠시 쉰 다음 계속하자고 말할 생각이었다. 회녕 공주에게까지 사건이 번졌으니 입장이 너무나 곤란했다.

그러나 군구신은 매섭게 책상을 내려치더니 노한 목소리로 외쳤다.

"여봐라, 회녕 공주를 소환하라!"

이 말이 떨어지자, 변장하고 사람들 틈에 숨어 있던 대황자는 다리가 풀릴 뻔했다!

간 약사의 유서는 바로 그가 쓴 것이었고, 간 약사도 그가 직접 죽였다!

그날, 그는 육단상륙이 치명적인 약이라는 사실을 알게 된 즉시 간 약사가 회녕을 속였음을 추측해 냈다. 그는 바로 간 약사를 심문했으나 간 약사는 아무것도 털어놓지 않았다. 그는 결국 그녀를 죽이고 증거를 위조한 후, 모든 것을 기씨 가문에게 밀어 버리는 수밖에 없었다.

그는 원래 진삼원과 이갈존이라는 두 증인이 있는 이상 아무리 정왕이라 해도 자신과 같은 판결을 내릴 것이라 생각했다. 그런데 누가 알았을까? 갑자기 오 공공이 튀어나왔다.

그러나 그는 조급해하지 않았다. 어쩌면 진짜 흉수를 찾을 수 있을지 모르겠다고만 생각했을 뿐이었다.

그런데 검시관이 이 중요한 시기에 진상을 알아내고 말았다! 그날 저녁 부황을 만날 때, 군구신은 이 일에 대해서는 전혀 언급하지 않았는데!

어쩌지? 회녕이 죄를 받게 된다면 그도 연루될 수밖에 없었다!

만약 정왕이 계속 조사하다가, 간 약사를 죽인 게 그라는 걸 알게 되면 그는 입이 열 개라도 명확하게 설명할 수가 없을 것이다. 그때가 되면 그 누구도 그가 회녕 공주를 감싸기 위해 그리했다고는 믿지 않을 것이다. 아니, 오히려 회녕 공주가 그의 시시를 받아 그런 일을 했다고 생각할 것이다!

이 순간, 대황자는 정말로 화가 나 회녕 공주를 죽여 버리고 싶었다.

법정 안이 고요했다. 누구도 입을 열지 않았다. 심지어 기씨 부자조차 더 이상 고함을 지르지 않았다. 정왕 전하가 탁자를 두드렸기 때문이다.

군요성이 그 모습을 보며 냉정해야 한다고 자신을 타일렀다. 회녕은 지금 혐의가 가장 클 뿐 죄가 정해진 건 아니다. 간 약사는 이미 죽었으니, 그가 죽었다는 사실만 들키지 않으면 증거는 없다!

군요성은 궁으로 돌아가기로 마음먹었다. 그러나 바로 이 순간, 비연의 맑은 목소리가 법정의 적막을 깨트렸다.

"정왕 전하, 제가 한 가지 보충하고 싶은 것이 있습니다."

군구신이 냉랭하게 말했다.

"말하라!"

그러자 비연은 약재를 놓아둔 탁자 쪽으로 걸어가며 말했다.

"대약사께서 방금 약을 검증하시면서 한 가지 약재를 빼놓으셨습니다."

그러나 모두 회녕 공주의 혐의를 신경 쓰느라, 비연의 말을 귀 기울여 듣는 사람은 별로 없었다.

군구신이 냉랭하게 물었다.

"어떤 물건이지?"

비연이 약 가루가 든 주머니를 들어 보이며 진지한 표정으로 말했다.

"육단상륙입니다. 이 자리에서 증명해 보일 수 있습니다. 이 약 가루 속에는 분명 육단상륙이 숨어 있습니다!"

이 말에 거의 모든 이들이 비연을 바라보며 다시 한번 경악했다.

큰일이다! 오 공공이 육단상륙을 지니고 있었고, 그가 간 약사와 관계가 있었다면……, 그렇다면 오 공공 역시 회녕 공주의 사람이 아닌가?

그렇다면!

두 자객이 오 공공에게 매수당해 정 대장군의 목숨을 구하는 약을 강탈하려 했다고 했다. 그것도 회녕 공주의 뜻이란 말인가? 아직 아가씨에 불과한 회녕 공주가 어찌 그렇게 대담할 수 있다는 말인가!

그와 동시에 거의 모든 이들이 회녕 공주의 친오라비인 대황자 군요성을 떠올렸다.

문밖에 있던 군요성의 안색이 창백해졌다. 그의 두 다리 역시 마치 천근같이 무거워져, 아무리 움직이려 해도 움직일 수 없었다.

진정한 고수

사건이 급변하자 모두가 깜짝 놀랐다. 조용하던 법정 안팎이 한바탕 시끄러워졌다.

그러나 군구신의 목소리에 그들은 곧 조용해졌다.

"바로 검증하도록!"

오 공공은 군구신 그가 잡았지만 약 꾸러미는 그가 숨겨 놓은 것이 아니었다. 오늘 비연을 데리고 온 것은 정말로 그녀가 대약사를 도우리라 생각해서가 아니었다.

그런데 생각지도 않게 비연이 그에게 기쁨을 선사했다! 오 공공이 육단상륙을 지니고 있었음을 증명할 수 있다면, 이 사건을 해결하기가 아주 쉬워진다.

"명을 받들겠습니다!"

비연이 말하며 특별히 오 공공 쪽을 바라보았다. 오 공공도 그녀를 노려보고 있었다. 그의 표정이 복잡했다. 놀라움, 그리고 의심……

그는 비연이 약 가루 안에 육단상륙이 있다는 걸 알아봤다는 사실이 아주 의심스러웠다. 하물며 검증할 수 있다고? 대체 어떻게 하겠다는 건가?

오 공공은 이 세상에 자신의 주인 외에 그럴 만한 능력을 가진 이가 또 있을 거라고는 생각지 않았다. 완전히 뒤섞여 있는 약 가루를 분류하겠다니!

그는 비연이 실제로는 육단상륙을 알아보지 못했다고 생각했다. 일부러 그렇게 말해 그를 시험하거나 함정을 파려 한다고 의심하고 있었다.

오 공공은 세 번 생각한 후에 계속 침묵하기로 결정했다. 그는 비연이 어떻게 하는지 지켜볼 생각이었다.

비연의 눈에 날카로운 빛이 스쳐 갔다.

"남궁 대인, 맷돌, 절구, 체가 필요합니다. 그리고 방금 검증해 내신 삼 종류의 약재도 각각 한 종류씩 필요합니다."

대체 뭘 하려는 걸까?

오 공공은 속으로, 이 계집이 신들린 척이라도 하며 고의로 사람들을 현혹시키려는 모양이라 생각했다.

모두가 호기심에 찬 눈으로 지켜보고 있었다. 남궁 대인은 곧바로 사람들에게 물건을 준비하라고 명령했다.

얼마 지나지 않아 비연이 말했던 물건들이 모두 준비되었다. 그녀는 그 하나하나 문제가 없다는 것을 조사한 후에, 물건들을 긴 탁자 위에 일렬로 배열했다. 그리고 모두에게 열 종류가 넘는 삼 약재를 하나하나 소개하며 자신이 어떤 수작도 부리지 않음을 확인시켰다.

그다음 그녀는 약재들을 가루로 만들기 시작했다. 반복해서 맷돌로 갈고, 체로 치고, 절구에 빻았다. 그 동작이 능숙하고 노련한 것이, 마치 하늘에 떠가는 구름이나 흐르는 물을 연상하게 했다. 빠르면서도 우아함을 잃지 않는 움직임이었다.

군구신도 그녀의 손을 보며 자못 만족했다. 그 만족감이 그녀의 손동작을 보는 데서 나오는 것인지, 아니면 그녀의 손이 다 나은 것을 보는 데서 나오는 것인지는 그 자신만이 알 일이었다.

얼마 후 비연이 약재를 모두 가루로 만들어 모든 이에게 그 색을 보여 주었다. 냄새를 맡게 하고, 또 만져 보게도 했다.

그다음 약 가루를 함께 뒤섞은 후 세 번 반복해서 빻고 체로 쳤다. 결국 약 가루가 모두 뒤섞여 균일하고 색도 같은 가루가 되었다. 이 약 가루는 겉보기에는 오 공공의 약 가루와 거의 똑같아 보였다.

그녀는 두 가지 약 가루를 군구신 앞에 놓으며 진지하게 말했다.

"정왕 전하, 보아 주십시오."

군구신이 살펴보았으나 무엇이 다른지 알아낼 수 없었다. 그래서 고개를 끄덕여 자신이 보았다는 표시를 했다.

비연은 다른 피해자인 정역비도 잊지 않았다. 그녀는 약 가루를 들고 정역비에게 다가갔다.

"정 대장군, 보시지요."

정역비가 기쁜 마음으로 그녀에게 웃어 보이려다가 서로의 신분을 깨닫고 그만두었다. 그는 약 가루를 흘깃 본 후 아무 말도 하지 않았다.

비연이 다시 약 가루를 공 대인과 몇몇 배심원들에게 보여 주었다. 모두 약 가루의 이상함을 눈치채지 못했다.

결국 공 대인이 참지 못하고 물었다.

"고 약녀, 이 약 가루들이…… 어떤 차이가 있는지?"

비연이 잔잔하게 미소 지었다.

"바로 검증하겠습니다. 공 대인, 토끼 세 마리를 구해 주실 수 있을는지요."

토끼?

이 말을 듣고 사람들은 그녀가 무엇을 하려는지 이해했다. 그녀는 약효를 시험하려는 것이었다. 정확히 말하자면, 그녀는 독을 시험하려 하고 있었다!

방금 남궁 대인이 이 약 가루가 극독이라고 말한 바 있지 않은가. 정말 신묘한 방법이다!

오 공공은 깜짝 놀랐다. 그는 약 가루를 분류하는 것 외에 이런 방법으로 약 가루의 성분을 증명할 수 있을 거라고는 생각지 못하고 있었다.

그의 눈에 저도 모르게 일말의 즐거움이 떠올랐다.

그는 결코 두렵지 않았다. 그가 직접 배합한 약을 이해하지 못할 리가 있겠는가? 육단상륙을 뺀다 해도 독성에는 그렇게 명확한 차이가 없다. 복용 결과는 모두 같을 것이다.

이 계집은 확실히 능력 있고 매우 영리하지만 고수라고 할 수는 없었다. 약과 독은 한 뿌리에서 나온 것이니, 진정한 약학의 고수라면 반드시 독에 대해서도 장악하고 있어야 했다!

차 한 잔 마실 시간이 지나 군졸이 살아 있는 토끼 세 마리를 데려왔다. 비연은 그중 한 마리를 잡아 오 공공의 약 가루를 먹였다.

얼마 지나지 않아 생생하게 살아 있던 토끼가 갑자기 쓰러지더니 사지를 격렬하게 떨었다. 그리고 곧 온 구멍에서 피를 흘리며 죽었다.

　모두 탄식했다. 오 공공의 약 가루는 과연 극독이었다!

　비연은 담담한 표정으로 다시 토끼 한 마리에게 자신이 방금 배합한 약 가루를 먹였다.

　거대한 법정이 침묵을 지키고 있었다. 모두 긴장하며 토끼를 노려보았다.

　토끼가 비틀거리다가 곧 쓰러졌다. 사지에 경련이 일더니 곧 온 구멍에서 피를 흘렸다. 첫 번째 토끼의 중독 반응과 그야말로 똑같았다!

　이건…….

　본래 조용하던 법정이 그야말로 쥐 죽은 듯 고요해졌다.

　오 공공은 자신감에 가득 차 입꼬리를 살짝 들어 올리며 냉소했다. 문밖에서 아직 떠나지 않고 있던 군요성도 마침내 안도의 한숨을 내쉬었다. 일단 죄목을 하나라도 줄일 수 있다면 그거라도 좋았다!

　공 대인이 물었다.

　"고 약녀, 독성이 똑같은데, 두 약 가루가…… 어떤 차이가 있다는 것인지?"

　비연은 대답하지 않고 토끼 두 마리의 귀를 뒤집었다. 모두가 곧 두 토끼의 귀뿌리 부분이 다른 것을 볼 수 있었다!

　비연의 약 가루를 먹은 토끼는 귀뿌리에 별 이상한 점이 없었다. 그러나 오 공공의 약 가루를 먹은 토끼는 귀뿌리 쪽에 아주 작은 검은색 반점들이 생겨나 있었다. 명백한 중독 현상이었다.

이것은!

오 공공은 도저히 믿을 수 없어 눈을 휘둥그렇게 떴다.

어떻게 이런 중독 현상이 있을 수 있지?

그는 도저히 믿을 수 없었다.

그도 알지 못하는 것을 비연이 알고 있다니! 저 계집이 독을 안다는 말인가? 게다가 고명하다고? 저 계집은 기껏해야 일개 약녀 아닌가? 대체 얼마나 많은 것을 숨기고 드러내지 않았던 것인가!

비연은 당연히 독술을 알고 있었다. 천부적인 재능으로 스스로 공부한 결과였다. 이 순간에 그녀는 진지한 얼굴로, 심지어 엄숙한 분위기까지 풍기며 말했다.

"정왕 전하, 증거품인 육단상륙을 사용해도 괜찮을까요?"

"허락한다."

군구신의 허락이 떨어지자 비연은 육단상륙을 조금 잘라 낸 뒤 모두가 보는 앞에서 가루로 만들었다. 그리고 그녀가 막 배합했던 그 가루에 섞었다. 다시 한번 빻고 체에 쳐서 새로운 약 가루를 만들어 냈다. 이것도 겉보기에는 오 공공의 약 가루와 똑같아 보였다.

비연이 조금도 지체하지 않고 새 약 가루를 마지막 토끼에게 먹였다. 결과는 매우 설득력이 있었다. 토끼가 온 구멍에서 피를 흘리며 죽은 지 얼마 뇌지 않아 귀뿌리에 검은 반점들이 생겨나고 있었다. 매우 혐오스러웠다.

이보다 더 이상 명백할 수는 없었다! 오 공공의 약 가루에 육단상륙이 포함되어 있었다!

그와 간 약사는 한 무리고, 그들은 정 대장군의 목숨을 모해하려 했을 뿐 아니라 정왕 전하 역시 모해하려 했다.

대체 그들에게 지시를 내린 사람은 누구일까? 정말 회녕 공주가 그랬을까?

비연이 손뼉을 친 후 한 마디도 하지 않고 자리로 돌아가 앉았다. 오 공공은 토끼의 귀를 바라보며 정신을 차리지 못했다. 문밖의 군요성은 이미 보이지 않았다.

탁!

공 대인이 나무패를 힘차게 두드리며 노한 소리로 외쳤다.

"오관, 대담하구나!"

공 대인도 겨우 이 말을 했을 뿐 더 이상 감히 심문을 주재할 수 없었다.

간 약사가 피살되었고, 기씨 가문은 회녕 공주가 주모자라고 주장하고 있었다. 이 사건을 계속 심문하려면 오 공공에게 회녕 공주가 매수했는지 물어야만 했다!

공 대인은 다시 군구신에게 묻는 듯한 눈빛을 던졌다. 군구신은 오 공공에게 질문하지 않고 냉랭하게 말했다.

"회녕 공주를 얼마나 더 기다려야 하지?"

회녕 공주는 궁중에 감금되어 있었기 때문에 대리시로 오는 시간도 계산해야 했다. 군졸이 즉시 보고했다.

"반 시진 정도 걸릴 것입니다."

군구신이 고개를 끄덕였다.

"기다리겠다!"

회녕 공주가 울다

군구신은 사람들을 물러가게 하지 않았다. 그래서 모두 감히 움직이지도 못하고 조용히 기다렸다.

군요성은 거의 목숨 절반이 사라진 듯한 기분이었다. 그는 궁문 앞으로 달려가 회녕 공주를 압송하는 마차를 막아섰다.

그는 대황자였다. 관리들이 아무리 정왕의 명령을 받았다 해도 예의 없이 굴 수는 없었다.

군요성은 마치 무슨 일이 발생했는지 모르는 것처럼 사정을 물은 다음 다시 말했다.

"본 황자가 공주와 함께 가겠다. 대체 누가 공주를 모함하는지 지켜봐야겠군!"

그는 말을 마친 후 스스로 마차에 올랐다. 관리들은 서로 바라보기만 할 뿐 그런 그를 감히 제지하지 못했다.

관리들이 회녕 공주를 데려올 때, 이미 운 귀비에게 상황을 이야기했다. 회녕 공주 역시 일이 어떻게 돌아가는지 알고 있었다. 그녀는 마차에서 한참 울고 있던 참이었다.

친오라비가 마차에 오르는 것을 본 회녕 공주는 바로 그의 품에 뛰어들어 더욱 큰 소리로 울어 댔다.

"오라버니, 구해 줘……."

그녀의 말이 끝나기도 전에 군요성의 가라앉은 목소리가 들려왔다.

"조용히 해라. 아직도 더 폐를 끼칠 것이 남아 있단 말이냐?"

회녕 공주는 그제야 목소리를 낮추고 조급하게 물었다.

"오라버니, 어떻게 하지? 부황이 나를 죽이려 하실까? 나 때문에 오라버니와 모비께도 문제가 생기는 건 아니겠지?"

"이미 문제가 생겼다!"

군요성이 머뭇거리다가 자신이 간 약사를 죽여 증거를 조작한 사정을 이야기했다. 모비에게도 이야기하지 않았던 일이었다. 그는 이 일을 평생 숨길 작정이었다. 그러나 상황이 이렇다 보니 그에게도 다른 방법이 없었다.

"어떻게 오라버니가……?"

회녕 공주는 크게 놀랐다.

그녀도 육단상륙에 독이 있다는 사실을 알게 된 후 자신이 이용당했다는 걸 깨달았다. 그리고 이 사건의 배후에 진짜 흉수가 있다는 사실도 깨닫게 되었다. 그녀는 간 약사가 진짜 흉수의 사람으로, 일부러 자살하면서 기씨 가문을 모함하는 유서를 남겼다고 생각하고 있었다.

그녀가 이해할 수 없다는 듯 군요성을 바라보다가 갑자기 소리쳤다.

"오라버니가 진짜 흉수였어! 오라버니가…….."

군요성이 다급하게 그녀의 입을 틀어막았다. 그는 동생을 목 조르고 싶은 마음을 간신히 가라앉혔다.

"망할 것, 모비께서 너를 뇌도 없이 낳아 주셨더냐?"

그가 어찌 진짜 흉수일 수 있겠는가? 그가 설령 정왕의 목숨을 원했다 하더라도, 정역비를 죽이거나 기씨 가문을 망하게 할 리는 만무했다!

그가 간 약사를 죽인 것은 바로 동생을 위해 뒤처리를 한 것 아닌가? 그런데 그 동생이 지금 자신을 진짜 흉수라고 비난하고 있었다!

회녕 공주는 친오라비가 분노한 모습에 깜짝 놀라 난동을 부리지 못했다. 군요성이 몇 번이나 심호흡을 한 후에 나지막하게 말했다.

"회녕, 기억해라. 잠시 후 법정에 가면 자수하도록 해라. 진상을 모두 말하란 말이다. 그리고 기억해 둬. 너는 육단상륙에 독이 있다는 사실을 결코 몰랐다고 반드시 말해야 한다. 간 약사의 죽음은, 네가 나를 대신해서 인정하면 된다. 이렇게 말하면 되는 거야……."

회녕 공주는 놀라서 움직이지도 못하고 있었다. 심지어 호흡마저 멈춘 것 같았다.

잠시 후 그녀가 있는 힘을 다해 고개를 저으며 외쳤다.

"싫어!"

군요성이 눈을 가늘게 뜨고 경고하듯 말했다.

"네가 전부 책임지지 않은 상태에서 만약 정왕이 내가 한 일이라는 걸 알게 되면 우린 모두 가망이 없다! 네가 전부 책임진다면 최소한 나와 모비는 너를 계속 지켜 줄 수 있고, 부황께 가서 너를 구해 달라고 부탁드릴 수도 있다. 어떻게 하는 게 좋은지 스스로 생각해라!"

회녕 공주는 멍해졌다. 그녀는 군요성을 쳐다보며 한참 동안 아무 말도 하지 않았다. 눈에서는 마치 제방의 둑이 터지기라도 한 것처럼 눈물이 끊임없이 흘러내렸다.

마지막으로, 그녀가 큰 소리로 울면서 말했다.

"오라버니, 나 후회해! 후회한다고! 흑흑……, 정말로 후회하고 있어!"

세상에 후회한들 해결할 방법이 있을까? 회녕 공주에게는 다른 선택이 없었다. 군요성의 요구를 승낙할 수밖에 없었다.

법정에 도착했을 때, 군요성은 얼굴을 굳힌 채 회녕 공주보다 앞서서 안으로 들어갔다. 회녕 공주의 두 눈은 우느라 토끼처럼 새빨갛게 변해 있어 매우 난처해 보였다.

그녀가 대문 안으로 들어선 순간, 법정 중앙에 기씨 부자가 무릎을 꿇고 있는 것이 보였다. 기씨 부자가 고개를 돌려 그녀를 바라보자 그녀는 바로 고개를 숙였다. 마음 같아서는 몸을 돌려 뛰쳐나가고 싶었으나 안타깝게도, 그럴 수 없었다. 그녀는 한 걸음 한 걸음 앞으로 걸어갔다.

비연이 손가락을 꼼지락거리며 놀고 있다가 회녕 공주를 보자 눈을 빛냈다. 모르는 이가 보았다면 무슨 보물이라도 발견했다 생각할 정도였다.

비연이 입가에 웃음기를 머금은 채 속으로 중얼거렸다.

'마침내 왔구나.'

군구신이 무심결에 그녀를 쳐다보다가 멈췄다. 그는 비연의 손을 보고, 다시 그녀의 그 표정을 보았다. 뜻밖에도 웃음이 나와 참을 수가 없었다.

물론, 그는 재빨리 그 시선을 거둬들이고 냉랭하게 말했다.

"여봐라, 기복방을 데려와라!"

회녕 공주가 왔으니 당연히 기복방도 와서 대질 심문을 해야 했다.

이 말을 들은 회녕 공주는 지난번에 기복방이 끌려가면서 미친 듯이 소리치던 모습이 떠올라 더욱 무서워졌다. 그녀는 참지 못하고 곁에 있는 군요성을 바라보았다.

군요성은 그녀의 시선이 부담스러웠다. 간신히 침착을 유지한 그는 일부러 큰 소리로 외쳤다.

"회녕, 오라비는 네가 무고하다는 것을 믿는다! 안심해라. 아홉째 오라비가 너를 대신해 공정하게 판결을 내려 줄 테니까."

회녕 공주의 눈에서 다시 눈물이 흐를 것만 같았다. 그녀는 고개를 숙인 채 다시는 군요성을 볼 생각을 하지 못했다.

얼마 지나지 않아 문밖에서 갑자기 여자의 웃음소리가 들려왔다. 사람들이 돌아보니, 그 여자는 바로 기복방이었다.

그런데 그녀가 매우 이상해 보였다. 봉두난발에, 걸을 때도 제대로 균형을 잡지 못하고 좌우로 흔들거렸다. 마치…… 미쳐 버린 것 같았다.

사람들이 서로 얼굴을 쳐다보기만 할 뿐 아무 말도 하지 못하고 있었다. 무엇인가 생각하던 회녕 공주의 안색이 창백해졌다.

갑자기 기 대장군이 몸을 일으키더니 빠른 걸음으로 기복방에게 달려갔다.

"복방, 대체 왜 그러느냐?"

기복방이 놀란 것처럼 서둘러 군졸 뒤로 숨었다.

"저리 가! 너희 모두 나쁜 사람이야! 너희 모두 회녕 공주 무리지! 너희가 나를 죽이려 했어. 기씨 가문을 망치려 했어!"

이건…….

일순간 모두가 얼어붙었다.

세상에! 기씨 대소저가…… 미쳐 버린 것 아닌가?

기욱 역시 달려 나왔다.

"누이, 왜 그래요! 아버지잖아요! 아버지를 못 알아보겠어요?"

기복방이 더욱 무서워하며 군졸을 끌고 밖으로 가려 했다.

"어서 도망가야 해. 다 회녕 공주의 사람들이야. 다 회녕 공주의 사람이라고……."

군구신도 놀랐으나 여전히 냉랭한 목소리로 물었다.

"어찌 된 일이지?"

군졸이 서둘러 대답했다.

"전하께 보고드립니다. 기 대소저가 감옥에 갇힌 그날부터 조금 이상했습니다만, 며칠 동안 아무 말도 하지 않았고, 소인도 특별히 마음 쓰지 않았습니다. 그러나 방금 소인이 대소저를 데리고 나오는데 갑자기 이러고 있습니다. 감옥에 구금되어 있는 모두가 말하기를……, 모두가 말하기를……."

군구신이 차갑게 물었다.

"무어라 말하더냐?"

군졸이 솔직하게 대답했다.

"모두 회녕 공주마마께서 대소저를 해치려 하셨다고 말하고 있습니다."

갑자기 기 대장군이 무릎을 꿇더니, 머리를 힘차게 땅에 찧으며 외쳤다.

"억울합니다! 기씨 가문은 억울합니다! 정왕 전하, 부디 우리 기씨 가문의 입장을 헤아려 주십시오!"

기욱도 무릎을 꿇고는 회녕 공주에게 증오 서린 시선을 던지며 말했다.

"회녕 공주, 당신이 이런 사람일 줄은 몰랐다! 이렇게 악독하고 음험하다니! 남에게 죄를 뒤집어씌우고! 나 기욱이 눈이 멀었지!"

"흑흑……."

회녕 공주가 마침내 참지 못하고 소리 내어 울기 시작했다.

"아니야, 아니라고요! 욱 오라버니, 내 말을 들어 봐. 일부러 그런 게 아니야! 나는 일이 이렇게 될 줄 몰랐어……. 일부러 기씨 가문에게 해를 끼치려 한 게 아니란 말이야……."

이 말을 듣고 기욱은 잠시 멍해졌으나, 곧 기쁜 표정으로 외쳤다.

"정왕 전하, 들으셨지요! 그녀가 인정했습니다! 자신이 흉수라고 인정했습니다!"

기욱이 흥분하는 모습을 보고 회녕 공주의 마음은 찢어질 것만 같았다. 그녀는 울면서 군구신을 향해 말했다.

"정왕 오라버니, 심문할 필요 없어요. 죄를 인정할 테니까! 내가 복방 언니에게 진삼원과 이갈존을 매수하게 시켰어요. 그리고 내가 복방 언니에게 육단상륙을 주었어요. 그래요, 나예요, 전부 내가 한 짓이에요!"

군구신이 입을 열기 전에, 군요성이 더 이상 놀랄 수 없을 듯 경악하는 표정을 지으며 자리에서 벌떡 일어났다.

"회녕, 그게 대체 무슨 말이냐?"

너희 둘이 오히려 의기투합하다

사람들의 시선이 회녕 공주에게서, 격동하며 일어서는 군요성에게로 쏠렸다. 회녕 공주도 군요성에게 장단을 맞출 수밖에 없었다.

"큰오라버니, 내가 잘못했어요……. 내가 잘못했어요! 하지만 고의가 아니었어요. 정왕 오라버니를 해칠 마음은 없었어요. 나도 육단상륙에 독이 있다는 걸 몰랐어요. 간 약사가 나를 속였어요!"

군구신이 그제야 차가운 목소리로 물었다.

"어찌 된 일이냐, 자세히 이야기하라!"

회녕 공주가 울면서 대답했다.

"간 약사가 나에게 육단상륙이 작은 인삼과 비슷……."

군구신이 그녀의 말을 끊었다.

"네가 왜 간 약사를 찾아갔지? 약재를 바꾼 게 나를 해치기 위해서가 아니라면, 다른 이유가 있느냐?"

"나, 나는……."

회녕 공주가 대답하지 못하고 망설였다.

비연이 기대에 찬 얼굴로 고소한 표정을 짓고 있었다. 그런 비연을 본 회녕 공주의 마음속에 다시 원한이 불거지며, 더욱 대답하고 싶지 않아졌다. 자신의 동기가 비연을 해치기 위해서였다는 걸 털어놓는 것은, 그녀가 사건을 벌였다는 것을 인정하는 것보다 훨씬 난감한 일이었다.

그러나 군구신은 인내심이 없었다. 그가 날카로운 소리로 외쳤다.

"말하라!"

회녕 공주가 깜짝 놀라, 갑자기 손을 들어 비연을 가리키며 큰 소리로 울기 시작했다.

"전부 다 저 여자 때문이에요! 전부 다 저 천한 여자 때문이라고요! 저 여자는 분명 욱 오라버니의 약혼녀인데도 여인의 도리를 지키지 않고, 경박하고, 지조도 없고……, 정역비와 짜고 욱 오라버니의 체면을 떨어뜨렸다고요! 나, 나는 저 여자가 싫어요! 나는 할마마마가 약선을 내리신다는 것을 알고 간 약사를 찾아갔어요. 간 약사가 나에게 약방을 알려 주었어요. 그리고 육단상륙이 작은 인삼이랑 완전히 똑같이 생겼다고, 먹는다 해도 별문제는 없다고도 말했어요. 나는 복방 언니를 시켜 진삼원 등을 매수했고, 그들로 하여금 비연에게 죄를 뒤집어씌우게 하려 했어요. 나는, 나는 그저 욱 오라버니 대신 저 여자에게 따끔한 가르침을 좀 주려 했던 것뿐이에요. 간 약사가 나를 속였을 줄은 상상도 못 했어요. 일이 이렇게 변할 줄도 몰랐……. 나, 나는……, 흑흑……, 나는 무고해요! 모두 비연, 저 여자 때문이야! 저 여자가 다 망친 거라고요!"

이 말에 모두가 멍한 표정을 지었다. 누군가는 비연을 바라보았고, 또 누군가는 정역비를 바라보았다. 당연히 누군가는 기욱을 바라보았다.

회녕 공주가 이런 장소에서 저런 말을 하는 것이…… 정말 괜찮은 걸까?

그녀는 자신의 범행 동기를 말해야 했다. 그러나 조금 더 간단하게 이야기할 수는 없었던 걸까? 꼭 이렇게 어색한 분위기를 만들었어야 했던 걸까?

이 순간 기욱은 말할 것 없고 기 대장군도 얼굴이 파랗게 질렸다. 정역비와 고비연이 정을 통했다는 소문이 돈 지 한참 되었지만 누군가가 그들 앞에서 언급한 것은 지금이 처음이었다.

정말이지, 이건 말도 안 되는 일이었다!

정역비의 안색 역시 좋지 않다. 그는 눈을 가늘게 뜨고 주먹을 쥐었다.

비연의 얼굴색도 변했다. 그녀와 정역비의 그 자질구레한 일들로 인해 이미 기씨 가문으로부터 온갖 핍박을 받지 않았던가? 그녀는 지금 반쯤은 정왕 전하의 사람이었다.

그런데 누군가가 정왕 전하 앞에서 그 일들을 언급하는 것이 너무나 혐오스러웠다! 정왕 전하의 체면을 떨어뜨리고 말았다!

이 지경까지 나락으로 떨어진 회녕 공주가 대체 무슨 낯짝으로 다른 사람을 욕한단 말인가? 대체 얼마나 뻔뻔스러우면 자신이 억울하다고 말하는 거지? 공주와 기욱이 어떤 관계인지 정말 다른 사람들이 모른다고 생각하는 걸까?

비연이 작은 얼굴을 굳힌 채 쌀쌀맞게 탁자를 내리쳤다. 온 법정에 그 소리가 울려 퍼졌다. 모두 깜짝 놀랐다.

비연이 자리에서 일어나 화난 목소리로 물었다.

"회녕 공주마마, 저와 기욱 사이의 일이 공주마마와 무슨 상관인가요? 마마께서는 무슨 자격으로 기욱을 대신해 저에게 따끔한 가르침을 내리려 하셨는지요?"

정말로 화가 난 비연이 덧붙여 물었다.

"마마께서는 기욱의 무엇이신지요? 어떤 자격이 있으신지요? 마마께서 설마 기욱의 어머니나 할머니라도 되시는지요?"

이건…….

매우 긴장되어 있던 분위기였지만 비연의 마지막 말에 적지 않은 이들이 참지 못하고 킥킥거리기 시작했다.

비연의 이 질문이 비록 조금 저속하기는 했지만, 상당히 영리하고 꽤 의미가 있었다! 바로 회녕 공주와 기욱의 부적절한 관계를 비웃는 것이었기 때문이다.

과거 몇 년 동안, 회녕 공주와 기욱이 정을 통했다는 소문이 비연과 정역비에 관련한 소문보다 많으면 많았지 적지 않았다!

기욱은 체면이 완전히 땅에 떨어져 쥐구멍이라도 있으면 숨고 싶은 심정이었다. 그러나 비연의 질문에 이은 회녕 공주의 대답에 차라리 벽에 머리를 박고 죽고 싶은 마음마저 들었다.

화가 나서 이성을 잃은 회녕 공주는 아무 생각도 없이 큰 소리로 대답했다.

"욱 오라버니가 나를 좋아하니까 자격이 있지!"

"그만!"

기욱이 갑자기 소리쳤다. 정말로 참을 수가 없었다. 회녕 공주가, 그와 누이가 밤에 몰래 고씨 가문으로 가서 파혼을 선언한 사정 같은 것이라도 폭로할까 봐 진심으로 두려웠다.

회녕 공주가 멈칫했다. 마침내 자신이 해서는 안 될 말을 했다는 것을 깨달았다. 그녀는 더욱 억울한 마음이 들어, 눈물이 그렁그렁한 눈으로 기욱을 바라보았다.

기욱은 그녀를 상대하고 싶지도 않았다. 이 문제를 계속 이야기하고 싶지도 않았다. 그는 서둘러 군구신을 바라보며 말했다.

"회녕 공주마마께서 죄를 인정하셨습니다. 정왕 전하께서는 기씨 가문의 결백을 밝혀 주시기 바랍니다!"

기 대장군도 서둘러 목소리를 냈다.

"정왕 전하, 기씨 가문은 절대로 전하를 모해하려 한 적이 없습니다. 간 약사가 공주마마를 속인 것으로 보아, 전하를 모해하려 한 자는 다른 사람입니다! 제가 딸을 잘 가르치지 못하여, 딸이 공주마마의 부추김을 받아 큰 화를 불러왔습니다! 제 딸이 모든 벌을 받을 것입니다! 원컨대 정왕 전하께서 살펴 주시기 바랍니다!"

이때, 모두가 중요한 일을 생각해 냈다. 진짜 흉수를 찾는 일에 비한다면 비연과 정역비가 정을 통한 일이나, 회녕 공주가 기욱과 정을 통한 일은 아무것도 아니었다.

비연은 자리로 돌아와 앉아 거친 숨을 토해 냈다. 이런 쓸데없는 일에 시간을 낭비하고 싶지 않았다.

그녀는 특별히 기 대장군을 경멸하고 있었다. 회녕 공주는 어쨌든 기욱을 위해 그런 일을 했던 것인데, 대체 얼마나 뻔뻔하면 '부추김'이라는 단어를 쓸 수 있는 걸까?

비연은 더 이상 생각하지 않기로 했다. 더욱 중요한 일이 남아 있으니까. 진짜 흉수의 정체가 코앞이다!

그러나 군구신이 냉랭한 목소리로 물었다.

"기욱, 회녕의 말이 사실인가?"

이 말이 대체 무슨 의미일까?

모두가 이해할 수 없었다. 기욱은 더욱 이해할 수 없었다. 그는 정왕 전하가 아직 회녕 공주의 자백을 믿지 않고 기씨 가문을 의심하고 있다고 오해해 서둘러 변명을 시작했다.

"전하께 말씀드립니다. 회녕 공주와 제 누이가……."

군구신이 퉁명스럽게 그의 말을 끊었다.

"본 왕의 질문은, 네가 회녕을 좋아하기 때문에, 회녕이 너 때문에 일부러 비연에게 죄를 뒤집어씌우려 했다고 말한 것에 대한 것이다. 이 말이 사실인가?"

이 말을 듣고 모두 정왕 전하가 회녕 공주의 범행 동기를 확정하려 한다는 사실을 알게 되었다.

기욱의 표정은…… 이 세상에 더 이상 미련이 없어 보였다!

이렇게 큰일이 벌어지기 전에도 그는 공개적으로 자신이 회녕 공주를 좋아한다는 것을 인정하지 않으려 했다. 하물며 지금에야 말해 무엇 할까?

그러나 인정할 수밖에 없었다!

그가 회녕 공주의 동기를 인정하지 않는다면 이 사건은 계속 질질 끌게 된다. 그러면 또 무슨 일이 벌어질지 누가 알겠는가?

진짜 흉수의 목표가 바로 기씨 가문인 이 상황에서 말이다!

그는 머리카락이 쭈뼛 서는 기분으로 대답했다.

"예, 예…… 맞습니다!"

군구신이 만족하지 않고 다시 말했다.

"정확하게 이야기하라!"

기욱이 어쩔 수 없이 다시 한번 이야기했다.

"저, 저는 회녕 공주마마를 좋아합니다. 그래서 회녕 공주마마가 그런 일을……"

기욱이 말을 하다 말고 머리를 땅에 조아렸다.

"저도 죄가 있습니다!"

이 말이 끝나자 조용하던 법정이 귓속말로 가득 찼다.

소문은 어찌 되었건 소문일 뿐이고, 타인의 지적 역시 결국은 타인의 것이다. 그러나 당사자 두 사람이 인정했으니 정말 대단한 일이 되고 말았다. 완벽하게 사실이 되어 버렸다!

군구신의 입가에 냉소가 떠올랐다.

"대단한 감정이군. 너희 둘이 오히려 의기투합한 모양이야."

이 말에 비연은 희미하게 뭔가 이상하다는 생각이 들었다. 정왕 전하는 다른 이의 감정을 평가하기 좋아하는 사람이 아니었다. 그가 이런 말을 할 때는 분명 다른 목적이 있을 것이다.

그녀가 고민하고 있을 때, 군구신은 이 화제를 이어 나가지 않고 계속 심문했다.

"간 약사가 기씨 가문에게 죄를 뒤집어씌울 마음이 있었다는데, 무엇 때문에 누군가에게 살해당한 것이냐?"

놀라서, 창졸간에 대비하지 못하고

군구신이 간 약사의 피살 문제를 꺼내자 곁에 앉아 있는 군요성이 긴장하기 시작했다. 그는 몰래 회녕 공주에게 눈짓을 보냈다. 그녀가 괴로운 나머지 자신과 이야기했던 일을 잊었을까 두려웠기 때문이다.

이때 회녕 공주의 주의력은 전부 기욱에게 쏠려 있었다. 울어서 붉어진 눈은 슬픔으로 가득 차 있었다.

그녀는 욱 오라버니가 그녀에 대한 마음을 공개하기를 기다려 왔다. 하지만 이런 장소에서 듣게 되리라고는 상상조차 하지 못했다.

그녀는 이제 그렇게까지 절망하지는 않았다. 여전히 기다릴 수 있었다! 회녕 공주가 눈물을 닦고 의연하게 군구신을 바라보며 말했다.

"나예요! 정왕 오라버니, 내가 사람을 시켜 간 약사를 죽였어요. 그날 법정에서 육단상륙에 독이 있다는 사실을 알고, 바로 사람을 궁으로 보내 간 약사에게 물어보았죠. 간 약사는 인정하지 않았어요. 나는, 나는…… 복방 언니가 간 약사에 대해 자백하자…… 사람을 시켜서 간 약사를 죽였고, 증거도 위조했어요."

이 말을 들은 모두가 이상하다는 표정을 지었다.

회녕 공주가 죄를 인정하지 않으려 한 것도 그렇다 치고, 산

약사를 죽인 것까지도 그렇다 칠 수 있었다. 그런데 증거를 위조하면서까지 기씨 가문의 죄목을 만들어 내려 하다니! 너무 교활하고, 또 너무 악독하지 않은가!

그리고 그녀는 기욱을 매우 좋아하지 않았던가? 아니면 그녀가 가장 좋아한 것은 결국 그녀 자신이었던 걸까?

기욱은 침묵에 빠져들었다. 소매 속에서는 주먹을 여전히 꽉 쥔 채였다. 기 대장군도 참지 못하고 회녕 공주를 향해 차가운 코웃음을 날렸다. 하마터면 침까지 뱉을 뻔했다.

비연은 이 모습을 보며 답답해하고 있었다.

우선, 간 약사가 피살된 시간이 회녕 공주가 자백한 시간과 맞지 않았다. 당시 법정에서 설 공공이 중도에 몇 번인가 자리를 뜨긴 했다. 그러나 회녕 공주의 성격을 보면, 당시 상황에서 그렇게 냉정하고 신속하게 자신에게 가장 유리한 반응을 보일 수 있을 것 같지 않았다. 아무리 생각해도 불가능했다!

비연이 군구신 곁에 앉아 있는 군요성을 의심스럽다는 듯이 바라보았다. 그녀는 회녕 공주보다는 군요성, 저 웃는 얼굴의 호랑이가 간 약사를 죽인 것이기를 바라고 있었다. 기복방이 간 약사를 자백했을 때 군요성도 그 자리에 있었다.

군구신은 회녕 공주에게 더 묻지 않고 잠시 침묵했다. 그가 미간을 찌푸리는가 싶더니 갑자기 고개를 돌려 군요성을 바라보았다.

군요성도 군구신을 보고 있다가 그의 시선을 받자 바로 고개를 돌렸다. 마치 보지 못한 듯, 혹은 회녕 공주 때문에 화가 나서 아무 말도 하고 싶지 않은 듯 표정이 분노로 가득 차 있었다.

군구신은 한참 동안 입을 열지 않았다. 군요성이 갑자기 손으로 사납게 탁자를 내리치고는 노한 목소리로 소리쳤다.

"회녕, 너무 실망시키는구나! 너를 그리 믿었는데, 너, 너는…… 네가 심지어 나마저 속이고, 모비와 부황마저 속였다니! 너, 너는……, 너는 스스로 살길을 찾아야 할 것이다!"

말을 마치자마자 그가 몸을 일으키더니 성큼성큼 걸어 대문 밖으로 나갔다.

회녕 공주가 멍한 표정으로 군요성을 바라보았다.

오라버니가 대체 무슨 의미로 저런 말을 한 걸까? 그녀를 위해 정왕 오라버니에게 애원해 주겠다고 하지 않았던가? 그리고 기씨 가문을 위해서도 노력해 주겠다고…….

오라버니가…… 이렇게 도망가 버린 건가?

속았다!

그러나 회녕 공주는 사실을 이야기할 수 없었다. 그저 울면서 빌 뿐이었다.

"정왕 오라버니, 미안해요. 기씨 가문에게도 미안해요. 정말 일부러 그런 게 아니었어요. 그 약이 진짜 독이라는 걸 알았더라면, 나는……, 나는 죽더라도 바꾸지 않았을 거예요! 정왕 오라버니, 내가 전부 자백한 것을 봐서, 또 부황의 체면을 생각해서, 나를 너무 궁지에 몰지 말아 줘요. 한 번만 용서해 줘요! 그리고 복방 언니를, 기씨 가문을 용서해 줘요! 제발, 오라버니, 제발 부탁이에요……. 흑흑……."

군구신은 일부러 침묵하며 군요성을 탐색하고 있었다. 군요성의 그러한 반응을 보자 의심이 늘어날 수밖에 없었다.

간 약사를 죽인 흉수가 회녕 공주인지 군요성인지는 이미 중요하지 않았다. 그는 회녕 공주의 울음소리를 끊고 냉랭하게 물었다.

"회녕, 간 약사가 오 공공과 한패라는 것을 알았느냐?"

회녕 공주가 자백한 가장 큰 원인은 바로 오 공공과 연루되지 않기 위함이었다. 그녀가 긴장한 채 부인했다.

"간 약사가 나를 속였어요! 나를 이용했다고요! 그런 간 약사가 나에게 그리 많은 이야기를 해 주었겠어요? 당연히 몰랐어요! 정왕 오라버니, 오 공공은 분명 진짜 흉수가 누구인지 알고 있을 거예요! 분명히 알 거라고요!"

이때, 한옆에 무릎을 꿇고 있던 오 공공은 자책하고 있었다. 궁을 떠날 때 간 약사를 좀 더 타당하게 안배하지 않은 걸 말이다. 간 약사가 살해당한 게 아니라 자살한 거라면 군구신은 이 빈틈을 발견하지 못했을 테고, 회녕 공주가 자수하지도 않았을 것이다!

그는 마침내 주인의 일을 망쳐 놓고 말았다. 주인에게서 명받은 임무를 다하지 못했고, 오히려 군구신에게 주인의 존재를 알린 셈이 되었다. 그는 죽음으로써 사죄해도 이 죄를 씻을 수 없게 되었다. 오 공공이 마치 무슨 결정이라도 내린 듯 눈에 결연한 빛이 반짝였다.

멀리서 그를 보던 군구신은 계속 심문할 생각을 버렸다. 이런 자에게 심문은 헛수고다. 고문만이 효과가 있을 것이다. 정역비가 오 공공의 입을 열게 하지 못했다면 그가 시험해 볼 생각이었다!

군구신의 눈에 날카로운 빛이 스쳐 갔다. 그가 막 입을 열려 했을 때, 오 공공이 갑자기 죽은 토끼 쪽으로 자기 자신을 던졌다. 주변의 모두가 영문을 알지 못하는 가운데 정역비만이 반응했다.

그가 다급하게 검을 빼 들더니 일 검에 죽은 토끼를 갈랐다!

"안 돼! 독이 있어!"

비연이 갑자기 비명을 질렀다. 그리고 반사적으로 군구신 쪽으로 다가가 재빨리 그를 밀어 버렸다. 거의 동시에 죽은 토끼가 반으로 갈라지면서 검은 피가 사방으로 튀었다!

비연이 대체 얼마나 힘을 썼는지 뜻밖에도 군구신은 바닥에 쓰러지고 말았다. 비연은 그 앞에 선 채 자신의 몸으로 그를 막아 내려 했다.

극독이 섞인 검은 피가 비연의 등으로 뿌려졌다. 순식간에 그녀의 외투가 부식되어 구멍이 생겼다. 그리고 계속 안으로 파고들었다.

이 극독이 만약 군구신의 얼굴에 쏟아졌더라면 그 결과가 어떠했을지는 상상조차 할 수 없었다!

이 모습을 보고 모두 경악했다! 정역비마저 멍해졌다. 망중이 제때 달려와 오 공공을 제압했다.

비연은 토끼 배 속에 있던 검은 피의 독성을 잘 알고 있었나.

육단상륙 가루를 더해 극독이 되었으니, 토끼가 죽은 후에도 독성은 계속 남아 있었다.

토끼 귀에 나타난 구역질 나는 검은 반점 외에, 시간이 흐르면 토끼의 오장육부에 있던 피가 모두 독으로 변하게 되어 있었다. 배를 가르지 않는다면 아무 문제가 없지만, 일단 독으로 변한 피가 빛을 받으면 독성이 배로 늘어나게 되어 있었다. 피부며 근육, 뼈까지 모두 녹일 수 있을 정도였다.

비연은 당장 옷을 바꿔 입어야 했다!

그녀는 조금도 지체하지 않고 다급하게 말했다.

"정왕 전하, 뒤쪽으로 가서 옷을 갈아입겠습니다. 죄송하지만 시녀를 시켜 저에게 옷을……."

비연의 말이 끝나기도 전에 군구신이 그녀를 끌고 빠른 걸음으로 뒤로 달려갔다. 바로 그 순간, 망중이 정신을 놓은 틈을 타서 오 공공이 망중의 검을 잡고 자신의 목을 사납게 찔렀다!

오 공공이 죽었으니 진짜 흉수를 찾기 어렵게 되었다!

그러나 군구신은 이 모든 광경을 쳐다보지도 않았다. 그는 지금 비연의 등에 묻은 독 때문에 다급해하고 있었다.

건물 안으로 들어가 문을 닫자마자 그는 사납게 비연의 옷을 찢었다. 너무 힘을 준 바람에 비연의 겉옷이 모두 찢겨 나가고, 안에 입고 있던 속옷만 남았다.

비연이 눈을 휘둥그렇게 떴다. 그녀의 머릿속이 텅 비어 버리고 말았다.

사람들이 무어라 생각하겠는가

군구신이야말로 자신이 저지른 짓에 놀라 멍하니 비연을 바라보았다.

"악……!"

비연이 갑자기 날카로운 비명을 지르며 다급하게 제 몸을 가렸다. 그녀는 경악한 나머지 신분도 생각지 않고, 거의 울부짖듯 그에게 명령했다.

"몸을 돌려! 보지 마!"

그제야 정신을 차린 군구신이 바로 몸을 돌리며 눈을 감았다. 그는 귀까지 붉게 물들어 있었지만 자각하지 못했고, 비연도 알아채지 못했다.

비연은 평생 이렇게 당황한 적이 없었다. 그녀는 찢어진 채 바닥에 떨어져 있는, 핏자국 가득한 옷만 계속 보고 있었다.

군구신이 오히려 재빨리 냉정을 되찾고, 과감하게 장포를 벗어 뒤로 건넸다.

"입도록."

비연은 겨우 정신을 차리고 서둘러 그 장포를 받았다. 꼭꼭 싸매듯 장포를 입고 나서야 안도의 한숨을 내쉴 수 있었다. 그제야 이성이 돌아오기는 했지만 너무 놀라 여전히 심장이 두근거렸다.

하지만 그는 정왕 전하인데! 그가 어떻게……, 어떻게 이런 일을 할 수 있지? 그래서는 안 되었는데! 무엇 때문에 그리도 서둘렀던 걸까?

그는 그녀보다도 더 급한 것 같았다. 혹시 그녀를 희롱할 생각이었을까?

그가 방금…… 대체 뭘 본 거지?

비연은 감히 더 이상 생각을 이어 나가지 못하고 군구신의 등을 바라보았다. 점차 그녀의 얼굴도 발갛게 달아올랐다.

군구신은 그녀가 이미 옷을 입었다는 것을 알고도 눈을 뜨기만 했을 뿐 돌아보지는 않았다. 찌푸린 그의 미간에는 번뇌마저 어려 있었다. 아무래도 자신이 방금 보인 행태에 비연보다 더 놀라고 있는 것 같았다.

잠시 침묵한 그는 평정심을 되찾은 듯 평소처럼 냉랭하게 말했다.

"기다리도록. 본 왕이 하소만을 보내겠다. 오늘 나를 구한 공이 있으니, 돌아간 후에 큰 상을 내리겠다."

그가 잠시 멈췄다가 다시 덧붙였다.

"그리고 본 왕은 그 독을 피할 수 있었다. 다음번에 비슷한 일이 생기면 본 왕에게 일깨워 주기만 하면 된다. 정역비처럼 경솔하게 굴지 말고! 사건이 아직 마무리되지 않았는데, 너에게 무슨 일이라도 생기면 누가 대약사를 도울 수 있겠느냐?"

말을 끝낸 그가 성큼성큼 밖으로 나갔다.

비연은 놀랍기도 하고, 무엇보다 어색해 죽을 지경이었다.

정왕 전하도 어색해하리라 생각했는데 저렇게 평온하게 반응할 줄이야! 그는 전혀 어색하지 않은 듯했다. 마치 방금 있었던 일이 너무나 정상적인 상황이었던 것처럼.

그녀는 방금 그가 했던 말을 되새겨 보았다. 그의 뜻은, 그녀가 이 사건에서 매우 중요한 인물이니 그녀에게 무슨 일이 벌어지도록 놔둘 수 없다는 걸까?

비연은 귀신에게 홀리기라도 한 것처럼 생각하고 또 생각했다. 그리고 내린 결론은, 자신이 방금 소인배의 마음으로 군자의 도량을 헤아리려 했다는 것이었다.

정왕 전하가 그녀를 구하려 했던 것은 비연으로서는 영광이 아닐 수 없었다. 그녀가 아닌 다른 사람이었다면 그는 절대로 이렇게 다급하게 구하려 들지 않았을 것이다!

그녀가 어찌 정왕 전하가 자신을 희롱하려 했다고 의심할 수 있겠는가? 정왕 전하가 그러고 싶으셨다면…… 굳이 이런 기회를 틈탈 이유가 없지 않은가? 그의 눈길을 받고 싶어 하는 여자들이 줄을 지어 기다리고 있는데! 정왕 전하는 그 수치도 모르는 망할 얼음이 아니다!

문득 비연은 자신이 정왕 전하에게 몸을 돌리라 흉악하게 명령했던 것이 떠올라 당황했다. 그녀는 정왕 전하가 자신의 행동을 어떻게 생각할지 몰라 무의식중에 그가 준 비단 장포를 꽉 그러쥐었다. 들뜨고 번민에 가득 차 있던 마음이 옷에 밴 희미한 약초 향을 맡는 순간 평온해졌다.

참지 못하고 소매를 잡아당겨, 마치 도둑질이라도 하듯 조심스럽게 향을 맡아 보았다. 코를 옷소매에 묻고 그 감촉을 즐기고도 싶었지만 차마 그렇게까지는 할 수 없었다.

정왕 전하는 자신에게 함부로 대하는 것을 허락지 않으실 것이다! 그녀가 오늘 흑역사를 만든 셈이니, 앞으로는…… 자중해야 했다!

비연은 순순히 건물 안에서 기다렸다. 군구신도 바로 법정으로 가지 않고 한옆으로 돌아가 하소만이 옷을 가져오기를 기다렸다. 장포를 입지 않은 채 법정으로 돌아갈 생각은 없었다.

지금 법정은 시끌벅적했다. 사람들이 머리를 맞댄 채 분분히 수군거리고 있었기 때문이다.

정왕 전하가 비연을 아끼고, 그녀를 키울 생각이라는 건 다들 눈치채고 있었다. 하지만 방금 그가 직접 비연을 데리고 가는 걸 보고 몹시 놀랐던 것이다.

처음에는 모두 정왕 전하가 다급해서 그런 모양이라고 생각했다. 그들 중 누구도 정왕 전하가 비연과 함께 같은 방에 들어갈 거라고는 감히 생각도 못 했던 것이다.

그러나 뒤쪽 건물에서 비연의 날카로운 비명이 들려오자 그들은 더 이상 침착함을 유지할 수 없었다.

비연이 무엇 때문에 비명을 지른 거지?

그녀가 누구보고 몸을 돌리라고, 보지 말라고 한 거지?

대체 뭘 보지 말라는 건가? 비연 외에 뒤쪽 건물에 누가 또 있는 걸까?

시녀인가? 만약 시녀라면 비연이 그렇게 비명을 지를 필요가 있을까?

설마…….

모두 마음속으로 똑같이 추측하고 있었다. 다만 누구도 그것을 입 밖으로 내지 못하고 있었다. 더욱이 비연과 정왕 전하 사이에 주종 관계 외에, 다른 사람들에게 알려서는 안 될 관계가 있다고는 감히 상상도 하지 않으려 했다.

웅성웅성 소란스러운 가운데 정역비만이 걱정스러운 표정으로 계속 맴돌고 있었다. 그는 몇 번이나 참지 못하고 뒤쪽으로 달려갈 뻔했다.

그는 다른 이들처럼 깊게 생각하지 않았다. 그의 머릿속을 가득 채운 것은 그저 걱정뿐이었다. 그 독이 비연에게 어떤 영향을 끼쳤을지 두려웠다.

그는 점점 더 근심에 빠져, 자신이 검을 너무 빨리 꺼낸 것을 자책했다!

회녕 공주도 뒤쪽 건물로 가서 보고 싶은 마음을 참고 있었다. 그녀는 비연이 독 때문에 죽기를 바라고 있었다.

그녀는 비연 때문에 이 지경까지 떨어졌고, 기씨 가문에도 해를 끼쳤다. 그런데 비연이 자신을 한껏 내세우고 있으니 어찌 그녀가 원망스럽지 않겠는가?

회녕 공주에 비해 기씨 부자는 그래도 머리가 돌아가는 편이었다. 두 부자는 비록 뒤쪽 건물에서 무슨 일이 벌어졌는지 매우 궁금했지만 그들의 관심은 그저 비연이 평안한가 하는 것뿐이었다! 사건이 아직 끝나지 않았으니까!

간 약사가 죽었고 오 공공도 죽었다. 진짜 흉수는 찾기 어려워지고 말았다. 남은 실마리는 바로 저 육단상륙 세 뿌리가 어디서 왔는가 하는 것뿐이다. 그것을 조사하는 건 쉬운 일이 아니겠지만 다른 방법이 없었다.

육단상륙을 잘 아는 비연에게 무슨 일이라도 생기면 이 사건을 조사하기 더욱 어려워질 테고, 시간이 지체될 것이다.

회녕 공주와 그들 기씨 가문은 비연과 하소만과는 상황이 달랐다. 비연과 하소만은 이미 무죄임이 증명되어 석방되었다.

그러나 회녕 공주와 기씨 가문은 죄를 지었다. 비록 그 사정을 몰랐다 하나 흉수를 도운 셈이었다. 이런 상황에서 진짜 흉수를 잡지 못하면 정왕 전하나 황상도 그들의 죄목을 쉽게 정할 수 없을 것이다. 죄목을 정하는 날이 하루라도 길어진다면 그들은 그 하루만큼 고통받고, 대리시의 감시를 받아야 했다!

한참 후 하소만이 도착했다. 그는 매우 영리하여 정문으로 오지 않고 길을 돌아왔다. 그러나 언제나 단정하고 냉랭하던, 마치 하늘에서 내려온 신선과도 같던 제 주인이 장포를 입지 않고 복도에 앉아 있는 모습을 보고는 당황할 수밖에 없었다. 비연의 옷 일습과 전하의 장포 한 벌을 가져오라는 이야기를 들었을 뿐 다른 사정은 듣지 못했기 때문이었다.

"전하, 대체 무슨 일이 있으셨던 겁니까?"

"고 약녀는 방 안에 있다."

군구신은 그렇게만 말하고는 장포를 받아, 걸으면서 입었다.

하소만은 도무지 영문을 알 수 없어 재빨리 문을 두드렸다.

"고비연, 문을 열어라!"

비연이 문을 빼꼼 열고 문틈으로 밖을 내다보고는, 손을 뻗어 제 옷을 받았다. 하소만이 볼 수 있었던 것은 비연의 소매뿐이었다. 하지만 그는 바로 그 소매가 정왕 전하의 장포임을 깨달았다.

그가 멍한 표정을 지었다. 무슨 일이 벌어졌는지 알 것 같아, 그는 옷을 비연에게 주자마자 정왕 전하를 쫓아가기 시작했다.

지금 같은 때 정왕 전하가 다른 장포로 갈아입고 사람들 앞에 나서면, 그들이 어떻게 생각하겠는가!

한씨 가문 셋째 소저를 잊지 마라

하소만이 빠르게 정왕 전하를 쫓아갔다.

그러나 늦었다. 하소만이 법정 앞까지 달려갔을 때 정왕 전하는 이미 법정 안으로 들어간 후였다. 시끄럽던 법정이 순식간에 조용해지고 있었다.

사람들은 경악하여 서로를 바라보았다. 마치 무엇인가를 깨달은 듯한, 동시에 이해할 수 없는 듯한 표정이었다!

정역비만 빠르게 달려 나오며 물었다.

"정왕 전하, 고 약녀는 괜찮습니까?"

군구신이 그를 흘깃 보고 대답하려는데, 정역비도 뭔가 타당하지 않다는 것을 느끼고 서둘러 상황을 설명했다.

"정왕 전하, 오 공공이 자살했습니다. 이갈존과 진삼원은 심문해도 나올 게 없을 듯합니다. 지금 진짜 흉수를 찾는 유일한 방법은 육단상륙을 추적하는 것뿐입니다. 아마도 고 약녀의 도움이 필요할 듯합니다."

군구신이 고개를 끄덕이며 말했다.

"큰 탈은 없다."

정역비가 안도의 한숨을 쉬었다. 군구신의 장포를 본 그의 눈에 일말의 복잡한 빛이 스쳐 갔지만 표정에는 드러내지 않고 제자리로 돌아가 앉았다.

하소만이 한옆에 숨어 법정을 들여다보다가 몸을 돌려 비연을 찾으러 갔다. 그는…… 화가 나 있었다!

비연은 서둘러 옷을 갈아입었다. 원래 입었던 옷은 독에 부식되어 흔적도 없이 사라지고 말았다.

다시 정왕 전하를 볼 생각을 하자 견딜 수 없이 어색한 기분이 들었다. 그렇지만 시간을 지체할 수는 없어 서둘러 문을 열고 나가려 했다.

문 앞에서 그녀는 정왕이 아닌 하소만의 굳은 얼굴과 마주쳤다. 팔짱을 낀 채 서 있는 그는 마치 문을 지키는 문의 신 같았다.

비연은 그가 얼굴을 찡그리고 있건 말건 아랑곳하지 않고 재빨리 손에 든 장포를 건넸다.

"전하께서는? 어서 장포를 갖다 드려."

하소만이 장포를 빼앗으며 기세등등하게 물었다.

"전하와 무슨 일이 있었던 거지!"

그 말에 방금 있었던 일을 떠올린 비연은 귀까지 붉게 달아올랐다. 그러나 일부러 대수롭지 않은 듯 이야기했다.

"내 옷에 독이 많이 묻어서 갈아입어야 했어. 전하께서는……, 전하께서 장포를 빌려주신 거야."

그제야 하소만의 안색이 조금 나아졌다. 비연이 그를 떼밀며 재촉했다.

"어서 전하께 가져다 드려!"

"그럴 필요 없어!"

하소만은 속으로 제 주인을 원망하기 시작했다.

항상 냉정하고 침착하시며 주위를 고려해 행동하시는 주인이 이번에는 왜 그리도 바보 같은 행동을 하신 걸까? 새 옷을 가져오게 하여 갈아입으시다니? 비연이 옷을 갈아입은 다음 장포를 돌려받으면 된다는 걸 모르셨단 말인가?

병이 위중한 황상이 가장 걱정하고 계신 게 바로 주인의 혼사 문제였다. 황상은 은밀하게 괜찮은 아가씨를 고르고 있었다.

혹시 주인과 비연 사이에 이상한 소문이라도 나면 황상께서 더욱 다급해하시지 않을까? 주인께서 황상이 고르신 아가씨를 마음에 들어 하지 않으시면, 그때는 또 어떻게 하지?

하소만은 생각할수록 화가 났다. 비연은 그런 하소만의 모습에 놀라 다급하게 물었다.

"무슨 뜻이야, 그게? 전하께서는?"

하소만이 불쾌한 듯 말했다.

"벌써 새 옷으로 갈아입으시고 법정으로 가셨다고! 망할 계집, 또 이런 문제를 일으키다니……."

하소만의 말이 끝나기도 전에 비연은 법정으로 달려갔다.

전하께서 새 장포로 갈아입으시고 법정으로 가셨다니, 그 많은 관원들과 백성들이 어떻게 생각할까?

방금 전하께서는 사람들 앞에서 그녀를 데리고 나오셨다. 안 그래도 그녀에게는 안 좋은 소문이 많은데, 불필요한 추측을 불러일으켜 전하께 좋지 않은 여론이 형성되면 어떻게 하지? 그렇게 된다면 그녀의 죄가 너무 클 것이다.

비연이 거의 법정에 이르렀을 때 정왕 전하와 정역비, 공 대인 등이 앞에서 걸어오는 게 보였다. 의심할 바 없이 심문이 끝난 것이다.

정왕 전하의 시선을 느낀 비연의 귀가 다시 한번 붉게 달아올랐다. 그녀는 어색한 나머지, 시선을 어디에 두어야 할지 몰라 허둥거렸다.

군구신은 마치 아무 일도 벌어지지 않았다는 듯 평소와 같이 냉정한 얼굴이었다. 그가 발걸음을 멈추고 공 대인에게 말했다.

"진삼원과 이갈존을 잘 감시하도록. 오관과 왕래했던 자들을 모두 철저히 조사하라. 그리고 기복방을 집으로 돌려보내고, 기씨 가문은 계속 감시하는 게 좋겠군. 다른 일은 본 왕이 부황께 보고드린 후에 부황의 명을 따를 것이다!"

공 대인이 공손하게 대답했다.

"예!"

군구신이 남궁 대인에게도 몇 마디 건넨 다음 성큼성큼 비연을 향해 다가왔다. 비연은 긴장하여 고개를 숙인 채 감히 그를 바라보지도 못했다.

군구신은 발걸음을 멈추지도, 그녀를 유심히 바라보거나 하지도 않았다. 다만 이렇게 말했을 뿐이었다.

"돌아가자."

"예!"

비연이 몸을 굽히고 순순히 그를 따랐다.

정역비의 시선이 계속 그들을 좇고 있었다. 비연이 무사한 걸 보고 안심하는 한편 정왕에 대해서는 어색한 감정을 느꼈다. 그가 가장 경외하는 정왕이었지만, 그래도 제어할 수 없는 어떤 불안한 감정이 마음 깊은 곳에서 스멀스멀 올라왔다. 그저 석 달이 빨리 지나가기만을 바랄 뿐이었다!

남궁 대인은 대자사의 그 점괘가 계속 마음에 걸렸다. 정왕이 떠난 것을 확인한 그는 마치 하늘도 놀라게 할 커다란 비밀이라도 발견한 듯 경악한 표정을 드러냈다.

공 대인과 관원들 몇몇도 참지 못하고 이야기를 주고받았다. 법정에서부터 지금까지, 그들 모두 너무 오래 참았다!

비연은 군구신을 따라 후문으로 향하면서도 감히 그에게 가까이 가지는 못했다. 군구신이 가마에 올라탔다. 비연은 노비보다 한 단계 높은 약녀일 뿐이라 하소만과 함께 가마 옆에서 걸어갈 수밖에 없었다.

그녀는 가마 오른쪽에서 혼자 걸었다. 하소만은 왼쪽에서 망중과 함께 가며 나지막한 목소리로 저간의 사정을 물었다. 방금 관원들이며 백성들의 반응을 본 그는 사정이 그렇게 간단하지만은 않다는 걸 깨닫고 있었다.

망중이 토끼 피와 관련한 일을 이야기하자 하소만이 경악하며 말했다.

"오관, 그 개 같은 놈! 그렇게 대담하다니! 그렇다면 본 공공이 비연을 오해한 거군."

그는 방금 비연을 욕했던 것에 가책을 느꼈다. 그때 망중이 물었다.

214

"소만, 방금 뒤쪽 건물에서는 무슨 일이 있었던 거야? 비연이 왜 비명을 질렀지? 대체 누구보고 몸을 돌리라 한 거지? 설마……, 전하……는 아니겠지?"

하소만은 무슨 뜻인지 알아들을 수 없었다.

"뭐라고?"

망중이 서둘러 법정에서 들은 비명 소리에 대해 이야기했다. 하소만은 비로소 뒤쪽 건물에서 무슨 일이 발생했는지 깨닫게 되었다.

그가 재빨리 몸을 돌려 비연을 매섭게 노려보았다. 이 일은 오늘 저녁이면 황상 귀에 들어갈 테고, 내일 아침이면 황성 전체에 퍼질 것이다!

하소만과 달리 망중은 자기만의 속셈이 있었다. 그가 헤헤 웃으며 말했다.

"내가 그랬잖아. 주인님께서 비연에게 마음이 있으시다고! 그런데 네가 안 믿었지! 아, 됐다, 됐어. 내가 또 하나 말해 줄 일이 있는데……. 주인님께서 그날 궁에 가시지 않고 저택으로 돌아오셨던 건 다 비연이 마음에 걸려서 그러신 거라고! 앞으로는 비연을 너무 괴롭히지 말도록 해. 아니면……, 나중에는 네가 당할 테니까!"

하소만이 화를 내며 말했다.

"망중, 한씨 가문 셋째 소저를 잊었어?"

보통 여자라면 감히 정왕 전하를 사모할 엄두조차 내지 못했다. 공개적으로 마음을 표시하는 것은 더더욱 꿈도 꿀 수 없었다. 아무리 사치스럽게 갈망한다 해도 기껏해야 정왕부에 들어와 시중을 드는 것 정도였다.

감히 공개적으로 사모하는 마음을 표현했던 여자들 중에서 한씨 가문 셋째 소저가 가장 뛰어났다. 하소만과 망중 눈에도 무척 흡족했고, 정왕 전하께서 유일하게 반감을 품지 않은 여자기도 했다.

하소만은 황상께서 사혼을 내리신다면, 정왕 전하께서 한씨 가문 셋째 소저를 맞아들일 수도 있을 거라고 생각했다. 한씨 가문은 배경도 훌륭하고, 혈통도 존귀하다. 황상께서도 기꺼이 허락하실 것이다.

망중이 잠시 생각하다가 진지하게 말했다.

"내기할래? 1백 금이라도 좋다!"

하소만이 즉시 얼굴을 찡그렸다.

"금화 한 닢이라도 어림없어!"

반년 치 봉급을 삭감당한 후부터 하소만은 내기를 경계하게 되었다.

비연은 그들의 이야기를 듣지 못했다. 복잡한 심사가 어느 정도 평온해지자 그녀는 그 작은 실마리로 진짜 흉수를 어떻게 색출해 낼지 고민하고 있었다!

그녀가 약왕정을 가볍게 어루만졌다. 약왕정이 자신을 도울 수 있을지 확신할 수는 없었지만, 그래도 한번 시험해 봐야 할 것 같았다.

운 귀비의 계산

밤이 되어 군구신이 홀로 입궁했다.

그가 어서방 문 앞에 이르렀을 때, 안에서 회녕 공주의 울음소리가 들렸다. 사건이 특수했기 때문에 정왕이건 대리시건 쉽게 회녕 공주와 기씨 가문에게 죄를 물을 수가 없었다. 회녕 공주는 아직 자유로웠고, 기씨 가문은 연금 상태였다.

지금 그들에게 죄를 물을지, 묻는다면 어떤 벌을 내릴지는 황상의 마음에 달려 있었다. 그래서 회녕 공주가 용서를 빌러 온 것이었다.

군구신은 회녕 공주가 용서를 빌 거라는 사실은 예상했지만, 부황이 그녀를 만나 주리라고는 생각지 못했다. 병세가 날로 악화되고 있어 부황은 조회를 제외한 대부분의 시간을 침상에 누워서 지냈다.

회녕이 온 지 얼마나 되었을까? 부황께서는 견딜 만하신 걸까?

군구신이 가볍게 미간을 찌푸리며 태감을 시켜 자신이 왔음을 알렸다.

방 안, 천무제의 기색은 결코 좋지 않았다. 밝은 노란빛의 편한 옷을 입은 채 긴 의자에 앉아 있기는 했지만, 얼굴을 굳히고 있는 그의 엄숙한 분위기에 모두 덜덜 떨 정도였다. 그는 공주를 바라보며 손가락으로 탁자를 무겁게 두드리기만 할 뿐 아무 말도 하지 않았다.

회녕 공주는 바닥에 무릎을 꿇은 채 눈물범벅이 되도록 울고 있었다. 눈이 부어서 잘 떠지지도 않는 모양이었다. 그녀는 결코 고의가 아니었고, 자신도 속았다고 말하고 있었다. 그 곁에 무릎을 꿇고 있는 대황자는 시선을 내리깐 채 아무 말도 하지 않는 것이, 이미 한바탕 혼이 난 모양이었다.

회녕 공주와 대황자뿐 아니라 운 귀비도 그 자리에 있었다. 버들가지 같은 눈썹에 살구 같은 눈을 지닌 미인인 그녀는 단아한 동시에 당당한 기운을 풍겼다. 마흔이 넘은 나이였으나 평소에 잘 가꾼 듯, 그 운치가 젊은 시절과 별 차이가 없었다. 자색이 극히 아름다운 경우가 아니라면 젊은 여자가 곁에 서더라도 그녀의 상대가 되지 않을 듯했다.

하지만 오랜 세월 동안 그녀가 황상의 총애를 계속 받을 수 있었던 건 미모 때문만이 아니었다. 그녀는 황상의 성격을 가장 잘 이해했고, 말이며 행동거지는 언제나 그를 만족시켰다.

평소 그녀는 황상 곁에 앉아 직접 시중을 들곤 했다. 그러나 오늘은 감히 그러지 못하고 회녕 공주 뒤에 무릎을 꿇은 채 침묵을 지키고 있었다. 해야 할 말은 이미 다 했고 간청할 것도 다 한 후였다. 그녀는 더 이상 말해 봐야 효과가 없다는 걸 알고 있었다. 그녀는 정왕이 오기 전에 황상이 결정을 내리기만을 기대하고 있었다.

그러나 안타깝게도 실망할 수밖에 없었다.

태감이 문안으로 들어와 말했다.

"황상께 보고드립니다. 정왕이 왔습니다."

계속 탁자를 두드리던 천무제의 손가락이 바로 멈췄다. 그가 잠시 망설이더니 말했다.

"너희들은 일단 물러가 있거라."

"부황!"

회녕 공주가 갑자기 앞으로 달려와 그의 다리를 끌어안더니 더욱 큰 소리로 울었다.

"부황, 제가 잘못했어요! 다시는 그러지 않을 거예요. 그리고 정왕 오라버니께도 사죄드리겠어요!"

그녀가 몸을 일으켜 문 앞에 있던 군구신에게로 달려와 무릎을 꿇더니, 그의 다리를 끌어안으려 했다. 군구신이 재빨리 피하고는 성큼성큼 안으로 들어가 천무제에게 예를 행했다.

"소자, 부황을 뵙사옵니다. 약선 꾸러미와 관련한 진상에 대해 보고드리러 왔습니다."

천무제가 다시 한번 망설이더니 결국은 가라앉은 목소리로 명령했다.

"운 귀비, 일단 회녕을 데리고 나가거라. 방화궁에 연금해 두도록 하고. 이 일이 끝난 다음에 짐이 직접 죄를 물을 것이니!"

"예!"

운 귀비가 서둘러 대답하고는 군요성으로 하여금 회녕 공주를 끌어내게 했다.

어서방을 떠나면서 군요성이 소리 죽여 말했다.

"모비, 정왕이 우리를 고발할까요?"

운 귀비도 정왕의 심사를 제대로 추측할 수 없었다. 그녀가 나지막하게 말했다.

"네 부황께서 오늘 밤 우리를 만나 주셨지 않니. 부황께서는 아직 우리에게 정을 품고 계신 거란다."

그런 후 사방을 둘러보고 다른 사람이 없음을 확인했다. 그리고 군요성의 귀에 대고, 가능한 한 빨리 정왕과 비연의 관계에 대한 소문을 퍼뜨리라고 속삭였다.

방금 회녕을 위해 간청하며 그녀는 일부러, 정왕이 사람들 앞에서 비연을 끌고 가 옷을 갈아입은 일을 흘리면서 살짝 양념을 쳐 놓았다. 마치 정왕이 고비연의 옷을 직접 갈아입힌 것처럼.

그녀가 이렇게 이야기한 목적은 바로 황상으로 하여금 비연에게 반감을 갖게 하려 함이었다. 황상에게 비연에 대한 선입견만 심어 줄 수 있다면, 황상은 회녕이 저지른 일에 대해서도 그렇게까지 화를 내지 않을 것이다.

가장 중요한 것은, 정왕이 계속 회녕을 공격하거나 벌을 주어야 한다고 주장하면, 황상은 그가 비연 때문에 그러는 게 아닐까 의심할 수 있다는 것이었다. 그러면 죄목을 결정할 때 황상은 회녕에게 얼마간은 관용을 베풀 것이다.

운 귀비의 설명을 들은 대황자가 속삭였다.

"모비, 정말로 총명하십니다. 회녕이 모비의 반만큼이라도 닮았으면 일이 이런 지경에 이르지는 않았을 텐데요!"

울고 있는 회녕은 이 말을 듣자 억울하기도 하고 울화가 치밀기도 해서 물었다.

"오라버니, 오라버니가 간 약사를 죽이지 않았어도 일이 이렇게 복잡해졌을까?"

운 귀비가 경악했다.

"뭐라고!"

대황자가 서둘러 회녕 공주의 입을 막았다. 그녀가 다시 떠들까 무서웠던 것이다.

총명한 운 귀비는 더 이상 묻지 않고도 어찌 된 일인지 깨달았다. 그녀가 사납게 군요성을 노려보았다. 화가 나서 말도 제대로 하지 못할 정도였다.

"너, 너희가 감히 나를 속여……. 너희……, 너희가 그런 머리로 어찌 정왕과 다툴 수 있다 생각하느냐? 모두 돌아가서 반성하도록 해라!"

대황자와 회녕 공주는 잠시도 더 머물지 못하고 걸음을 재촉했다. 그들이 가장 무서워하는 사람은 사실 부황이 아니라 모비였다.

운 귀비는 한참 후에야 겨우 마음을 가라앉히고 고개를 어서방 쪽으로 돌렸다. 황상의 안색이 괜찮아 보이기는 했지만 그녀는 황상의 건강에 아주 큰 문제가 있다고 생각하고 있었다.

다른 이들은 모르지만 후궁 전체를 관리하는 그녀는 아주 잘 알고 있었다. 황상은 두세 달 동안이나 어떤 비빈도 가까이하지 않았다.

황상은 풍류를 즐기는 사람이었다. 예전에는 아무리 큰 병에 걸려도 이렇게 수양에만 힘쓴 적이 없었다. 그리고 이 두세 달 동안 황상은 매일 채소만 먹었다.

이번에는 어쩌면 다시 회복되지 못하는 게 아닐까?

운 귀비는 확신하고 있었다.

지금의 형세를 볼 때, 황상이 세상을 떠나면 어린 태자가 제위를 계승하고, 정왕이 섭정왕이 돼 권세가 더욱 커질 것이다. 그때 그들에게 황위를 다툴 기회가 있기나 할지……

아니, 오히려 그들이 지금 가진 권세와 지위조차 보전하지 못할 가능성이 높았다!

그녀는 본래 기씨 가문을 아주 마음에 들어 했다. 그래서 은밀히 마음속으로 두 가지 준비를 하고 있었다. 황상이 회녕을 기욱에게 시집보내는 것에 동의하지 않으면, 그녀는 아들과 기 복방을 맺어 줄 작정이었다.

그러나 이제는 기씨 가문을 같은 편으로 끌어들이기는 힘들 것 같았다. 회녕의 명성이 이렇게 되어 버린 이상, 아들의 혼사 역시 기씨 가문의 조력을 얻기는 어려울 것 같았다. 그녀는 최대한 빨리 아들을 위해 다른 혼처를 구해야 했다!

운 귀비가 조급한 마음으로 자리를 떠났다.

그 순간 천무제는 침상에 누워 있었다. 오늘 밤 그는 사실 앉아서 말을 많이 할 수 있는 상황이 아니었다. 그는 지금 단약의 힘으로 버티고 있었다.

군구신은 사건에 대해 바로 이야기하지 않고, 천무제에게 이

불을 잘 덮어 준 후 한옆으로 물러나 앉았다.

"부황, 오늘 기운이 아주 괜찮아 보이십니다."

천무제가 길게 탄식했다.

"너희들이 짐의 걱정을 덜어 주기만 한다면, 짐의 안색이 당연히 나쁠 리 없겠지!"

너희?

이 말은 분명 군구신을 포함하고 있었다.

군구신은 천무제가 이렇게 이야기하는 이유를 알고 있었다. 그의 얼음 같은 눈빛에 좀처럼 떠오르지 않던 노기가 잠시 어렸다. 그러나 속마음을 털어놓거나 설명하지 않고 그저 담담하게 말했다.

"부황께서는 사건에 대해 이미 잘 아시리라 생각합니다. 소자는 쓸데없는 말을 하지 않겠습니다. 부황께서는 지금 기씨 가문의 죄를 정할 생각이신지, 아니면 진짜 흉수가 잡히기를 기다리실 것인지요?"

천무제는 진짜 흉수가 이 일을 조종했다는 걸 알게 된 후에는 회녕을 징벌하는 일보다는 기씨 가문을 징벌하는 일에 신경 쓰고 있었다.

기씨 가문에게 큰 벌을 내린다면 그것은 바로 흉수의 뜻일 것이다. 하지만 가벼운 벌을 내린다면 그것은 그간의 행위에 대한 벌이 되지 않을 뿐 아니라, 정역비로 하여금 황상이 기씨 가문을 비호한다고 여기게 만들 것이다.

천무제가 한참을 생각하다가 물었다.

"신아, 너는 어찌 생각하느냐?"

군구신의 대답은 무척이나 의외였다.

"이 일은 기복방이 저지른 일이고, 기복방은 회녕의 부추김을 받았습니다. 그리고 회녕은……."

그는 가볍게 탄식한 후 다시 말했다.

"회녕은 또한 기욱 때문에 그런 행동을 했지요. 오늘 그들 두 사람이 법정에서 서로의 마음을 확인했습니다. 그 둘은 죽마고우로, 서로 간에 정이 깊습니다. 소자가 보기에 그 둘이 몹시나 가련하더군요. 정상을 참작해 줄 여지가 있다고 생각합니다."

어떤 바둑돌일까

천무제는 몹시 놀랐다. 대황자와 운 귀비, 회녕 공주에게서는 그런 이야기를 듣지 못했던 것이다.

그는 원래 회녕과 기욱이 함께하는 것을 반대했다. 기씨 가문이 마음에 들지 않아서가 아니라 기욱에게는 이미 혼약이 있었기 때문이다.

그는 가장 사랑하는 딸이 굴욕을 당하는 일은 없기를 바랐다. 황족의 몸으로 세간의 소문에 오르내리는 일을 피하게 하고 싶었다.

천무제가 노한 목소리로 물었다.

"서로의 마음을 확인해? 서로 간에 정이 깊어? 그게 대체 무슨 소리냐?"

군구신이 법정에서 '서로 간에 정이 깊다.'라고 얘기하게 한 것은, 사실 법정 밖 사람들 모두 들으라고 한 것이었다. 회녕과 기욱은 수년 전부터 제멋대로 굴었다. 그들이 대체 무슨 낯으로 비연을 질책한단 말인가?

황성 내에 시비를 가리기 좋아하는 백성들은 그동안 비연을 욕해 왔다. 그렇다면 이제부터는 회녕과 기욱을 욕할 차례였다.

그는 부황이 혼사 이야기를 하는 걸 싫어했다. 자신의 혼사건 다른 사람의 혼사건 마찬가지였다.

그러나 이번에는 운 귀비가 이러쿵저러쿵 이야기한 것들이 그를 화나게 했다.

군구신은 얘기를 많이 하지 않았다. 다만 회녕 공주와 기욱이 법정에서, 사람들이 보는 앞에서 서로를 좋아한다고 말한 것만 다시 한번 이야기했다.

운 귀비는 결코 이 이야기를 하지 않았고, 군구신도 더 자세히 덧붙이지 않았다.

천무제는 회녕 공주가 사람들 앞에서 기욱을 좋아한다고 말한 건 범행 동기를 설명하기 위해서였다는 것을 알 수 없었다. 또한 기욱이 사람들 앞에서 회녕 공주를 좋아한다고 인정한 게 회녕 공주의 범행 동기를 증명하기 위해서라는 것도 알 수 없었다.

화가 난 천무제가 다시 기침을 시작했다. 한참 후에야 겨우 진정되었다.

"대단하군, 대단해! 하나는 혼약을 배신하고, 또 하나는 그 사정을 분명히 알면서도……, 사람들이 보는 앞에서……. 이런 망신이 있나!"

군구신은 회녕과 기씨 가문을 위해 변명하는 대신 이렇게만 말했다.

"부황, 분노를 가라앉히십시오. 몸부터 살피셔야 합니다."

천무제는 회녕이 우는 걸 보고 얼마간은 마음이 약해져 있던 상태였다. 그는 눈에 넣어도 아프지 않을 만큼 회녕을 사랑했다. 그래서 어떻게 하면 가벼운 벌로 넘어갈 수 있을지, 어떻게 하면 운 귀비의 마음을 상하게 하지 않으면서 정왕을 납득시킬 수 있을지 고민하고 있었다. 그러나 지금은 모든 것을 다시 생각하게 되었다.

천무제가 말했다.

"진짜 흉수가 잡힐 때 다시 죄를 정하겠다. 분부를 내려 다오. 죄를 정하기 전에는, 기씨 가문 사람은 짐의 허락 없이는 황성을 한 걸음도 떠날 수 없다!"

그러고는 잠시 망설이다가 다시 냉랭하게 말했다.

"오늘 밤부터 서군영을 주시하도록 해라. 기세명은 사람을 무는 개다. 너무 급하게 몰지는 말고……. 하지만 따끔하게 혼내야 할 때는 혼내 주어야 해!"

군구신은 당연히 부황의 뜻을 이해했다.

부황은 결코 기씨 가문을 편애한 적이 없었다. 언제나 기씨 가문과 정씨 가문을 차별 없이 대했다. 다만 항상 경계심을 품고 있었을 뿐이다.

천염국은 이제 건국한 지 10년밖에 되지 않아 기반이 아직 튼튼하지 않았다. 경계하지 않을 수 없었다.

"예! 소자, 기억하겠습니다."

군구신이 몸을 일으키며 다시 말했다.

"부황, 몸을 살피셔야지요. 소자, 오래 머무르지 않겠습니다. 이 일에 진전이 있으면 다시 보고드리러 오겠습니다."

천무제가 엄숙하게 말했다.

"신아, 네가 늘어뜨린 낚싯줄은 이미 거둬들인 셈이다. 진짜 홍수를 잡으면 대자사의 그 점괘는 잊어버려라. 짐과 네 황숙이 가장 귀하게 여기는 것은 결국 너란다. 이제 태자도 너의 보좌를 받아야 할 테니, 네가 모든 일을 꿰뚫고 있어야 한다."

군구신의 표정에는 변화가 없었다. 그 검고 차가운 눈 역시 밤하늘처럼 깊고 어둡게만 느껴졌다. 그 누구도 영원히 그 속을 알 수 없을 듯한 어둠이었다.

그가 고개를 끄덕이며 방금 했던 말을 되풀이했다.

"예! 소자, 기억하겠습니다."

군구신은 어서방을 나와 태의원으로 향했다. 그리고 소 태의를 찾아 부황의 병세에 대해 자세히 물었다. 부황의 의원이며 약에 대해서도 물었다. 오늘 밤 부황의 기색을 보니 정상적으로 회복되고 있는 것 같지 않아 의심스러웠던 것이다.

소 태의를 윽박지르다시피 한 끝에 그는 부황이 '익신단'이라는 기이한 단약을 복용한다는 사실을 알아냈다. 그 약이 상당한 효과를 내고 있었다. 이 단약은 중병에 걸린 사람을, 아니, 심지어 죽을 지경에 이른 사람도 단시간이나마 정신력을 백 배로 올려 주었다. 매일 복용하면 목숨을 이어 가는 효과도 있었다.

군구신이 물었다.

"소 태의, 그게 언제부터의 일이지?"

소 태의는 매우 난처해했지만 그렇다고 대답을 피할 방법도 없었다.

"전하께 말씀드립니다. 석 달 전부터입니다. 전하, 황상께서 저에게 반드시 비밀로 해야 한다고……, 새어 나간다면 제 목숨은 없다고 하셨습니다!"

"오늘 본 왕과 이야기하지 않은 것으로 생각하도록."

군구신이 몸을 돌려 나왔다. 그의 눈가에는 실망의 빛이 어려 있었다.

부황이 그런 단약을 필요로 하면 그가 최선을 다해 찾았을 것이다. 그런데 부황은 어찌 그에게 알려 주지 않았던 걸까?

그는 부황이 자신을 진정으로 신임하고 있지 않다는 걸 알고 있었다. 그래도 부황이 이렇게 중요한 일조차 숨기면서 경계하고 있을 줄은 몰랐던 것이다.

부황에게, 그리고 태자에게 그는 진심으로 충성을 다해 왔다. 그러나 부황의 마음속에서 그는 대체 어떤 바둑돌일까?

열네 살이 되던 그해에 그는 혼수상태에서 깨어났다. 몸에 큰 타격을 받아 간신히 숨만 쉬었다. 하지만 그 기남침향 염주만은 손에서 놓지 않았다. 그는 모든 일을 잊었고, 심지어 자신이 누구인지조차 알지 못했다.

눈을 뜨고 제일 처음으로 본 사람이 바로 부황이었다. 부황은 그가 하늘이 내린 남다른 재능과 훌륭한 골격을 타고나 어린 시절부터 대황숙을 따라 무술을 배웠는데, 주화입마에 빠져 중상을 입으면서 모든 기억을 잃었다고 말했다.

그 후로 그는 대황숙과 함께 천염 북쪽에 남았다. 모후의 고향인 몽족 설역에서 요양을 했던 것이다. 3년 동안 부황은 끊임없이 서신을 보내 그의 상처에 관심을 기울였다. 그리고 그에게 군대를 움직이는 법이며 부국강병의 길을 가르쳐 주었다.

열일곱 살이 되어 그가 진양성에 돌아온 첫날, 부황은 그를 왕에 봉하고 태자와 동등한 예우를 받도록 하였다. 그에게 미안하다고도 했다. 태자의 자리는 본래 그의 것이라고.

그러나 그는 황위에는 전혀 관심이 없었다. 그에게는 잃어버린 기억을 찾는 것보다 더 중요한 일은 아무것도 없었다. 그는 그 기남침향 염주가 어디서 온 것인지 알지 못하면서도 본능적으로 목숨처럼 중시했다.

그의 마음속에는 의혹이, 아니 의심이 있었지만 그는 단 한 번도 부황과 대황숙에게 묻지 않았다.

깊은 밤, 고요해진 다음에야 군구신은 정왕부로 돌아왔다. 피곤한 몸을 이끌고 후원으로 들어가며 하소만에게 약욕을 준비하라 명했다.

온천가에 기댄 채 고개를 들어 밤하늘을 바라보았다. 그의 눈에 어려 있던 외로움이 어느 정도 가시고 있었다.

10여 년의 기억을 잃었으나 습관은 여전히 남아 있었다. 후원에 가득 핀 개나리, 뜨거운 약욕, 밤하늘의 달과 별……, 그 모든 것이 그의 습관이었다. 그는 자신이 어린 시절부터 이 모든 것을 좋아했으리라 생각했다.

모두들 기억을 잃은 사람을 뿌리 없는 부평초와 같다고 말한다. 그는 습관 속에 숨어 있는 자기 자신과 대면할 때야 비로소 안전하다는 생각이 들었고, 온몸의 경계심을 버릴 수 있었다.

그래, 그랬다.

군구신이 하늘을 바라보았다. 바라보고 또 바라보다가 저도 모르게 눈을 감았다. 워낙 피곤했던 탓이다.

그러나 눈을 감는 순간 머릿속에 저절로 떠오른 것은 깜짝 놀란 표정을 짓고 있는 비연의 작은 얼굴이었다.

즉시 눈을 떴다. 계속 눈을 감고 있기 두려운 듯, 머릿속에 더 많은 것이 떠오를까 봐 두려운 듯했다.

그가 명월거 쪽으로 눈을 돌렸다. 그곳은 어둠에 잠겨 있었다.

이렇게 늦은 시간에 비연은 무엇을 하고 있을까? 분명 잠들 어 있겠지?

그러나 비연이 어떻게 잠들 수가 있겠는가?

그녀는 정말 피곤했지만 여전히 침상에서 뒤척거리고 있었 다. 눈을 감으면 정왕 전하가 제 옷을 사납게 찢어 버리던 장면 이 떠올랐다.

다행히도 피곤한 것은 피곤한 것이고, 머리는 계속 맑은 상 태였다. 그렇지 않으면 그 장면은……. 덧없는 꿈을 꾸었다고 착각했을 것이다!

한참을 뒤척거렸지만 그녀는 결국 잠을 이룰 수 없었다. 그 래서 차라리 자리에서 일어나기로 했다.

약왕정도 온 것인가

밤이 깊으니 달빛도 인가를 반만 비추고, 북두성도 남두성도 기울어졌다.[1]

매서운 봄추위가 지나가자 날이 따뜻해졌다. 심지어 조금 더운 기분마저 드는 것이 곧 여름이 다가올 듯했다. 비연은 창가에 기대어 밤하늘의 별을 바라보며, 약재로 만든 향유로 약왕정을 닦아 주고 있었다.

약왕정은 청동 빛깔이지만 사실 청동으로 만든 것은 아니었다. 그녀도 약왕정이 무엇으로 만들어진 것인지는 알지 못했다. 어루만져 보면 청동 같기도 하고 쇠 같기도 했다.

백의 사부는 상고 시기의 신비한 광석으로 제련해 낸 것이니 항상 약재로 만든 향유로 잘 손질해야 한다고 했다. 그리고 약왕정을 손질하는 것은 그저 되는대로 문지르는 것이 아니라 섬세하고 균일하게 문질러 주어야 하며, 손을 움직이는 방법도 중요하다고 말했다.

그러나 비연은 계속 같은 자리를 몇 번이고 반복해 문지르고 있었다. 아예 약왕정 손질에는 관심이 없고 그저 멍한 상태였다.

---

1 당나라 때 시인 유방평劉方平의 시 〈월야月夜〉의 한 구절.

이렇게 늦었으니 정왕 전하는 돌아오셨겠지? 몸은 어떠시려나. 그 병은 아직 다시 발작하지 않은 걸까?

그는…… 대체 어떤 사람인 거지?

그는 어디에서 자랐을까? 그의 성격은 무엇 때문에 그렇게 냉정해진 걸까? 진양성으로 돌아오기 전에는 뭘 했을까? 친구는 있을까?

비연은 생각하고 또 생각하다가 갑자기 미간을 찌푸렸다.

젠장!

눈을 감으면 그를 생각하고, 눈을 떠도 그의 생각만 하고 있다니! 귀신에게 홀리기라도 한 걸까?

그녀는 자기 자신에게 진지하게 경고했다.

"절대로 분수에 넘치는 생각은 하지 말자!"

지난번 정왕 전하는 그녀에게 석 달 후 그녀의 거처를 다시 이야기하겠다고 약속했다.

그녀는 스스로를 죽게 내버려 둘 수 없었다. 이 얻기 어려운 기회를 날려 버리면 안 될 말이었다! 어약방으로 되돌아간다면 대체 무슨 일들을 겪어야 할지 상상도 가지 않았다.

비연은 과감하게 창을 닫았다. 더 이상 이런저런 생각을 하지 않고 자기 일을 하기로 마음먹었다.

대리시에서 돌아온 후 정왕 전하께 말해, 그 육단상륙 세 뿌리를 약왕정에 넣고 분석해 볼 생각이었다. 실마리를 조금이나마 찾을 수 있지 않을까 하는 생각에서였다.

그러나 안타깝게도 정왕 전하께서는 정왕부로 돌아오시지

않고 곧바로 궁으로 가 버리셨다.

육단상륙을 얻지는 못했지만, 최소한 그녀는 약왕정으로 현공대륙의 다른 약재들을 어느 정도까지는 분석할 수 있었다.

약왕정의 가장 큰 능력은 약재를 저장하고, 제련하고, 또 약재를 심는 것이었다. 이외에도 약재에 관한 여러 가지 정보를 분석해 낼 수 있었다. 예를 들자면, 약재의 외관, 성분 등을 분석하여 그 약재가 자란 곳의 토양이며 수질, 날씨 등을 알아내 약재의 산지를 판단하는 것이다.

사실 비연에게도 그런 능력이 있었다. 경험이 있는 약사라면 누구나 그럴 것이다. 그러나 보통은 일부 약재에 대해서만 그런 분석이 가능했다. 오류가 없다고 확신할 수도 없었다.

하지만 약왕정은 약재의 산지를 정확하게 분석해 냈다. 심지어 어떤 밭에서 자랐는지까지도 알아낼 수 있었다.

다만 약왕정은 빙해영경의 보물이니, 빙해영경 각지의 토양, 수질, 날씨 등에 익숙하고 현공대륙에 대해서는 잘 알지 못했다! 그러니 약왕정은 현공대륙에서 자란 약재의 속성을 분석할 수는 있겠지만, 산지까지 정확하게 분석할 수 있다고는 확언할 수 없었다.

잠을 이루지 못한 비연은 일단 약왕정을 연구해 보기로 했다.

침상에 가부좌를 틀고 앉아 정신을 집중한 후 의식으로 약왕정을 조종하기 시작했다. 얼마 전 사서 저장해 두었던 구기자를 저장고에서 소환해, 약왕정에게 분석과 판단을 명령했다. 약왕정이 최대한 상세하게 분석하도록 미간까지 살포시 찌푸린 채 열심히 정신을 집중시켰다.

비연은 이래 봐야 자신의 정신력만 소모할 거라 생각했다. 그런데 얼마 지나지 않아 약왕정이 답을 내놓았다.

이 구기자는 잎이 두툼하며 감미로움으로 가득 차 있었다. 과실의 씨앗 부분은 하얀 것이 다른 지역의 것과 다르니, 하주에서 난 것이다.

약왕정은 구기자의 외관을 보고 품종을 분석하고, 다시 구체적인 약용 성분을 분석하여 구체적인 산지를 내놓았다.

비연은 정말 놀랐다. 구기자를 꺼내 열심히 확인해 보았다.

약왕정의 분석이 틀림없었다. 이 구기자는 천염국 하주에서 난 것이었다!

이 몸의 원주인은 어약방에 오래 있었기 때문에, 현공대륙에서 자주 쓰이는 약재의 산지에 대해서는 꽤 잘 알고 있었다. 비연도 원래 주인의 기억을 계승했기에 역시 잘 알고 있었다.

그러나 약왕정은 달랐다! 약왕정은 빙해영경의 물건인데 어떻게 현공대륙의 상황을 알고 있는 걸까?

비연은 약왕정이 기껏해야 구기자가 자라난 지역의 토양이나 기후, 수질 정도만 분석할 거라 예상했다. 그런데 약왕정이…… 어떻게 천염국에 하주라 불리는 곳이 있다는 걸 아는 걸까? 설마 약왕정이 그녀와 계약을 맺었기 때문에, 그녀가 아는 것을 약왕정도 알게 된 걸까?

비연은 뭔가 이상하다는 생각이 들어, 현공대륙의 약재들을 꺼내 다시 약왕정에게 분석을 시켰다. 그 결과는 몹시 놀라운 것이었다.

약왕정이 뜻밖에도 전부 분석해 냈다. 게다가 그중 몇 가지는 그녀가 들어 본 적도 없는 곳에서 나온 것이었는데도 말이다.

비연이 눈을 뜨고 약왕정을 손에 쥔 채 진지하게 중얼거렸다.

"약왕정, 예전에 현공대륙에 있었던 적이 있니? 사부가 너를 데려왔던 거야? 아니면……."

아니면, 약왕정이 빙해영경에 속할 뿐 아니라 현공대륙에도 속해 있는 걸까? 빙해영경과 현공대륙은 독립적으로 평행한 두 세계가 아니라 동일한 세계인 걸까? 빙해영경이 현공대륙의 한 지역이라든지…….

어쨌든 그녀는 산속에 은거하며 약을 공부했고, 세상과는 동떨어져 있었다. 그래서 그녀가 이해하지 못하는 건 아닐까?

여기에 생각이 미치자 비연은 마음이 아팠다. 그녀는 참지 못하고 백의 사부를 욕하기 시작했다.

그녀는 백의 사부가 그녀의 신분을 알고 있었다고 확신했다. 그녀가 빙해에 관한 악몽을 꾸었던 것도 분명 이유가 있을 것이다.

'빙해'와 '빙해영경', 두 이름이 그렇게 비슷한데……. 빙해영경이 혹시 빙해 부근에 있는 건 아닐까?

빙해는 금기시되는 화제라 보통 사람들은 감히 입에 올리지 못했다. 비연은 정보 조직을 찾아 알아볼 생각이었지만, 여러 가지 사건이 계속 일어나는 바람에 그럴 시간이 없었다.

그녀는 약선 꾸러미 사건이 끝나면 반드시 알아봐야겠다고 다짐했다. 시기가 무르익으면 직접 가 보는 것도 불가능한 일은 아닐 것이다.

비연은 마음속으로 그렇게 다짐하며 다시 약재들을 검증하다가 겨우 잠들었다.

약왕정이 이렇게 많은 정보를 검증할 수 있음을 알게 되었으니 육단상륙도 검증해 볼 생각이었다. 아는 게 하나라도 많아지면 실마리도 하나 더 많아지는 셈이니까.

다음 날, 비연은 해가 중천에 뜰 때까지 일어나지 못했다. 한참 망설이다가 마침내 어색한 감정을 털어 낸 그녀가 용기를 내어 침전으로 향했다. 정왕 전하께 육단상륙을 가져다 달라고 부탁할 생각이었다.

그런데 전하가 외출 중이라는 이야기만 들었다. 하소만은 울컥하기라도 한 듯 계속 그녀를 차가운 눈으로 노려보며 상대하지 않으려 했다.

그녀는 망중을 찾아 무슨 일이 있었는지 물어보았다. 그리고 그제야 전날, 전하가 그녀를 끌고 나가 옷을 갈아입고 돌아온 사건이 널리 퍼졌고, 온 성이 시끄럽도록 그 이야기를 하고 있다는 사실을 알게 되었다.

심지어 이제 사람들은 약선 꾸러미 사건에는 관심도 없고, 전부 그녀를 욕하고 있었다. 경박하고 지조 없는 여자라고. 정역비와 사통하더니, 다시 정왕 전하와 통정하고 있다고. 정왕 전하가 그녀를 신임했는데, 그녀는 은혜도 모르고 정왕부의 체면을 떨어뜨리고 정왕 전하의 명성을 망쳤다고!

안색이 창백해진 비연이 기세등등하게 소리쳤다.

"나 한 사람만 욕을 먹고 있다고요?"

망중은 그녀가 정왕 전하께 화가 났다고 생각했다. 어쨌든 그녀는 어제 아무 잘못도 하지 않았으니까. 정왕 전하가 그녀를 끌고 갔고, 자기가 알아서 제 옷을 그녀에게 준 것이 아닌가.

망중이 위로하려 했을 때 비연이 다시 고함을 쳤다.

"기욱이랑 회녕 공주가 욕을 먹지 않고요? 계속 나만 욕하는 건 대체 무슨 뜻이람! 게다가 정왕 전하까지 끌어들이다니!"

망중은 더 이상 아무 말도 할 수 없었다. 그는 비연이 정왕 전하를 경외하며, 정왕 전하에게 감사하고 있다는 사실은 알았지만 이 정도일 줄은 몰랐던 것이다. 어느 날 비연이 그 가면 남자가 정왕 전하임을 알게 되면 어떤 반응을 보일지는 상상하고 싶지도 않았다.

비연은 화가 나서 아무 말도 하고 싶지 않았다. 저택을 나서서 좀 걷기로 했다.

망중이 다급하게 물었다.

"고 약녀, 어디 갈 겁니까? 아니면, 만 공공에게 이야기하고 가는 건 어떨는지요?"

비연이 차가운 얼굴로, 하소만에게 방금 배운 대로 눈을 희게 뜨며 말했다.

"싫어요!"

그들 모두 급하지 않다

문을 나서지 않는 편이 차라리 나았을 뻔했다. 비연은 더욱 울적해졌다.

식당에 가서 식사를 하는데 옆자리 사람들이 계속 그녀에 대해 이야기했다. 찻집에 가서 차를 마시려는데 이야기꾼이 혼약이 있는 궁녀가 어떻게 장군과 왕야 사이를 오가며 기묘한 일을 벌이고 있는지에 대해 이야기했다.

분명 그녀를 빗댄 얘기였다!

비연은 원래 궁의 대약사를 찾아가 현공대륙의 약재 시장과 경매장에 대해 알아볼 생각이었다. 겸사겸사 육단상륙의 내력이나 진짜 흥수의 약술에 대해서도 토론하고 말이다. 그러나 자신에 대한 이야기를 너무 많이 듣고 나니 망설여졌다.

수많은 사람들이 어제 법정에서의 일을 지켜보며 오해를 할 만도 했지만 그녀는 이렇게까지 퍼질 수는 없다고 생각했다. 회녕 공주와 기복방이 그녀를 모함하려 한 일에 주목하는 사람은 아예 없었다. 기욱과 회녕 공주의 부적절한 감정에 대해 이야기하는 사람도 없었다. 마치 누군가가 여론을 통제하는 듯, 사람들의 더러운 말은 모두 그녀와 정왕 전하에게로 향하고 있었다.

십중팔구 배후에 이 화제에 불을 붙인 누군가가 있을 것이다. 기씨 가문일까? 아니면 회녕 공주 쪽일까?

정왕 전하까지 끌어들여 명예를 더럽히다니! 쥐도 궁지에 몰리면 고양이를 문다더니, 상대가 급하긴 급한 모양이었다!

제가 욕먹는 건 상관없었다. 그러나 이런 분위기라면, 그녀는 정왕 전하에게 귀찮은 일이 생기지 않도록 조심해야 했다.

기씨 가문과 회녕 공주 등이 파견한 어릿광대가 저렇게 사람들을 불러 모아 재주넘기를 하고 있는 걸 보면…… 다급한 나머지 복수를 하고 싶어서 그녀와 정왕 전하에게서 흠집을 찾아내려는 것 아닐까?

궁 안의 위험이 궁 밖보다 훨씬 많았다. 대약사에게 아직 단서가 없다면, 그녀를 불러 협조를 구할 이유가 없었다. 비연은 한참 고민한 끝에 궁에 들어가지 않기로 결심했다.

어쨌든 회녕 공주와 기복방이 죄를 인정했고, 정왕 전하도 진짜 흉수의 존재를 알게 되었으니 경계하고 계실 것이다. 이 사건이 이 정도까지 밝혀진 이상 다급한 쪽은 그녀가 아니라, 아직 죄목이 정해지지 않은 회녕 공주와 기씨 가문인 것이다.

여기까지 생각하니 비연의 마음이 꽤 편해졌다.

그녀는 큰돈을 써서, 진양성에서 이름을 날리는 '소식통'들을 찾아 빙해에 대한 일을 물었다. 그리고 약재를 대량으로 사 가지고 정왕부로 돌아왔다. 약왕정을 수련할 준비를 마친 그녀는 신화를 불러내고 약초밭을 갈았다!

이날, 군구신은 대리시에서 진삼원과 이갈존을 심문했다. 정역비, 공 대인, 대약사도 함께였다. 안타깝게도 진삼원과 이갈존은 오 공공의 명을 들었을 뿐 자신들의 진정한 주인이 누구인지 모르는 상태였다.

공 대인이 진지하게 말했다.

"전하! 회녕 공주가 진술할 때 간 약사가 성 밖 약재 경매장에서 육단상륙을 사 왔다고 하였습니다. 본관이 이미 확실하게 조사해 보았는데, 지금까지 성 밖 경매장에서는 육단상륙을 판적이 없다고 합니다."

정역비가 서둘러 물었다.

"다른 곳은? 신농곡 그쪽은?"

신농곡은 약초가 많은 골짜기로, 전설 속 백 가지 약초를 맛보았다는 신농씨의 이름을 딴 곳이었다. 그곳에서는 약학에 재능 있는 이들이 모여 약초밭을 일구고, 기이한 약초를 심거나 희귀한 약방을 만들어 내곤 했다. 약학계에서 명성은 높으되 활동이 많지는 않았다.

그러나 10년 전에 신농곡주가 약재 경매장을 연 후로 신농곡은 비할 데 없이 활발한 분위기를 띠게 되었다. 이제 신농곡 약재 경매장은 다른 지역의 약재 경매장이며 약재 시장을 누르고, 현공대륙 최대의 약재 매매 장소가 되었다.

현공대륙에 매년 출현하는 기이한 약 중에서 최소한 열 중 일곱은 신농곡에서 나온 것이었다. 육단상륙과 같은 귀한 물건이라면 신농곡에서 나왔을 가능성이 적지 않았다.

공 대인이 서둘러 대답했다.

"정 장군, 본관이 이미 사람을 보냈습니다. 며칠 지나면 소식을 알 수 있을 것이오."

이 말을 들은 대약사가 서둘러 일깨웠다.

"이렇게 귀한 물건이 만약 신농곡에서 공개적으로 경매에 붙여졌다면 구매자를 찾기 쉬울 겁니다. 하지만 이 약을 의뢰하여 구한 거라면 흔적이 없어, 조사하기 쉽지 않습니다."

신농곡이 양지에서 약재를 매매하는 방식이 경매라면, 음지에서 약재를 매매하는 방식이 바로 의뢰였다. 값만 치른다면 아무리 귀한 약재라 해도 신농곡의 약사들이 시간 안에 약재를 내오곤 했다. 이런 약들은 신농곡 내에서 심어 키운 것이기도 하고 신농곡 밖에서 찾아오는 것이기도 했다.

애초에 의뢰라는 방법이 있다는 걸 아는 이들도 극히 소수였다. 의뢰를 한 자의 신분 역시 절대적으로 비밀이었다. 대부분은 의뢰를 받은 약사도 의뢰를 한 자의 신분을 알지 못했다.

신농곡은 군씨 황족의 관할이 아니니, 자연히 대리시에게 협조할 의무가 없었다. 대리시는 사람을 보내 소식을 정탐할 수 있을 뿐, 직접적인 조사는 절대적으로 불가능했다.

군구신이 잠시 생각하다가 물었다.

"육단상륙이 경매나 매매를 통한 게 아니라면?"

이 말이 모두를 꿈에서 깨어나게 만들었다.

육단상륙이 매매를 통한 것이 아니라면, 진짜 흉수가 직접 채취하거나 심지어 기른 것일 수도 있었다. 그렇다면 진짜 흉수의 약술이 상당한 수준이라는 의미였다! 현공대륙에서 신농곡의 곡주와 몇몇 약사를 제외하면, 그 정도 능력을 가진 사람은 손에 꼽을 만했다.

대약사가 고민하고 고민한 끝에 갑자기 진지하게 말했다.

"전하, 같은 약이라도 산지가 다르면 외관이나 약의 성질에 차이가 생기기 마련입니다. 고 약녀가 육단상륙에 익숙한 모양이니, 그중 한두 가지라도 알아낼 수 있다면 이 사건에 꽤 도움이 될 것 같습니다!"

정역비와 공 대인은 약학에 대해서 잘 몰라 그런 것은 생각도 못 하고 있었다. 정역비가 서둘러 말했다.

"좋습니다, 좋아요! 당장 고 약녀를 찾아오지요!"

이 말에 공 대인과 대약사가 갑자기 멈칫했다. 조금 불편한 기색이었다.

밖에서는 비연과 정왕 전하가 이러네 저러네 말이 많은데, 정역비는 바로 그 전까지 비연과 소문이 났던 상대 아닌가? 그런 그가 정왕 전하 앞에서 비연 이야기를 꺼내다니, 어색하지도 않은가?

하지만 정역비는 담담한 표정으로, 어색한 기색이라고는 전혀 없었다. 그는 비연의 사람됨을 알고 있었고 전하의 사람됨을 믿고 있었다. 밖에서 떠도는 그 유언비어는 모두 거짓이라는 것도 알고 있었다. 그가 걱정하고 심지어 두려워하는 것은, 정왕 전하가 비연을 정말로 좋아하게 되는 것뿐이었다.

그는 어젯밤부터 계속 생각하고 있었다.

비연이 조금만 더 우둔하면 얼마나 좋았을까! 조금만 덜 똑똑했더라면 정왕 전하 눈에 들 일이 없었을 텐데!

정역비가 어색해하지 않는데 군구신이라고 부자연스러워할 이유가 없었다. 군구신이 말했다.

"이 일은 너희들이 신경 쓸 필요 없다. 본 왕이 직접 물어보도록 하지."

저녁 무렵에 군구신이 정왕부로 돌아왔다. 망중이 서둘러 보고했다.

"전하, 고 약녀가 전하를 찾은 지 오래되었습니다. 육단상륙 이야기를 하더군요. 고 약녀가 그 약의 산지를 검증해 낼 수 있다고 합니다."

군구신은 차갑게 코웃음 쳤다.

"뭘 그리 서두르느냐?"

이건…….

망중은 갈피를 잡을 수 없었지만 다시 묻지도 못했다. 그는 한참 동안 망설이다가 결국 비연에게 전하가 돌아온 소식을 전하러 가지 않기로 했다.

얼마 지나지 않아 외출했던 하소만이 들어왔다. 그는 피곤하기도 하고 배가 고프기도 했지만 곧바로 침궁으로 달려가 기세등등하게 보고했다.

"전하, 소인이 알아냈습니다! 밖에서 떠도는 소문은 누군가가 일부러 낸 것입니다. 악의적인 중상모략입니다! 바로 대황자의 짓입니다!"

비연에 대해서라면 하소만은 그저 불만뿐이었다. 그러나 대황자 무리에 대해서는 뼈저리게 증오하고 있는 것 같았다.

혼자 바둑을 두고 있던 군구신이 눈도 들지 않고 냉랭하게
말했다.

"가서 소문내도록 해라. 대자사의 점괘가 가짜라고. 사실은 본
왕이 뜻이 있어 회녕에게서 비연을 빼앗아 온 거라고 말이다."

하소만이 너무나 놀라 저도 모르게 고함을 쳤다.

"전하, 무어라 하셨습니까?"

군구신이 그제야 눈을 들었다. 불쾌한 기색이 역력했다.

그제야 자신이 실수했음을 깨달은 하소만은 놀라서 더 이상
묻지 못하고, 즉시 명령을 수행하러 떠났다.

기씨 가문은 기다릴 수 없다

대황자가 악의적으로 소문을 냈고, 군구신도 뜻밖에 스스로에 대한 소문을 퍼뜨렸다.

그때, 금족령을 받아 황성에서 움직이지 못하는 기씨 부자도 놀고 있지만은 않았다. 기욱이 진지하게 시종에게 말했다.

"기억하도록. 반드시 비밀리에 일을 처리해야 한다. 흔적을 남겨서는 아니 된다!"

기 대장군도 안심할 수 없어 다시 말했다.

"부디 신중하도록 해라!"

기욱 입장에서 말하자면, 이 일에서 가장 후회스러운 일은 바로 법정에서 공개적으로 회녕 공주를 좋아한다고 인정한 일이었다. 그로 인해 그가 그렇게 오랫동안 조심스럽게 지켜 온 자신의 대외적인 인상이 완전히 망가지고 말았다.

그 일은 아마도 평생 씻을 수 없는 오점으로 남을 것이다. 게다가 이 일로 비연이 정역비에게 마음을 준 것도 용서받게 되었다.

기 대장군의 생각도 운 귀비의 계산과 별 차이가 없었다. 황상이 이번 기회에 정왕을 의심해 기씨 가문의 죄를 감해 주기만을 바랄 뿐이었다.

부잣집이 망해도 삼대를 간다는데, 하물며 기씨 같은 대단한 가문은 말해 무엇할까? 기씨 부자는 지금 그저 연금 상태일 뿐이었다. 그들의 눈과 귀는 모두 열려 있었고, 쓸 수 있는 방법도 여전히 많았다.

시종이 떠난 후 척후가 도착했다.

"장군과 소장군께 보고드립니다. 오늘 아침 황상께서 금군과 병부의 두 관원을 서쪽 교외로 파견하여, 서군영에서 반년 동안 주둔하도록……."

보고가 끝나기도 전에 기씨 부자가 경악했다. 기 대장군이 서둘러 물었다.

"무슨 일을 하러 왔다더냐?"

"군중에 뇌물을 주고받는 일이 성행하여, 이를 조사하겠다고 합니다!"

척후의 보고에 기욱은 이갈존의 사촌 형이 발탁되었던 일을 떠올렸다. 그는 답답하고 억울한 나머지 주먹으로 탁자를 사납게 내리쳤다.

"제기랄! 이것도 분명 모함입니다!"

기 대장군도 안색이 크게 변해 말했다.

"좋다! 황상께서 이번 기회에 기가군에 손을 쓰려 하신다면!"

이갈존의 사촌 형은 정상적으로 진급한 것이었고, 그저 흥수에게 이용당했을 뿐이었다. 그러나 기가군, 특히 서군영에는 확실히 뇌물을 주고받는 일이 적잖이 있었다. 누군가는 진급하기 위해 뇌물을 주었고, 누군가는 병역을 피하기 위해 뇌물을 주었다. 거기에 관여한 이들 중에는 아주 유능한 수하들도 여럿 있었다!

반년 동안 대체 몇 명이나 잡아낼까? 꼬투리가 잡히면 모두 큰 죄로 취급될 것이다!

그가 몇몇 부장을 잃는다면 좌우 날개를 잘리는 거나 마찬가지였다! 다른 것은 둘째 치고 정역비에 비해 세력이 한참 뒤지게 될 것이다.

부친의 분석을 들은 기욱은 마침내 사태의 심각성을 인식했다. 약선 꾸러미 사건이 아직 끝나지 않았고, 누이와 기씨 가문이 연루된 죄도 아직 결정되지 않았다.

그런데 황상이 먼저 군에 손을 뻗치다니! 사건이 종결될 때 황상이 그들에게 어떤 죄목을 내릴지 누가 알겠는가! 지금의 상황으로 보면 아주 좋지 않은 결론이 나올 게 뻔했다.

기욱이 주먹을 쥐고 가라앉은 목소리로 말했다.

"아버지, 차라리……."

그는 뒤의 말을 잇지 않았다. 그러나 기 대장군은 그의 뜻을 정확하게 알아들었다.

기씨 가문은 과거 현공대륙의 4대 무학 세가 중 하나였다. 10년 전, 현공대륙 북부인 이 땅은 기씨 가문의 영역이었다. 계속 세상을 등지고 지내던 군씨 가문의 영역은 북쪽 변방의 설역雪域에 불과했다.

빙해에 그 놀라운 변고가 있고 나서 무학이 하룻밤에 몰락해 버렸다. 세상을 등지고 있던 가문들이 잇달아 일어나 각 가문과 세력 투쟁을 하며 땅을 점령하기 시작했다.

그해에 기 대장군의 부친이 갑자기 행방을 감추지 않았다면 그도 군씨 가문의 신하가 되어 충성을 맹세하지는 않았을 것이다. 현공대륙의 북부, 이 비옥한 땅을 속수무책으로 내주지도 않았을 것이다!

그동안 그라고 반란을 일으킬 생각을 하지 않은 것은 아니었다. 다만 그는 계속 어린 태자가 제위를 계승하기만을 기다리고 있었다. 그런데 3년 전 군구신이 갑자기 돌아오리라고 누가 예상이나 했겠는가!

기 대장군 눈에 차가운 빛이 번득였다. 곧 그가 나지막하게 말했다.

"욱아, 화를 가라앉혀라. 이 일에 대해서는 아비에게 생각이 있다."

"아버지, 그럼 우리가 이대로 저들에게 도살당하기를 기다려야 하는 겁니까?"

불만을 토로하는 그를 지긋이 바라보던 대장군이 입을 열었다.

"대리시를 주시하거라! 지금 보기로는, 대리시만이 진짜 흉수를 신속히 찾아낼 수 있을 거다. 이 사건이 빨리 해결되면 우리가 군으로 돌아가 병부에서 온 자들을 막을 수 있겠지!"

그 안의 관계를 이해한 기욱은 비록 내키지 않았지만 고개를 끄덕이고 바로 사람을 시켜 대리시에 소식을 알아보도록 했다.

다음 날, 기욱은 사건과 관련한 모든 진전을 들을 수 있었다. 대약사는 비연의 협조를 얻어 육단상륙에 대한 조사를 계속할 예정이라고 했다. 그러나 비연 쪽에서 아직 답이 없다고 했다.

본래 죄를 뒤집어씌우려던 비연에게 오히려 진짜 흉수를 잡는 데 도움을 달라 청하게 되었으니, 정말로 우스운 일이었다! 기욱은 말할 것도 없고 기 대장군도 입맛이 썼다.

대장군도 후회하기 시작했다. 그렇게 비연을 무시하지 말았어야 했다. 오만한 아들을 한 걸음 물러서게 해 비연을 첩으로라도 들이게 했어야 했다. 그렇다면 상황이 이 정도까지는 이르지 않았을 것이다.

지금이라도 양보한다면 되지 않을까? 첩으로 들이는 게 아니라 정실부인으로 취하겠다고 하면?

그날 법정에서 비연과 정왕이 애매한 관계인 것처럼 보이긴 했지만 진상은 아직 확실하지 않았다. 그는 혼약이 있는 데다 제멋대로 구는 여자를 정왕이 정말로 좋아할 리 없다고 생각하고 있었다.

이런 추측과 복잡한 심정 속에서 기씨 부자는 기다리고 있었다.

사흘 후, 대리시에서 새로운 진전이 있다는 소식이 왔다. 공 대인이 신농곡으로 보낸 정탐꾼에게서 소식을 받았는데, 경매장에서 육단상륙이 팔린 일이 없다는 것이었다.

다시 사흘이 지나 공 대인은, 다른 약재 경매장 그 어디에서도 육단상륙이 팔린 기록이 없다는 보고를 받았다.

대약사가 수염을 쓰다듬으며 중얼거렸다.

"이렇게 귀한 물건이니, 극소수의 손만 타게 했을 겁니다.

아마 육단상륙은 진짜 흉수가 직접 매수하거나, 아니면 그가 직접 키운 것이겠군요."

이 추측이 맞다면 더 이상 조사를 이어 가기 힘들었다. 공 대인은 어떤 실마리도 없으니 그저 이렇게 물을 수밖에 없었다.

"남궁 대인, 고 약녀 쪽은…… 무슨 진전이라도 있는지요?"

대약사가 어쩔 수 없다는 듯이 반문했다.

"정왕 전하께서는 어떤 소식이라도 가져오셨는지요?"

대약사는 비연이 자신을 찾아올 거라 생각했다. 그러나 이렇게 오랜 시간이 지나도록 그녀는 오지 않았다.

설마 아무 진전도 없는 걸까? 그래서 그녀가 어약방으로 찾아오지 않는 걸까? 정왕 전하는 또 무엇 때문에 대리시에 오지 않으신단 말인가?

대약사와 공 대인이 한차례 의논하다가, 결국은 계속 상황을 알아보며 기다리기로 결론을 냈다.

정왕의 마음을 그들로서는 알 수 없었다. 그렇다고 그들이 스스로 찾아가서 망신을 자처할 생각도 없었다. 정왕의 성격상 진짜 흉수를 잡기 전까지는 쉬려 하지 않을 테니, 그들로서는 그저 기다리는 게 옳은 방법이었다.

정역비도 기다리고 있었다. 그의 평소 성격이라면 황상에게라도 가서 물어야 옳았다. 그러나 그가 앞에 두고 있는 것은 정왕이었다. 그는 조금의 망설임도 없이 인내하고 있었다.

힉녕 공주 등도 기다리고 있었다. 하지만 점점 더 초조해지고 있었다.

기씨 부자는 더욱 조급해했다. 비연이 이 기회를 빌려 복수하기 위해 일부러 시간을 끄는 건 아닌지 의심하기 시작했다.

그러나 사실 비연은 이 모든 것에 대해 전혀 모르고 있었다! 침전 문 앞을 지키고 있었지만, 며칠을 기다려도 정왕 전하를 만날 수 없었다. 하소만도 정왕 전하가 어디에 가셨는지 모른다고 했고, 안다 해도 말해 주지 않을 것 같았다.

대리시에 어떤 진전이 있는지에 대해서도 하소만은 시치미를 뚝 떼고 있었다. 그러나 그녀는 하소만이 아직 화난 상태라 생각하고 별다르게 여기지 않았다.

다시 이틀이 지나갔다.

비연은 여전히 정왕을 만나지 못했고 육단상륙도 얻지 못했다. 그녀는 명월거 정원에 앉아 이런저런 생각을 하면서 뭔가 계속 이상하다고 느끼고 있었다.

이때, 하소만이 퉁퉁 부은 표정으로 그녀에게 다가왔다. 그리고 서신 한 통을 내밀며 차갑고도 괴이쩍게 말했다.

"네 그 궁상맞은 친척들이 보낸 거다!"

궁상맞은 친척들이라고?

서신을 뜯어 본 비연은 바로 둘째 숙부가 보낸 거라는 걸 알았다. 그리고 서신 속 내용은……, 그야말로 너무도 이상했다!

그녀는 화가 나서 서신을 내팽개치며 외쳤다.

"가소롭게!"

하소만이 궁금한 듯 서신을 주워 들더니, 자신이 비연과 대립각을 세우는 중이라는 것도 잊은 듯 화를 내며 험한 말을 했다.

"제기랄!"

이 서신은 고 이야가 쓴 것이지만 내용은 기욱의 뜻이었다.

기욱은 비연이 진짜 흉수를 찾아내는 것을 도와준다면, 과거의 일이나 밖에서 떠도는 소문은 마음에 두지 않고 그녀를 아내로 맞이하겠다고 했다. 또한 비연이 원한다면, 다음 날 아침 고씨 가문으로 돌아와 얼굴을 맞대고 이야기하자고 했다!

모두 정왕이 면벽하러 떠났다고 하는데

비연이 일부러 시간을 끌려던 것은 아니었지만, 기욱의 이 서신을 받고 나서는 마음을 바꿨다.

뭐, 과거의 일을 잊어? 밖에서 떠도는 소문을 마음에 두지 않아? 그렇게 오만한 자세로 아내를 맞이하시겠다?

기씨 가문은 무엇인가를 부탁해 본 적이 없는 걸까? 그렇다면 그녀가 이번에 제대로 가르쳐 줄 생각이었다. 무언가 부탁할 때는 부탁하는 사람의 자세를 취해야 한다고!

비연이 하소만에게 말했다.

"그 서신을 돌려보내 줘. 내가 정왕부에 없다고 하면 되겠지."

하소만은 비연의 이런 태도가 만족스러웠다. 그는 서신을 돌려보내는 것이 아니라, 사람을 시켜 고 이야기를 쫓아내라고 했다.

비연은 하소만의 표정이 그다지 나쁘지 않은 것을 보고 헤헤 웃으며 물었다.

"소만, 전하께서는 며칠 동안 돌아오시지 않을 예정이야?"

하소만이 흰 눈을 하고 자리를 떠나려다가 다시 발걸음을 멈추고 진지하게 물었다.

"그날 네가 왜 큰 소리를 질렀는지, 누구에게 보지 말라고 한 건지 말해 주겠어? 대체 뭘 보지 말라고 한 거야? 알려 주면 본 공공도 말해 주지!"

하소만이 대단한 것을 물어본 것도 아니건만 비연은 귀까지 붉게 달아오르고 말았다. 그녀는 하소만의 시선을 피하며, 아무렇지도 않다는 표정으로 코웃음 쳤다.

"대답하기 싫으면 말라고. 누가 아쉬워나 한담!"

그리고 그녀는 바로 그 자리를 빠져나갔다.

하소만은 그 자리에서 머리를 쥐어뜯었다. 며칠 내내 전하의 일을 고민하다 보니, 어린 나이에 머리가 다 세어 버릴 지경이었다.

전하께서는 어째서 스스로 안 좋은 소문을 내신 걸까? 무엇 때문에 기씨 가문을 처리하지 않고 일부러 시간을 끌고 계신 걸까!

그는 자신이 정왕부에서 전하를 가장 잘 이해한다고 오만하게 생각하고 있었다. 그러나 비연, 저 계집이 나타난 후로 그는 점점 더 전하를 이해할 수 없어졌다.

이틀 후, 고 이야가 다시 와서 서신을 전했다.

비연이 서신을 열어 내용을 살펴보니 기욱이 한발 더 양보했다는 것을 알 수 있었다. 기욱은 그녀가 조건을 내건다면 고려해 볼 작정이라고 쓰고, 마지막으로 그녀에게 정왕 전하를 부추기지 말라고 경고했다.

하소만이 곁에서 보다가 차갑게 웃었다.

"부추긴다고? 하하, 기씨 가문이 너를 정말 대단하게 보는 모양인데?"

비연은 '조건'이라는 단어에 주의를 기울였다. 그녀는 한참 생각한 끝에 소리 없이 교활한 미소를 지었다.

드디어 기회가 왔다!

그녀가 후문으로 달려가자 하소만이 서둘러 쫓아오며 물었다.

"뭐 하러 가는 거야?"

"혼약을 해지하러!"

비연은 그렇게 대답하며 달렸다. 달릴수록 점점 더 흥분되는 것을 막을 수 없었다.

그녀가 갑자기 정왕부에 뽑혀 오지 않았다면 기씨 가문은 벌써 이 혼약을 해지했을 것이다!

지금 운이 나쁘면 다음에 운이 돌아온다고 했던가. 그래, 운이 그녀 편으로 돌아왔다.

이 기회에 기씨 가문과의 관계를 정리하지 않으면 또 언제 할 수 있겠는가? 그녀는 예전의 치욕을 씻고 영예롭게 파혼하고 싶었다!

비연이 후문을 열자 고 이야가 서 있는 게 보였다. 원래의 그 엄한 모습은 간데없고 아첨하는 표정을 짓고 있었다. 또 조금은 겁먹은 듯 보이기도 했다.

그가 웃으며 말했다.

"연아, 겨우 너를 만나는구나!"

"기욱이 지금 고씨 저택에 와 있나요?"

비연의 느닷없는 질문에 고 이야는 당황했으나 곧 고개를 끄덕였다.

"있고말고. 내가 돌아오기를 기다리고 있을 거다. 연아, 그 서신을 읽은 모양이구나. 어떻더냐?"

"아주 좋아요. 돌아가서 기욱에게 잠시만 기다리라고 하세요.
제가 금방 갈 테니까요!"

비연의 말에 고 이야가 무척 기뻐하며 돌아갔다.

비연 뒤에 서 있는 하소만이 복잡한 표정으로 중얼거렸다.

"설마 전하의 뜻이 바로 이것이었던 건 아니겠지? 아니야,
아니라고……. 우연이야, 분명 우연이라고!"

비연이 몸을 단장하고 문을 나섰다. 하소만은 그녀에게 시위
두 명을 붙여 주려다가 잠시 생각한 후, 안심이 되지 않는다며
다시 두 명을 더해 주었다.

비연은 고씨 저택에 도착하자마자 바로 풍화당으로 향했다.
과거와 놀라울 정도로 같은 모습이었다. 사람들이 이야기를 나
누고 있다가 그녀가 오는 것을 보고 모두 조용해졌다.

그러나 기복방은 없었다. 기욱, 고 이야, 그리고 왕 부인뿐이
었다.

지난번에 이 자리에서 만났을 때 기욱은 고상하고 오만한 자
세로 그녀를 흘깃 한 번 쳐다보았을 뿐이다. 그러나 지금은 비
할 데 없이 분노한 눈길로 그녀를 노려보고 있었다. 단 한순간
이라도 그녀를 시선에서 놓치고 싶지 않은 것 같았다.

비연이 속으로 생각했다.

이 소장군은 확실히 타인에게 부탁이라는 걸 단 한 번도 해
본 적이 없구나. 사람에게 부탁할 때 어떤 자세를 취해야 하는
지도 모르다니!

그녀가 잔잔한 미소를 지으며 천천히 안으로 들어가자 고 이야와 왕 부인이 서둘러 몸을 일으켰다. 왕 부인이 한껏 자애로운 표정을 지으며 말했다.

"연아, 여기 내 옆으로 와서 앉으려무나."

비연은 배로 혐오감이 들었다. 그녀는 일부러 그런 왕 부인을 모르는 척하고 기욱 맞은편 자리에 앉았다. 그리고 미간을 살짝 들어 올린 채 기욱을 바라보았다. 봉황을 닮은 눈이 맑게 빛나는 것이, 결코 평범하지 않은 기운을 풍기고 있었다.

비연은 이들과 말을 섞고 싶지 않았다. 다만 기욱이 저 교만한 고개를 언제 숙이는지 보고 싶을 뿐이었다.

그러나 누가 알았을까, 기욱이 냉랭하게 말했다.

"예물은 얼마나 필요한지 명쾌하게 말해 보도록. 너와 쓸데없는 이야기를 할 시간이 없으니까!"

비연이 놀란 나머지 헉, 숨을 들이켰다.

확실히 놀라웠다! 그녀가 기욱의 자부심을 과소평가하고 있었던 것이다!

또한 기욱이 이야기한 '조건'이라는 단어를 완전히 잘못 이해하고 있었다. 기욱이 이야기한 '조건'은 그녀를 아내로 맞이하는 조건이었던 것이다!

기씨 가문은 그렇게 큰일을 저지르고, 스스로도 지키기 어려운 상황에서도 그녀 앞에서는 대체 왜 저리 우월감을 느끼는 걸까? 몸의 원주인 가문이 아무리 한미하다 해도 이 정도까지 경멸당할 이유가 있을까?

정말이지, 사람을 무시해도 정도껏 해야지!

비연이 천천히 두 눈을 가늘게 뜨며 냉랭하게 말했다.

"기씨 가문에서는 당신 한 사람만 왔어요?"

지난번에 당한 일을 떠올린 기욱이 경계심을 품고 설명했다.

"일단 조건을 이야기하고 나면, 지켜야 할 예절은 다 지킬 작
정이다!"

비연은 눈을 여전히 가늘게 뜬 채 냉소하기 시작했다.

"기 소장군, 본 소저가 오늘 이야기하려던 조건은 안타깝지
만 당신이 결정할 수 없는 일이랍니다. 본 소저가 여기서 기다
릴 테니, 정오 전에 결정할 수 있는 분이 오시지 않는다면 본
소저는 다시는 당신들을 만나지 않겠어요!"

"너!"

기욱이 분노하며 물었다.

"예물 외에 또 무엇을 원하는 거지?"

분위기가 이상한 것을 보고 고 이야가 재빨리 왕 부인에게
눈짓했다. 그러자 왕 부인이 다급하게 비연의 옆자리로 옮겨
앉아 그녀의 손을 잡아끌며 좋은 말로 달래려 했다.

"연아, 지금 밖에서는 모두 다 네 욕을 하고 있잖니! 정왕 전
하 같은 분은 너에게 언감생심 아니냐. 설령 전하께서 잠시 너
를 좋게 봐 주신다 해도 한순간 신선한 감정일 뿐이지, 평생 너
를 정왕부에 남겨 두실 리 없단다! 사람들 모두 황상이 대자사
의 일로 화가 나서, 정왕 전하께 중벌을 내리셨다고 말하고 있
어. 정왕 전하께서는 대리시조차 가지 않으시고, 대자사에서

면벽하고 계시다는구나. 이 숙모가 보기에 그 소문은 분명 진짜야! 연아, 너는 영리하고 총명한 아이니, 기씨 가문에서 양보하실 때 얼른 받아들여야 한다는 걸 알겠지!"

왕 부인이 그렇게 타이르고는 또 덧붙였다.

"아니면 후원에 가서 차라도 마시며 쉬는 것도 좋겠지. 예물에 대한 일이나 혼삿날의 예식 같은 거야 숙부와 숙모가 너 대신 소장군과 이야기하면 되지 않겠니? 안심하거라, 숙부와 숙모는 절대로 너를 고생시키지 않을 거야. 예물은…… 고씨 가문은, 그래, 고씨 가문은 아무것도 필요 없고, 전부 너에게 주마!"

여기까지 듣자 비연은 이 소인배 부부가 왜 정왕부에 달라붙지 않고 기욱과 함께 고생을 자처하는지 깨달을 수 있었다.

원래 저들은 그런 생각이었다!

그녀는 이 며칠 동안 밖에서 떠도는 소문에 신경 쓰지 않아 대자사 점괘 사건이 다시 퍼지고 있다는 사실도 몰랐다. 그런 소문을 만드는 이의 마음 씀씀이는 정말 너무나 음험했다!

정왕 전하를 며칠 동안 그림자도 보지 못했는데, 설마 이런 일들을 처리하시느라 그런 것은 아니겠지? 황상께서 이런 소문들을 믿으시면 안 되는데!

"생각이 끝났나?"

기욱이 더 이상 참을 수 없다는 듯 질문하여 비연의 생각의 흐름을 끊었다. 하지만 비연은 그보다 더 인내심을 잃은 상태였다.

"그럴 리가! 당신도 돌아가 제대로 생각한 다음 다시 의논하도록 하지!"

그녀는 혼약을 파기하고 싶었다. 그러나 혼약을 파기하기 전에 반드시 기욱이 고개를 숙이는 모습을 보고 싶었다!

말을 마친 비연이 몸을 일으켜 그 자리를 떠났다.

기욱은 또 화가 났고, 동시에 이해할 수 없었다.

이 여자는 왜 갑자기 그에게 돌아가 제대로 생각한 다음 다시 의논하자는 걸까? 어떤 조건도 이야기하지 않고, 대체 그에게 뭘 생각하라는 말이지?

늙은 여우도 조급하다

정왕부로 돌아온 비연은 기씨 가문 일로 머리를 쥐어뜯다가 다급하게 하소만을 찾았다.

"전하께서 벌을 받아 대자사에서 면벽하고 계시다는 게 사실이야?"

"흥!"

하소만이 오만하게 몸을 돌렸다. 그러나 비연의 시선에서 벗어나자마자 재빨리 망중을 찾아 물어보았다. 실은 하소만도 주인의 행방을 모르고 있었던 것이다.

이때 군구신은 천무제 침궁에서 바둑을 두고 있었다.

천무제의 안색은 여전히 괜찮았으나 오래 앉아 있을 수는 없었다. 그는 긴 의자에 모로 누운 채였고 군구신은 그 맞은편에 단정하게 앉아 있었다.

녹나무로 만든 바둑판은 대범하면서도 치밀하고 섬세하게 만들어진 것이었다. 투명한 옥으로 된 흑백의 바둑알은 사치스러웠으나 우아함을 잃지는 않았다. 두 부자는 이제 막 바둑을 두기 시작해 아직 승패의 향방은 보이지 않았다.

천무제는 바둑에 별 뜻이 없는 듯 때때로 눈을 들어 군구신을 바라보았다. 그러나 군구신은 전심전력을 다하는 듯 시선을 바둑판에서 떼지 않았다.

방 안에는 그들 부자뿐이었다. 시종과 태의는 모두 밖에 있었다.

　조용한 가운데 군구신이 흰 돌을 들었으나 내려놓지는 않고, 가볍게 생각에 잠긴 듯 바둑판을 두드렸다. 어찌 보면 망설이는 것 같기도 했다. 그의 긴 손가락은 뼈가 드러나 있었는데, 어찌나 보기 좋은지 옥으로 만든 바둑돌들이 그 빛을 잃을 지경이었다.

　천무제가 그를 흘긋 보고는 담담하게 말했다.

　"어쩐지 평온해 보이지 않는구나. 왜 그러느냐? 아직도 진짜 흉수를 찾지 못해 그러느냐?"

　천무제도 대리시 쪽 소식을 듣고는 있었지만 자세히 알지는 못했다.

　"조사 중입니다."

　군구신이 대답하며 바둑돌을 놓았다. 평온하고 담담해 보였으나, 그가 이번에 놓은 바둑돌은 대국 전체를 위험에 빠트렸다. 천무제가 승패를 결정할 기회였다.

　천무제가 바로 집중하기 시작했다. 그는 한참을 고민하다가 검은 돌을 내려놓았다. 분명 이길 기회가 왔지만 그는 보수적인 전략을 선택하여 수성에 힘쓰기로 했다.

　군구신이 머뭇거리지 않고 즉시 바둑돌을 놓았다. 대국이 또 위험해졌다. 그러나 천무제는 계속 지키기만 했다.

　부자는 더 이상 대화를 나누지 않고 바둑만 두고 있었다. 연거푸 그러다 보니 얼마 지나지 않아 평범해 보이지만 깊은 곳에서는 물이 용솟음치는 형세가 만들어졌다. 천무제가 상승세를 타기 시작했다.

일단 상승세를 탔지만 천무제는 느릿느릿 바둑을 두었다. 피곤하기도 했고, 함부로 방심할 수 없었기 때문이었다.

그는 이 아들의 바둑 솜씨를 잘 알고 있었다. 매번 위험하게 두는 것 같지만 실제로는 심사숙고한 끝에 함정을 파곤 했다. 교활한 토끼가 굴을 세 개 파는 것처럼 이 아들의 바둑 수는 몰래 돌아갈 수 있는 퇴로가 여럿 만들어져 있었다. 때문에 천무제는 가는 곳마다 진을 치고, 돌을 내려놓을 때마다 물러날 곳을 마련해 두는 수밖에 없었다.

어떤 황자도 감히 황제인 그를 이기려 들지 않았지만 정왕만은 달랐다.

그가 부주의하면 분명 한 수의 패착으로 지게 될 것이다.

얼마 지나지 않아 천무제가 갑자기 기침을 시작했다. 군구신이 태의를 부르려 했으나 그가 저지했다.

"그럴 필요 없다. 맑은 정신으로 너와 바둑을 두는 것만도 짐으로서는 쉬이 얻기 어려운 즐거움이다. 태의를 불러 짐의 귀에 잔소리가 들어오게 한다면, 짐은 너마저 내쫓고 말 테다!"

"예."

군구신은 태의를 부르는 대신 물을 한 잔 떠서 천무제에게 마시게 했다. 그의 동작은 조심스럽고 공손했으나 친밀한 감정은 없어 보였다.

천무제가 물을 다 마시자 군구신은 곧장 제자리로 돌아가 앉았다.

"부황께서 최근 기운이 괜찮으신 듯합니다. 소 태의에게서 들으니, 신농곡에서 사 온 그 약방이 꽤 효과가 있는 모양입니다. 부황께서 좀 더 휴양하시면 분명 건강을 회복하실 겁니다."

천무제는 폐를 앓고 있었다. 기침을 한 지 오래되었으나 낫지는 않고 나날이 허약해지고 있었다.

소 태의가 작년 연말 내린 진단 역시 낙관적이지 않았다. 겨울 내로 낫지 않으면 여름에는 분명 더욱 심해질 테고, 가을까지 끌게 될 거라는 거였다.

작년에 군구신은 반년의 시간을 들여 사방으로 약방문을 구했다. 결국 신농곡에서 의뢰를 통해 기침을 멈추게 하는 기이한 처방을 하나 구했으나, 그저 기침을 멈추게 할 뿐 병의 근본을 치료할 수는 없었다.

군구신이 이 일을 언급한 것은 당연히 상황을 정탐하기 위한 것이었다.

"짐의 몸은 짐이 제일 잘 안다. 굳이 위로할 것 없다."

천무제가 가볍게 가슴을 쓸어내리고는 재빨리 화제를 바꿨다.

"짐이 너에게 서군영을 주시하라고 했지. 어째서 병부를 보내 뇌물 건을 조사하게 시켰느냐?"

듣기에는 그저 일상적인 대화를 하는 말투였으나 천무제는 실제로는 의문을 제기하고 있었다. 이렇게 큰일을, 군구신은 먼저 처리한 후 보고해 천무제를 불만스럽게 했다.

"소자가 부황의 말씀을 병부에 전달하였는데, 병부의 임 대인이 아마도 오해를 한 것 같습니다. 소자도 다음 날에야 그 일을 알게 되었고, 막기에는 늦었습니다. 소자가 오늘 온 것도 바로 부황께 그 일을 보고드리기 위함이었습니다! 소자가 처리한 일이 뜻하신 대로 되지 않았으니, 부황께서는 벌을 내려 주시옵소서."

군구신은 임 대인이 한 일이라고 암시하며, 몇 마디 말로 깨끗하게 상황을 정리했다.

천무제는 사실 그 소식을 접한 후 며칠 고민하던 차였다. 그러나 정왕이 이렇게 한 것에 어떤 목적이 있는지, 어떤 좋은 점이 있는지 도무지 생각해 내지 못했기 때문에, 지금 설명을 듣고는 그대로 넘길 수밖에 없었다. 그는 전날 병부의 임 대인에게 이미 기씨 수하들에게 온정을 베풀 것을 명했다.

천무제는 기씨 가문과 정씨 가문의 균형을 깨고 싶지 않았다. 그 두 가문의 관계는 그 두 가문뿐 아니라 천염국의 두 진영에도 영향을 끼쳤다.

그는 특히나 정씨 가문 세력이 기씨 가문을 덮게 되기를 바라지 않았다. 기세명의 수하는 매수하기 쉬우나, 정역비의 수하는 죽음을 각오하고 정역비에게 충성을 바치기 때문이었다.

장군에게 충성할 뿐 천자에게 충성하지 않는 병사는 경계하지 않을 수 없었다. 천무제가 속으로 진정으로 꺼리는 것은 바로 정씨 가문이었다. 정 노장군의 죽음은 기세명이 꾸민 일이었지만, 천무제의 묵인이 없었다고는 할 수 없었다.

천무제가 고개를 끄덕이며 더 이상 추궁하지 않았다. 그는 잠시 쉰 다음 다시 물었다.

"대자사의 일이 어떻게 사람들에게 퍼져 나갔는지는 조사했느냐?"

소 태의가 그 위조된 약방문을 본 적 있으니, 정역비와 관련한 사건을 천무제 역시 알고 있었다. 군구신이 대자사의 점괘를 핑계 삼아 비연을 정왕부로 데려간 일도 알고 있었다.

다만, 회녕과 기씨 가문이 이 사건에 깊이 연루되어 있을 줄은 몰랐다. 더군다나 자신이 가장 아끼는 아들이 그 정숙하지 못한 약녀와 그런 유언비어에 시달릴 줄은 상상도 한 적이 없었다.

군구신의 시선은 바둑판으로 향하고 있었다. 그는 바둑돌을 놓으며 말했다.

"소자 수하의 사람들은 결코 외부에 발설하지 않았습니다. 이런 시기에, 어떤 의도를 품고 소문을 만든 사람이 있겠지요."

이 말을 듣자 천무제도 추측하는 바가 있는 듯 눈에 노기가 은은히 서렸다. 그가 갑자기 다시 기침을 시작했다. 군구신이 태의를 부르려 했으나 천무제는 계속 바둑을 두려 했다.

깊은 밤이 되어서야 군구신은 궁을 나왔다. 말발굽 소리가 황성의 적막을 깨트렸다. 그는 성을 빙 돌아, 정왕부로 돌아가지 않고 성문을 나섰다.

군구신의 그림자가 멀어져 간 후, 멀지 않은 곳 지붕 위에 한 젊은 남자가 나타났다. 어둠 속에서 그의 외모를 분별하기는 어려웠다. 다만 얼굴 윤곽이 매우 뚜렷하고, 얼굴선이 사악해 보일 정도로 매력적이라는 것만 어렴풋하게 알아볼 수 있었다.

그는 키가 컸고, 먹빛 머리카락을 반쯤 묶고 있었다. 아무 무늬도 없는 보랏빛 장포를 걸치고 있었는데, 다른 이가 입었다면 평범한 장포로 보였을 테지만 그가 입고 있으니 무어라 표현할 수 없이 화려하고 귀해 보이는 동시에 어딘가 나른해 보였다.

그는 밤하늘을 배경으로 지붕 위에 서 있었다. 옅은 달빛이 살며시 깔리니 마치 한 폭의 그림처럼 아름다운 풍경이었다.

천천히 닫히는 성문을 바라보고 있던 그의 입가가 살며시 올라갔다. 사악한 매력이 깃든, 그리고 동시에 나른해 보이는 미소였다. 그에게서 풍기는, 풍류를 즐기고 그 무엇에도 구속받지 않는 듯한 느낌은 마치 깊은 곳에 숨어 있는 여우 요괴 같았다.

군구신이 돌아오지 않을 거라는 사실을 확인하자 그는 몸을 돌려 정왕부 쪽으로 가기 시작했다.

그는 바로 비연이 '늙은 여우'라 부르던, 오 공공의 진짜 주인인 동시에 약방문 사건과 약선 꾸러미 사건의 배후에 있는 진짜 흉수였다.

그의 목표는 정씨 가문과 기씨 가문이었다. 하지만 지금의 목표는 비연이었다.

그는 원래 지는 걸 지독히도 싫어했지만 이번만은 지면서도 꽤 유쾌한 기분이었다. 한 번 넘어지기는 했지만 대신 그렇게 재미있는 약녀를 알게 되었으니 가치가 있었다!

그는 비연이 그에 대해 조사해 오기를 기다리는 중이었다. 심지어 조바심마저 내면서.

미안하지만, 혼약을 파기하겠다

늙은 여우마저 조급해했지만 비연은 점점 더 느긋해지고 있었다.

날이 하루하루 지나 어느새 닷새나 흘렀다. 마침내 그날 오후에 비연은 다시 고 이야의 서신을 받았다. 그 내용은 그녀를 꽤 즐겁게 해 주었다.

서신에 따르면 기욱이 그의 누이를 대신해 비연에게 사과할 생각이니, 다음 날 오전 고씨 저택에서 만나자고 했다.

사과라?

이렇게 큰일을 벌여 죄도 드러났는데, 유독 그녀에게만은 사과하는 사람이 없었다.

기씨 가문이 마침내 깨달은 걸까?

하소만이 서신을 빼앗아 보고는 불쾌한 표정을 지었다. 비연이 그런 그를 보고 웃으며 말했다.

"만 공공, 내일 아침에 함께 가지 않을래?"

항상 말다툼을 하면서도 언제부터인지 둘 사이에는 묵계가 생겼다. 하소만이 비연의 뜻을 알아채고는 헤헤 웃기 시작했다. 마치 몰래 사탕이라도 훔쳐 먹은 아이처럼.

다음 날, 비연과 하소만이 약속대로 고씨 저택으로 갔다.

풍화당의 분위기는 지난번과는 달라져 있었다. 기욱의 태도가 상당히 겸손해져 있었던 것이다. 화를 내며 돌아갔던 지난 번과는 딴판이었다.

비연의 태도를 알게 된 기 대장군 역시 화를 냈다. 두 사람은 함께, 비연을 무시할 수 없는 것을 한스러워했다.

그러나 계속 기다려도 대리시 쪽은 전혀 진전이 없었다. 그들에게 들려오는 것은 서군영 쪽의 나쁜 소식뿐이었다. 기욱과 그의 부친은 하루하루 경악하다가, 어쩔 수 없이 비연에게 무엇을 바라는지 진지하게 물어볼 마음을 먹었다.

하소만도 함께 온 것을 보고 고 이야가 공손하게 상석을 내주었다.

"만 공공, 누추한 곳에 오실 줄 몰라 마중도 나가지 못했습니다. 이쪽으로……, 이쪽으로 앉으시지요."

왕 부인이 참지 못하고 비연을 책망했다.

"연아, 대체 어찌 된 일이냐? 만 공공께서 오시는데 숙부와 숙모에게 한마디도 하지 않다니. 숙부와 숙모가 실례를 저지르고 말았잖니!"

비연은 하소만이 잘난 척하는 표정을 짓는 걸 보고 살짝 입꼬리를 들어 올리며 몰래 웃었다. 그리고 별말 없이 자신의 자리를 찾아가 앉았다.

고 이야와 왕 부인이 만 공공 양쪽에 앉아, 직접 차를 건네고 과자를 권하는 등 시중을 들었다. 하소만은 기분이 아주 좋은 듯, 뜻밖에도 해바라기 씨를 씹으며 고씨 부부와 한담을 나누기 시작했다.

가장자리에 앉은 기욱은 명백하게 냉대받고 있었다. 만 공공의 신분이 평범하지 않다 하나 결국은 일개 태감일 뿐인데 어찌 소장군과 비교가 되겠는가? 고씨 가문에서 항상 귀한 손님으로 대접받으며, 마치 별이나 달이라도 되는 것처럼 떠받들리던 기욱은 모욕감을 느꼈다.

그는 소매 속에 숨긴 주먹을 꽉 쥐고 속으로 자기 자신을 달랬다. 대장부는 눈앞의 일에 현혹되지 않고, 필요에 따라 몸을 굽힐 수도 있는 것이다. 이 재난을 넘긴 후에 고씨 가문과 비연을 손봐 준다 해도 늦지 않을 것이다.

하소만이 이야기를 나누는 동안 비연은 제멋대로 앉아, 다나은 손가락을 꼼지락거리며 놀고 있었다.

기욱이 계속 기다리다가 결국은 몰래 탁한 숨을 토해 낸 후 몸을 일으켰다. 비연을 향해 읍하며 그가 말했다.

"고 대소저, 본인은 오늘 특별히 약선 꾸러미 사건 때문에 온 것이오. 가문의 누이를 대신해 대소저께 사과드리고, 바라건대……, 바라건대 용서해 주기를."

그는 그 말을 하면서도 달갑지 않은 듯 고개를 숙였다.

비연의 입가에 걸려 있던 웃음기가 사라졌다. 그녀는 평온한 어조로, 그러나 온기라고는 전혀 느껴지지 않는 말투로 물었다.

"잘못을 깨달았나요?"

기욱의 마음속에서 즉시 분노의 불길이 치솟았다. 그러나 그는 어쩔 수 없이 그것을 가라앉히며 말했다.

"누이가 큰 잘못을 저실렀으니, 대소저께 미안하오."

비연은 고개를 끄덕이며 말했다.

"기 소장군, 그날 밤 당신도 그곳에 있었으니, 만 공공도 연루되어 나와 함께 감옥에 들어갔던 일을 잊지 않았겠지요?"

기욱이 잠시 당황했다가, 고개를 들어 비연에게 경고하는 듯한 시선을 보냈다. 그러나 비연은 전혀 두려워하지 않고 오히려 도전하듯 그를 마주 보았다.

부탁을 하려면 부탁하는 사람의 자세를 취해야 하고, 사과를 하려면 사과하는 사람의 자세를 취해야 하는 법! 체면을 보아 사과를 받아 주기로 한 바에야 끝까지 추궁할 작정이었다!

두 사람이 서로를 바라보며 기 싸움을 했다. 결국 기욱이 지고 말았다. 그는 몸을 돌려 상석에 앉아 있는 하소만을 바라보며, 진지하게 두 손을 모아 절하고 고개를 숙였다.

"만 공공, 그때 고생하셨소. 미안하오!"

하소만은 아주 만족스러운 표정이었다. 그는 비연이 아직 본론을 꺼내지 않았다는 것을 알기에, 시간을 끌지 않으려고 오만한 태도로 말했다.

"됐소이다, 됐어. 별일 아니었으니, 마음에 두지 않고 있소."

그리고 그는 마치 기욱의 주인이라도 된 것처럼 말했다.

"일어나시오."

그 말에 기욱은 화가 난 나머지 머리에서 김이 모락모락 올라올 것 같았다. 기욱은 자리로 돌아와 앉은 후 즉시 물었다.

"고비연, 원하는 조건이 무엇인지 말해 주겠소?"

비연은 말없이 공고문을 하나 꺼내어 그에게 내밀었다.

그것을 보자마자 안색이 변한 기욱은 공고문을 바닥에 던지더니, 노한 소리로 외쳤다.

"고비연, 정말이지 욕심이 한도 끝도 없구나!"

비연 역시 몸을 일으킨 후 냉랭하게 말했다.

"내가 지난번에 말했지요? 이 일은 당신이 결정할 수 있는 일이 아니라고요. 돌아가 부친에게 전하세요. 기씨 가문에게 사흘의 시간을 줄 테니, 사흘 후 이 공고문을 보고 싶지 않다면 고명한 사람을 따로 청하시지요."

말을 마친 그녀가 기욱을 쳐다보지도 않고 말했다.

"하소만, 가자! 돌아가야지!"

하소만이 바로 몸을 일으키더니 살랑거리며 비연에게 다가갔다. 이 모습을 본 고 이야와 왕 부인이 눈을 휘둥그렇게 떴다. 아무리 봐도 정왕부의 대총관인 만 공공이 비연의 윗사람 같지 않고 오히려 수행원 같았기 때문이다.

정왕부에서의 지위가 평범하지 않은 만 공공이 비연의 시종처럼 굴고 있다면, 정왕부에서 비연의 지위는, 설마⋯⋯.

혹시 그들의 추측이 틀렸고, 정왕 전하가 비연에게 일시적으로 신선한 감정을 느끼는 게 아니라 진심인 건 아닐까?

고 이야와 왕 부인이 서로를 바라보다가, 다시 기욱의 어둡게 질린 얼굴을 바라보았다. 그리고 바닥에 떨어진 공고문을 보고는 재빨리 빠져나갔다. 다시는 기욱을 환대하지 않을 작정이었다.

"너희! 돌아와!"

기욱은 화도 나고 수치스럽기도 했다. 공고문을 주워 바로 찢어 버리려다가 비연이 남긴 모진 말을 기억하고 주저했다. 결국 그는 그 공고문을 가지고 저택으로 돌아갈 수밖에 없었다.

기 대장군도 공고문을 보고 화가 난 나머지, 숨도 제대로 쉬지 못하고 뒤로 넘어갈 뻔했다.

그들은 일단 비연에게 양보해 주는 척해 그녀를 가문에 들인 다음 제대로 손봐 줄 생각이었다. 그러나 누가 알았을까? 비연은 뜻밖에도 기씨 가문의 소부인이라는 자리를 무시할 뿐 아니라, 기씨 가문과 혼약을 파기하기를 원했다!

이 공고문에 쓰여 있는 내용은 바로 기욱의 파혼서를 그대로 베껴 쓴, 공개적인 성명이었다. '기씨 가문의 가정교육이 엄격하지 않고 가풍이 올바르지 않으며 가문의 덕을 잃은 데다, 기욱은 지조가 없고 덕행을 지키지 않아 그녀에게 상처를 입혔다. 그러므로 기욱은 스스로가 미안하고, 자신이 그녀에게 어울리지 않는 것을 깨달아 두 사람의 혼약을 파기하고자 하며, 5천 금을 배상하겠다'는 내용이었다.

이 공고문은 기씨 가문이 비연에게 주었던 파혼서와 흐름이 비슷했다. 그러나 기씨 가문의 뻔뻔함은 없어, 그들이 쓴 것보다 훨씬 영리해 보였다.

기욱이 사회도덕을 해쳤다고만 했을 뿐 회녕 공주와 정당하지 못한 관계에 있다고 쓰지는 않아 세상 사람들이 평할 여지를 남겨 놓았다. 또한 너무 심하게 기씨 가문을 깔보거나 하지 않고 기복방에 대해서도 언급하지 않아 오히려 진실돼 보였다.

사람들이 이 공고문을 본다면, 기씨 가문이 핍박받았다고 생각하기보다는 오히려 기씨 가문이 후회하고 미안해한다고 생각할 것이다.

기욱이 화를 내며 말했다.

"아버지, 절대로 그녀에게 답을 해서는 안 됩니다! 아들은……, 소자는……, 이렇게 체면을 잃을 수 없어요!"

기 대장군은 공고문을 한쪽으로 던진 후 오래도록 아무 말도 하지 않았다.

그는 하룻밤 내내 고민했다. 그리고 결국 비연의 요구에 응하기로 했다.

기 대장군은 그 공고문에 자신의 자책과 회개하는 마음을 덧붙이고, 장래 자녀와 부하들을 엄격하게 관리하고 교육하겠다고도 적었다. 어차피 고개를 숙이고 연극에 응하기로 한 이상에는 연극을 진짜로 만들 수밖에 없었다.

그는 황상이 이 공고문을 읽게 되기를, 그리하여 그의 회개하는 마음에 감동받아 기씨 가문과 복방을 가볍게 처벌하기를 바랐다.

어느 날, 기씨 가문이 공고문을 사방에 붙였다. 오전이 지날 무렵에는 소식이 거리마다, 골목마다 퍼져 나갔다. 궁중에도 확산돼 떠들썩한 화제를 불러일으켰다.

비연은 기씨 가문이 보내온 5천 금을 받고 무척 기분이 좋아, 되는대로 금표를 하소만에게 건넸다.

"자, 니에게도 보상해야시. 이 정도면 네 반년 치 급료를 보충할 수 있겠지!"

하소만의 두 눈이 흥분하여 날카롭게 빛났다. 그러나 돈을 받고는 다시 얼굴을 굳혔다. 정왕의 명예를 더럽힌 여자는 절대 용서하지 않겠다는 태도였다!

비연은 그런 하소만에게 이미 익숙해져 있었다.

그녀가 문밖으로 나가 산책이라도 하려 했을 때, 어린 태감 하나가 다급하게 달려 들어왔다.

"만 공공, 고 약녀, 큰일 났습니다!"

하소만이 다급하게 물었다.

"무슨 일인데? 전하께 무슨 일이라도?"

그러나 어린 태감의 대답은 예상외였다.

"전하가 아니라, 그, 그게, 정 대장군입니다. 정 대장군도 공고문을 붙였어요……."

정역비라고? 그가 무슨 시끄러운 일을 벌였다는 거지?

사과, 감사, 축하, 그리고 고백

정역비도 공고문을 붙였다고?

이런 중요한 시기에 그가 또 무슨 소란을 피우려는 걸까?

비연이 다급하게 물었다.

"무슨 내용을 붙였는데?"

어린 태감이 바로 공고문을 그대로 읊었다. 듣고 있던 비연은 너무 놀라, 대체 무슨 말을 해야 할지 알 수 없었다.

정역비의 공고문은 아주 길어, 기씨 가문 공고문의 세 배는 되었다.

내용은 대략 세 가지였다.

첫 번째는 그와 비연이 복만루에 갔던 일에 대한 해명이었다. 그는 비연이 약을 배송하여 목숨을 구해 준 은혜에 감사하기 위해 식사를 대접하려 했을 뿐이고, 나중에 그가 너무 취해 실태를 부리며 사람을 떠메고 갔다는 것이었다. 그리고 그의 실태 때문에 비연이 불필요한 오해를 사게 되었으니 공개적으로 사과한다는 내용이었다.

두 번째는 비연이 그를 구해 주었을 뿐 아니라 그의 군영에 있는 형제도 구해 주었다는 내용으로, 그는 이번 기회를 빌려 감사의 뜻을 표했다.

그리고 세 번째가 특별히 재미있는 부분이었다.

그는 비연이 좋은 아가씨며, 좋은 남자를 만날 가치가 있다고 말했다. 그러므로 그는 이렇게 특별히 공고를 내어…… 비연이 기욱과 혼약을 파기한 것을 축하한다는 것이었다! 그리고 동시에, 자신도 꽤 좋은 남자라며 비연에게 고려해 볼 것을 권했다.

비연은 당황스럽기도 하고 화도 났다. 또한 웃고 싶기도 했다. 마음이 너무나 복잡했다! 비록 복잡했지만, 그녀는 참지 못하고 마음속에서는 몰래 정역비를 칭찬했다.

그 녀석은…… 대단해!

하소만이 큰 소리로 웃기 시작했다. 그는 비연 앞으로 오더니, 아직 어린 턱을 쓰다듬으며 흥미롭다는 듯 그녀를 훑어보았다. 그다지 부끄럽지는 않았는데, 그런 시선을 받으니 비연의 얼굴이 점점 더 붉게 달아올랐다.

정역비 그 녀석, 그냥 해명만 하고 축하만 했더라면 얼마나 좋아? 무엇 때문에 마지막 구절을 붙여 넣은 건데? 세상에 시끄러운 일이 없을까 봐 걱정이라도 된 거야?

"낄낄낄."

하소만이 감개무량한 듯 말했다.

"보아하니 정 대장군이 정말로 너를 좋아하는 모양이다! 어때, 잘 생각해 보는 게?"

비연이 그의 시선을 피했지만 하소만은 계속 쫓아오면서 신나게 웃어 댔다.

"계집, 정 대장군은 진짜 사나이야. 그에게 시집가면 최고라고! 분명히 호의호식하며 살게 될 거야. 여기서 하인으로 사는 것보다 훨씬 좋을걸!"

그 말에 비연은 하소만을 노려보았다. 그리고 몸을 돌려 그 자리를 피했다.

그녀는 그러고 싶지 않았다!

정역비를 친한 친구나 친한 오라비로 생각할 수는 있었다. 그러나 다른 관계로는 생각할 수 없었다!

하소만은 그녀가 정왕부를 떠나기를 바라는 모양이지만, 어림도 없었다! 그녀는 석 달 후에도 정왕 전하가 그녀를 계속 남아 있게 해 주기만을 바라고 있었다.

회녕 공주와 기씨 가문에게 미움을 샀다는 건 조정의 절반에게 미움을 산 것과 마찬가지였다. 그녀는 반드시 정왕 전하라는 커다란 나무 그늘 밑에 있어야 안전했다. 그리고 그래야만 온 힘을 다해 빙해의 비밀을 알아볼 수 있었다!

비연의 마음은 다시 평온해졌다. 그녀는 정왕 전하가 돌아오기만을 기다렸다. 2, 3일 후에도 정왕 전하가 돌아오지 않는다면 그녀가 먼저 대리시에 한번 다녀올 생각이었다. 늙은 여우같이 위험한 인물을 절대로 그대로 두고 볼 수만은 없었다.

정역비의 공고문도 빠른 속도로 퍼져 나가, 채 하루도 지나지 않아 성내 어디에서나 들을 수 있었다. 물론 성 밖과 궁 안으로도 퍼져 나갔다. 기씨 가문이 사과하는 공고문을 먼저 붙였고, 정씨 가문의 공고문도 후에 올라왔으나 비연의 명예가 회복되지는 않았다. 오히려 이 일은 생각지도 못한 결과를 낳았다.

그것은 비로…… 사람들이 두 대장군의 공고문을 이야기하는 동시에 정왕의 공고문을 기다리기 시작했다는 것이었다.

정역비를 제외하면, 정왕이야말로 비연과 가장 미묘한 관계에 있는 이 아닌가!

게다가 소문에 따르면 정역비보다도 더 깊은 사이라고 했다. 진상이 어찌 되었건, 정왕도 이 기회를 틈타 밝힐 것을 분명히 밝혀야 하는 거 아닌가?

사람들이 계속 기다렸지만 날이 어두워지도록 정왕부의 공고는 나오지 않았다.

다음 날, 여론의 형세가 크게 변했다. 더 이상 기씨 가문에게 관심을 주는 이도, 정역비의 고백을 생각하는 이도 없었다. 모두 정왕의 반응만을 기다리고 있었다. 예를 들자면, 정왕은 공고문을 낼 것인가 말 것인가, 낸다면 언제쯤 낼 것이며 무어라 쓸 건가 하는 이야기들이 오갔다.

비연은 이런 일이 벌어질 거라고는 생각도 못 하다가 하소만에게서 듣고는 너무 놀랐다.

정왕 전하께서는 아직 이 일을 모르고 계시는 걸까? 아신다면, 분명 이 기회를 틈타 입장을 밝히려 하실 거다. 깨끗하게 밝히는 게 그녀에게도 좋고 정왕 전하에게도 좋으니까.

사실 군구신은 이미 이 공고문과 관련한 일들을 알고 있었다. 자신이 여론의 초점이 되었다는 사실도 잘 알고 있었다. 그러나 근 며칠 동안 그는 성 밖 대자사에서 지내며, 세상 사람들이 무어라 하건 전혀 신경 쓰지 않고 있었다. 그는 부처도 신도 믿지 않았으나 사원의 조용한 분위기며 경을 외우는 소리, 향불을 사르는 냄새를 좋아했다.

고요하고 깊은 밤, 밝은 달이 태백성을 벗해 동쪽에서 떠오르고 있었다. 대자사의 대웅전에 연기가 피어오르고, 주지인 혜광대사가 한 무리의 승려들을 이끌고 범어로 경을 외웠다. 그 정연하고 경건한 소리에는 일종의 마력이 있어, 아무리 조급하던 마음이라도 고요하게 가라앉았다.

군구신은 깨끗한 흰 옷을 입은 채 대전 밖 계단에 앉아 있었다. 그의 손에는 그 기남침향 염주가 들려 있었다.

눈을 감은 채 조용히 경문을 듣고 있는 군구신 전체가 유달리 고요하게 변한 것 같았다. 마치 이 절과 승려들, 범어로 경문을 외우는 소리와 이 밤과 이 밝은 달, 그리고 이 외로운 별과 혼연일체가 된 것처럼.

모든 것이 적막에 잠겨 있었다. 승려들이 경문을 다 외울 때까지 군구신은 눈을 감은 채 손안의 염주를 돌리고 있었다. 한알, 한알, 수를 세면서.

대자사는 황가의 절이라 군구신은 항상 이곳을 찾았다. 주지는 그의 성격을 잘 알고 있어, 그를 방해하지 않고 내버려 두었다.

승려들이 모두 흩어진 다음, 어린 사미승 하나가 군구신 옆으로 달려와 앉았다. 그의 법명은 염진으로, 나이는 아홉 살 정도 돼 보였다. 조각한 듯 옥빛으로 빛나는 얼굴이 유난히도 아름답고 친근감이 들었다. 마치 흠집이라고는 없는 백옥 같다고 할까.

잿빛 승복을 입은 그는 목에 아주 긴 염주를 걸고 있었다. 나이도 어리고 생김새도 어렸지만 출가한 이의 자세가 제법 잡혀 있었다.

대자사 전체에서 오로지 그만이 군구신 곁으로 달려왔다. 군구신은 주지도 본체만체하곤 했지만 이 어린 사미승만은 좋아하여 몇 마디 주고받곤 했다.

어린 사미승은 고개를 외로 꼬고 군구신을 곁눈질하다가, 그의 손에 있는 염주 냄새를 맡아 보고는 궁금하다는 듯 물었다.

"전하, 침향 냄새가 왜 없어졌나요?"

지난번 한독이 발작해 군구신이 약욕을 할 때, 염주가 온천 근처에 방치된 채 하룻밤을 보냈다. 다음 날, 염주를 찾았을 때 향기는 전부 사라져 버렸고 약 냄새만이 남아 있었다. 그리고 지금은 그 약 냄새마저 없어지고 말았다.

"응."

군구신은 그제야 눈을 뜨고 가볍게 답했다. 그 어조는 평소처럼 냉랭하지 않고 꽤 온화했다.

어린 사미승은 염주를 보고 또 보다가 안타까운 표정을 짓더니 곧 웃으며 말했다.

"분명 인연이 다한 것이겠지요. 전하께서는 너무 번뇌하지 마십시오."

어린 사미승이 스스로를 위로하려는 것인지, 아니면 군구신을 위로하려는 것인지는 모를 일이었다.

그는 눈을 마치 하늘의 달처럼 가늘게 뜨고 잔잔히 웃기 시

작했다. 천진하고 순수하며 온화하고 귀여운 모습. 그는 분명
아홉 살의 어린아이일 뿐이었지만 그 웃는 모습에는 불법을 초
월하는 힘이 있었다. 누구라도 그 웃는 모습을 보면 사월의 봄
바람에 목욕하듯 온화하고 다정한 느낌을 받곤 했다.

　군구신도 그의 웃음을 볼 때마다 무어라 표현하기 어려운 느
낌을 받곤 했다. 우울함, 분노, 그리고 불안…… 그 모든 것이
순간적으로 가라앉았다. 그가 대자사에 오는 건 경문을 듣기
위해서였지만, 이 아이를 보러 오는 것이기도 했다.

　어린 사미승의 반들반들한 머리를 쓰다듬은 군구신은 그에
게 사탕을 하나 건넨 후 몸을 일으켰다.

　밤이다. 그는 성으로 돌아가야 했다.

온 사람이 절대 보통이 아니다

다음 날.

비연은 아침 일찍 일어났다. 그러나 정오가 될 때까지도 군구신은 돌아오지 않았다.

하소만은 여전히 아무 말도 하지 않았다. 정왕부에 있는 시위들이며 태감들 중 그녀에게 정왕 전하의 행방을 알려 줄 사람은 없었다. 그녀는 더 이상 기다리지 않기로 마음먹었다.

그녀가 문밖으로 나서려던 찰나, 밖에서 돌아오는 군구신과 마주쳤다.

"전하……."

비연은 정말 고의가 아니었다. 그녀의 머리는 순간적으로 통제 불능 상태가 되어, 지난번 어색했던 일을 떠올리고 말았다. 심지어 자신이 그를 며칠이나 기다렸다는 사실조차 잊고, 무의식적으로 몸을 돌려 피하려 했다.

그러나 군구신이 그녀를 발견한 다음이었다. 그가 냉랭하게 말했다.

"고 약녀, 왜 숨는 것이냐?"

뜨끔한 비연이 발걸음을 멈추고 쭈뼛거리며 몸을 돌렸다. 정왕 전하의 잘생긴 얼굴을 보니 그녀의 볼이 걷잡을 수 없이 뜨거워졌다.

대자사에서 이틀을 보낸 군구신은 마음이 평온해져 있었다. 모든 일이 그의 계산 속에 있었으니, 조금 예상외의 일이 벌어졌다 해도 대세에 지장이 없는 한 놀라거나 하지 않았다. 그러나 빨갛게 달아오른 비연의 얼굴을 보니 뜻밖에도 그도 조금은 불편한 느낌이 들었다. 다행히도 비연은 눈치를 채지 못한 듯했다.

군구신이 냉랭하게 물었다.

"어디 가는 중이지?"

겨우 정신을 차린 비연이 재빨리 몸을 굽혀 인사했다.

"전하를 뵙사옵니다. 대리시에 가려던 참입니다."

그녀가 잠시 멈췄다가 곧 다시 설명했다.

"전하께서 법정에서, 저로 하여금 대약사를 돕게 하겠다고 하셨잖아요. 대약사와 공 대인을 만났지만 시간이 꽤 흐르도록 아무 진전이 없어서, 가서 한번 봐야겠다고 생각하던 참이었습니다."

이런 화제라면 말을 해도 그렇게까지 어색하지는 않지 않을까?

그러나 비연은 말을 하면 할수록 정신이 분산되는 느낌이었다. 정씨와 기씨 두 가문이 공고문을 붙인 일이 떠올라서였다.

전하께서 돌아오셨으니 분명 그 일을 아시게 되겠지? 혹은 이미 아시고 공고문을 붙이기 위해 오신 건 아닐까?

혼자 몰래 생각했을 뿐이지만 비연은 죽는다 해도 이런 문제를, 정왕 전하를 마주 보며 물을 용기는 없었다.

"갈 필요 없다."

군구신은 뒷짐을 지고는 고개를 돌려 다른 곳을 바라보았다. 그리고 공 대인과 대약사의 추측이며, 지금까지 알게 된 실마리를 모두 비연에게 알려 주었다.

공 대인과 대약사는 육단상륙의 내력을 두 가지 중 하나로 확정했는데, 하나는 신농곡에서 의뢰로 구한 것이라는 거고, 다른 하나는 늙은 여우 자신의 것이라는 것이었다.

비연도 최근 한가해, 현공대륙 약학계의 상황이며 약재의 산지 분포 등을 조사했다. 그뿐 아니라 약재를 매매하는 경로며 약학계의 유명한 인사들도 알게 되었다. 당연히 신농곡처럼 명성 높은 곳은 잘 알고 있었다.

군구신이 말을 끝내자 그녀의 눈빛 속에 의혹이 스쳐 갔다. 이번에 비록 오 공공을 잡았지만 그와 그 약방문 밀서를 연결시키지는 못했다. 오 공공과 늙은 여우가 서로 연락한 방식은 정역 비조차 알지 못했고, 그녀와 그 망할 얼음만이 아는 사실이었다.

지금, 정왕 전하와 공 대인 등은 늙은 여우가 약학계의 고수일 거라고 의심할 뿐이었다. 그러나 그녀는 늙은 여우가 약학계의 고수 정도가 아니라 최정상급에 있는 인물이라고 확신했다. 즉 그녀는 신농곡을 의심하기보다는 육단상륙이 늙은 여우의 것이라는 쪽으로 생각이 기울고 있었다.

육단상륙은 매우 특수한 약재로, 한 땅에서는 한 뿌리만이 난다. 동시에 두 뿌리가 나오는 경우도 매우 드무니 세 뿌리는 더 말할 것도 없었다. 그러나 늙은 여우의 육단상륙 세 뿌리는 연령이 일치했다.

서로 다른 지역에서 같은 나이의 육단상륙을 구했을 수도 있지만, 그런 우연이 있을 가능성이 과연 얼마나 될까?

비연은 아직 육단상륙을 약왕정에서 검증하지 않았지만 속으로는 거의 확신하고 있었다. 그녀 생각에 그 세 뿌리의 육단상륙은 바로 늙은 여우가 직접 심어 키운 것이다!

약에 대한 이야기가 시작되자 비연은 유달리 열심이었다. 덕분에 어색한 감정이니 부끄러움이니 하는 것은 저도 모르게 잊어버리고 눈을 들어 군구신을 바라보았다. 그는 계속 다른 곳을 보고 있었지만 그녀는 열심히 그를 쳐다보며 말했다.

"전하, 대약사의 추측이 합당한 것 같습니다. 다만, 아직 그 육단상륙 세 뿌리를 검증해 보지 못했으니 감히 확신하지는 못하겠습니다. 괜찮으시다면 전하께서 그 육단상륙 세 뿌리를 저에게 하루만 빌려주시어 상세히 검증하게 해 주실 수 있을는지요?"

군구신은 고개를 돌렸고, 그제야 비연이 계속 자신을 보고 있다는 사실을 알았다. 그는 조금 놀라운 감정이 들었지만 그것을 드러내지는 않았다. 곧 그의 눈빛도 평소의 냉담한 기운을 회복했다.

"그래, 하소만을 시켜 가져다주마."

비연은 잠시 생각하다가 다시 말했다.

"전하, 오 공공의 꾸러미에 있던 약 가루도 함께 받아 볼 수 있을까요?"

군구신은 이해할 수 없었다.

"그것은 무엇에 쓸 생각이냐?"

비연이 진지하게 말했다.

"육단상륙 세 뿌리는 아무 손상이 없는데, 약 가루 속에 육단상륙이 있었으니 분명 다른 육단상륙이 하나 더 있었을 겁니다. 그러니 흉수의 손에는 최소한 네 뿌리가 있었던 거지요! 제가 한번 시험해 보고 싶습니다. 그 약 가루 속의 육단상륙이 몇 년 근인지, 혹 다른 실마리라도 있는지 검증해 보고 싶어요."

군구신의 눈에 만족스러운 빛이 스쳐 가는가 싶더니 그가 고개를 끄덕였다.

"좋다, 함께 보내 주마."

일 이야기가 끝나니 대화도 끝나 버렸다. 비연은 재빨리 그 자리에서 빠져나가려 했다.

그러나 그녀가 물러나겠다고 말하려 했을 때, 군구신이 갑자기 고개를 돌려 오른쪽 멀리 있는 담장을 바라보며 날카롭게 외쳤다.

"누구냐?"

누구냐고? 사람이 있었던 건가?

비연도 돌아보았으나 사람의 그림자는 전혀 보이지 않았다. 담장은 텅 비어 있었고, 심지어 적막에 싸여 있는 것처럼 보이기도 했다. 그러나 거의 동시에 시위 여러 명이 사방에서 날아올라, 담장을 넘어 추격하기 시작했다.

"망중, 그녀를 지켜라!"

군구신이 냉랭하게 소리친 후 직접 추격하기 시작했다. 그

속도가 어찌나 빠른지 비연의 눈에는 그 움직임이 제대로 보이지도 않을 정도였다. 그러나 사실 군구신은 가면을 썼을 때만큼 빠르게 움직이지는 않았다.

군구신이 떠난 후에 망중이 나타나 비연에게 진지하게 말했다.

"고 약녀, 이 자객은 절대로 보통이 아닙니다. 명월거로 돌아가시지요. 며칠 동안 제가 지켜 드릴 것입니다."

총명한 비연은 즉시 그의 뜻을 알아차렸다.

"그 자객이 늙은 여우의 사람이라고 생각하는 건가요? 그리고 나 때문에 왔고요?"

망중이 솔직하게 대답했다.

"전하는 분명 그런 뜻이셨습니다. 저도 그렇게 생각합니다."

비연은 속으로 중얼거렸다.

'젠장, 제대로 하지도 못할 거면서, 누가 무서워나 할까 봐? 본 약녀가 늙은 여우, 네 꼬리 끝을 꼭 찾아내 옛 빚이며 새로운 원한을 함께 갚아 주지!'

명월거로 돌아온 그녀는 육단상륙 세 뿌리와 약 가루를 받는 즉시 창을 닫고, 모두 약왕정 안에 넣었다.

겉보기에 약왕정은 아주 작아, 그 안의 공간도 한계가 있어 보였다. 그러나 물건들을 넣자마자 즉시 사라져 보이지 않게 되었다. 약왕정 안의 공간으로 빨려 들어간 것이다.

육단상륙은 결코 흔한 약재가 아니니, 심층 분석을 하는 데는 당연히 시간도 정신도 꽤 소모해야 했다. 게다가 비연은 육단상륙뿐 아니라 약 가루 속에 포함되어 있는 다른 약재들도 함께 검사했다. 상당히 힘든 일이었다.

비연은 침상에 자리 잡고 앉아, 정신을 집중해서 약왕정을 움직였다.

일각 정도 지난 후 약왕정이 결론을 내렸다. 그것은 그야말로 경악스러운 것이었다!

경악스러운 결과

약왕정의 결론을 본 비연은 그만 멍해지고 말았다.

약 가루 안의 육단상륙도 세 뿌리의 육단상륙과 같은 연령이었다. 그리고 약 가루 안의 다른 약재는 전부 신농곡에서 나온 것이었다. 또한 약 가루 안의 육단상륙이건 그 세 뿌리의 육단상륙이건 전부 빙해의 남쪽에서 온 것이었다!

빙해의 남쪽?

그녀는 예전에 빙해의 남쪽이 운공대륙의 한 지역이라고 들은 적이 있었다.

빙해의 해수면은 3장 높이로 얼어 있고 이상하게 추웠다. 보통 사람이라면 아예 갈 수 없는 곳이었다.

10년 전에 빙해에 신비한 사건이 발생해, 얼음으로 이루어진 그 표면이 그 누구도 알지 못하는 극독으로 물들어 버렸다고 했다. 때문에 본래도 서로 왕래가 없던 두 대륙은 그 후로 완벽하게 격리되었다.

육단상륙이 빙해의 남쪽에서 왔다면, 10년 전에 가져온 물건이란 말인가?

대체 누가 가져온 걸까? 누가 빙해를 건널 수 있었던 걸까?

빙해에 대해서도, 또 빙해의 남쪽에 대해서도 비연이 조사할 수 있는 것은 한계가 있었다. 또한 조사 방법에도 제약이 많았다. 그녀로서는 더 따져 볼 방도가 없었다.

그녀가 또 이해할 수 없는 것은, 약왕정이 어떻게 육단상륙이 빙해의 남쪽에서 왔다고 판단했는가 하는 것이었다. 약왕정이 빙해의 남쪽 약학계에 대해 얼마나 알고 있는 걸까?

여기까지 생각한 비연은 다시 정신을 집중해 약왕정에게 한 번 더 검증하게 시켰다. 이번에는 육단상륙만 검증하게 했는데, 결과는 실망스러웠다.

약왕정은 육단상륙이 어떤 토양, 기후, 수질로 키워졌는지 분석해 냈다. 그리고 이런 환경이 빙해의 남쪽 한 지역의 특징이라고 알아냈으나 전부 해석하지는 못했다. 빙해의 남쪽 어느 지역인지는 약왕정도 잘 알지 못하는 모양이었다.

비연이 눈을 뜨고 육단상륙을 약왕정에서 꺼내 가볍게 쓰다듬었다. 쓰다듬고, 쓰다듬고……. 그녀의 미간이 살짝 굳었다.

이 일은 긴급한 일은 아니었다. 그러나 왜인지 모르게 그녀는 초조해졌다. 지금이라도 당장 답을 알고 싶어 어쩔 줄 모를 지경이었다.

"빙해의 남쪽, 빙해의 남쪽……. 운공대륙의 물건이라고?"

그녀는 방 안을 서성이며 중얼거렸다. 갑자기 항상 꾸던 악몽이 떠올랐다. 빙해에 관한, 그리고 어린 여자아이에 관한 악몽. 그리고 그 악몽에 반복해 나오던 이름들. 대진, 부황, 모후, 오라버니, 의부, 태부, 고남신…….

대진국이 빙해의 남쪽에 있는 나라인 걸까?

그녀는 현공대륙의 수백 년 역사에 대해서는 제법 알고 있었다. 현공대륙에는 대진이라 불렸던 나라가 없었다. 그 사람들은, 그 어린 여자아이는 빙해의 남쪽에서 온 걸까?

그 악몽은 전쟁의 한 장면 같았고, 또 결투의 한 장면 같기도 했다!

매번 그녀는 꿈속의 사람들을 제대로 볼 수 없었다. 그 여자아이건, 그들이건, 그리고 적이건. 그녀가 꿈에서 깨어났을 때 기억할 수 있는 건 모호한 장면들뿐이었다. 그나마 뚜렷하게 기억할 수 있는 것은 목소리뿐이었다.

10년 전 빙해에서는 대체 무슨 일이 발생했던 걸까?

그녀는 무엇 때문에 그런 꿈을 꾸는 걸까?

그녀는 대체 누구일까?

그녀는 어디서 왔을까?

그녀는 그들과…… 어떤 관계인 걸까?

그 여자아이는…… 설마 그녀 자신인 걸까?

비연의 생각이 어지러워졌다. 곧 격렬한 두통이 찾아왔다. 마치 머리가 깨질 것 같아 그녀는 더 이상 생각을 이어 나갈 수가 없었다.

머리를 감싼 채 참고 또 참았다. 침상에 기댄 채 천천히 몸을 웅크리고는, 있는 힘을 다해 머리를 끌어안고 있었다. 마치 강하게 끌어안으면 고통이 덜해질 것처럼.

이번이 처음이 아니었다. 예전에 빙해영경에 있을 때에도 이 악몽을 한 번 꿀 때마다 이렇게 한 번 아팠다.

점차 그녀의 의식이 모호해졌다. 그녀는 바닥에 쓰러진 채 습관처럼 중얼거리기 시작했다.

"사부……, 사부……. 연아가 아파요……. 사부……, 어디 계세요?"

빙해영경에 있을 때는 사부가 그녀를 안아 주고 태양혈을 문질러 주었다. 후에는 그녀를 안아 주지는 않고 태양혈만 문질러 주었지만. 사부는 그녀가 자랐으니 안아 줄 수 없다고 했다.

사부는 지금 어디에 있는 걸까? 무엇을 하고 있지?

점차, 천천히, 비연은 의식을 잃었다.

얼마나 지났을까? 밖에서 문 두드리는 소리가 들렸다.

문을 두드리는 사람은 하소만이었다.

군구신은 정원의 돌 탁자 근처에 앉아 있었다. 망중이 그의 앞에 고개를 숙인 채 무릎을 꿇고 있었다. 낙담, 자책, 두려움 등의 감정을 풍기며.

군구신이 그 자객을 발견하기 전까지, 저택의 시위들 중 누구도 그 자객의 어떤 흔적도 발견하지 못했다. 이것은 분명 망중의 중대한 실수였다. 그는 군구신을 호위하는 시위일 뿐 아니라 정왕부의 안보를 맡고 있기도 했으니까.

군구신이 직접 추격에 나섰지만 보랏빛 그림자만을 봤을 뿐이었다. 그 그림자의 모습조차 제대로 볼 수 없었으니 얼굴은 말할 것도 없었다. 그는 그 자객이 늙은 여우의 사람인지는 확신할 수 없었지만 경계하지 않을 수도 없었다.

사실 군구신의 실력으로는 한 걸음 늦었다 해도 추격할 수 있었다. 그러나 그는 비연 앞에서 자신의 정체를 드러낼 생각이 없었다. 내력이 명확하지 않은 자객 앞에서 드러낼 생각은 더더군다나 없었다.

그의 속도는 마치 그림자처럼 빨랐는데, 전설 속의 영술과 매우 닮아 있었다. 군구신은 자신이 어떻게 그런 능력을 익혔는지 알지 못했다. 수년 전에 우연히 발견했을 뿐이었다.

그가 조사한 바로는 영술은 현공대륙에서 실전된 지 수백 년이 지난 무술로, 어떤 무학세가에서 나왔는지 아무도 알지 못했다. 그러나 이 무술을 익히기 위해서는 반드시 어린 시절부터 훈련을 시작해야 하고, 모두 성공한다고 장담할 수도 없다고 했다.

이것은 그의 잃어버린 기억 중 한 부분이었다. 그는 부황과 대황숙에게조차 이 이야기를 하지 않았다.

군구신이 아무 말 없이 침묵하자 망중은 도저히 견딜 수 없어 겁먹은 목소리로 말했다.

"전하, 그자는…… 한 번만 오지 않겠지요?"

그제야 군구신이 입을 열었다.

"알면 됐다!"

망중은 더욱 겁에 질렸다.

"제가 죽어 마땅합니다! 당장 방비를 강화하겠습니다!"

군구신이 냉랭하게 그를 바라보며 아무 말도 하지 않았다. 잘생긴 눈썹을 찡그리며 무슨 생각엔가 잠겨 있는 듯했다.

그가 아무 말도 하지 않으니 망중은 감히 몸을 일으키지도 못하고 있었다. 하소만이 그 모습을 보고 재빨리 달려왔다.

"전하, 고 약녀가 아마 깊이 잠든 것 같습니다."

약재를 받아 든 비연은 잠시 눈을 붙이겠다며 창을 닫았다. 하소만은 그녀가 여전히 잠을 자는 모양이라고 생각했다.

군구신이 그제야 눈을 들었다. 아무 말도 없는 것이, 그저 기다릴 생각인 듯했다. 하소만은 매우 놀라, 서둘러 사람을 시켜 차를 가져오게 했다. 그리고 그가 직접 차를 올리고는 망중을 엄숙하게 꾸짖기 시작했다.

"망 시위, 대체 일을 어떻게 하는 건가? 오늘 전하께서 알아차리지 못하셨다면 그 결과를 어찌 감당할 수 있었겠는가? 아직도 여기서 무릎을 꿇고 뭘 하고 있는 건가? 어서 돌아가 수하들을 정비하여 호위를 강화하지 않고!"

그러면서 몰래 망중의 다리를 찼다. 망중은 잠시 기다리다가, 전하가 하소만의 말을 인정하는 듯하자 재빨리 빠져나갔다.

군구신은 굳게 닫힌 방문을 바라보면서 차를 마시다가 한참 후에야 물었다.

"비연이 어제 외출을 했었나?"

하소만이 문을 두드리는 소리가 작지 않았는데도 그녀는 깨지 못했다. 군구신은 매우 답답했다.

혹시 어젯밤 제대로 잠을 자지 않아 그런 걸까? 그렇다면 대체 뭘 했던 거지?

하소만은 잠시 멍한 표정을 지었다가 곧 깜짝 놀라 말했다.

"아닙니다! 전하께서 부에 계시지 않은 동안 고 약녀는 고씨 가문에만 두 번 다녀왔습니다. 제가 모두 알고 있습니다!"

그러고는 벌을 받을까 두려워 다시 덧붙였다.

"최근 며칠 동안 고 약녀가 저에게 부탁해, 어약방에서 꽤 많은 의약서를 빌려 오게 하였습니다. 아마도…… 책을 늦게까지 읽었던 모양입니다."

군구신은 더 이상 묻지 않고 계속 기다렸다.

그녀가 무엇을 걱정하는 것일까

군구신은 본래 누군가를 기다릴 만큼 인내심 있는 사람이 아니었다. 그러나 지금은 문 앞에서 비연이 깨어나기를 기다리고 있었다. 안타깝게도 그는 방 안의 상황을 전혀 알지 못했다.

하소만이 곁에서 시중을 들었다. 원래 그는 주인도 공고문을 붙일 건지 탐색해 보고 싶었으나 오늘 주인의 기분이 그렇게 좋지 않은 것 같아 망설이고 있었다.

정역비가 공고문을 붙이지 않았다면 아무 상관도 없었을 거다. 그러나 정역비가 공고문을 붙였는데도 정왕 전하께서 침묵을 지키신다면 다른 사람들이 어떻게 생각할까? 혹시 정왕 전하께 켕기는 구석이 있다고 생각하지는 않을까? 정왕 전하가 그 소문들을 인정한다고 생각하거나……?

점심 먹을 시간이 되었다. 군구신은 다시 하소만에게 문을 두드리게 했다.

그러나 이게 어찌 된 일일까. 하소만이 아무리 오랫동안 문을 두드려도 방 안에서는 인기척이 없었다.

아무리 모자란 잠을 보충하고 있다 해도 이렇게 오래 자는 것은 이상했다. 게다가 이렇게 시끄러운데도 깨어나지 않다니. 군구신은 즉시 뭔가 이상하다는 것을 깨닫고, 빠른 걸음으로 다가가 하소만에게 냉랭하게 질문했다.

"비연이 정말로 자고 있는 게 맞느냐?"

하소만도 당황한 상태였다.

"고 약녀가 눈 좀 붙이겠다고 하면서 스스로 창을 닫았습니다. 저는……."

그의 말이 끝나기도 전에 군구신이 문을 부수고 들어갔다. 바닥에 쓰러진 채 정신을 잃고 있는 비연이 보였다. 군구신은 생각할 겨를도 없이 달려가, 그녀를 안아 침상에 눕히고 외쳤다.

"태의를 불러와라! 어서!"

"예! 예!"

하소만이 깜짝 놀라, 그대로 뒤를 돌아 달려갔다.

곧 저택에 상주하고 있던 주 태의가 달려왔다. 비연을 진찰한 그는 곧바로 진단을 내렸다.

"전하, 고 약녀는 큰 문제는 없습니다. 갑자기 정신을 잃은 것은 아마도 체질이 약하고 빈혈이 있는데다, 마음이 편하지 않아 울화가 쌓여 이리 된 것 같습니다. 식사량을 늘리고 보양에 힘쓰면 바로 회복할 수 있을 겁니다. 너무 다급해하지 말고 순차적으로 진행하는 것이 중요합니다."

이 말을 듣자 굳어 있던 군구신의 얼굴이 풀렸다. 그가 물었다.

"언제 깨어나겠는가?"

"오후에는 분명히 깨어날 겁니다."

주 태의가 머뭇거리다가 다시 말했다.

"제가 약방을 하나 써 드릴 터이니, 고 약녀가 깨어난 후 살펴

보라 하십시오. 고 약녀의 몸은 자기 자신이 제일 잘 알 겁니다."

주 태의도 비연의 실력에 대해 들은 게 있어 감히 잘난 척하지 않았다.

군구신이 고개를 끄덕이고는 더 이상 묻지 않았다. 그는 주 태의의 진단을 생각하며 비연의 수척한 작은 얼굴을 진지하게 살펴보았다. 군구신은 이미 그녀가 너무 말랐다고 생각하고 있었다. 처음 만났을 때 그녀가 그의 품 안에 부딪쳤고, 그녀의 뼈가 그를 찔러 아프다고 생각한 기억이 남아 있었다.

군구신은 지금도 그녀가 고씨 가문의 적녀라는 걸 완전히 믿지는 못하고 있었다. 그러나 그녀의 이 쇠약한 몸을 보면, 언제나 냉대와 학대를 받던 몰락 가문의 소저 같기는 했다.

비연의 얼굴은 분을 바르지 않아도 스스로 빛을 내고 있었다. 이렇게 수척하지 않았다면 아마 더욱 아름다울 것이다.

그런데 무엇 때문에 마음이 편하지 않았던 걸까? 이 여자는 늘 애수에 잠기고, 감상적이거나, 스스로를 원망하고 한탄하는 성격 같지는 않았다. 그런데 대체 무슨 일 때문에 그리도 우울해했던 걸까?

군구신이 답답한 마음에 직접 따뜻한 물을 떠 왔다. 그는 비연에게 물을 먹이고 싶었으나 얼마 제대로 먹이지 못했다. 대신 그녀의 입술을 촉촉하게 적셔 주고 있었다. 지난번 그가 조심스럽게 약을 발라 줄 때 그랬던 것처럼, 지금도 그의 눈에는 부드러운 빛이 감돌고 있었다.

이때 하소만은 주 태의를 배웅하고 있었다. 주 태의가 참지 못하고 목소리를 낮춰 말했다.

"만 공공, 방금 전하께서 그리도 다급해하신 것은⋯⋯. 설마 밖에 떠도는 소문이 진짜인 것이오?"

하소만이 즉시 인상을 썼다.

"주 태의, 세상에는 물어도 되는 것과 물어서는 안 될 것이 있소. 정왕부에 들어오기 전에 분명 내가 설명해 주었던 것으로 기억하오만. 왜, 다시 설명해 드려야겠소?"

주 태의가 서둘러 두 손을 모아 읍하며 말했다.

"아니오, 아니오. 본관이 잠시 어리석었소이다. 어리석었소!"

하소만은 방으로 들어가 일부러 문을 닫았다. 그러나 몸을 돌렸을 때, 눈앞에 펼쳐진 장면에 그만 굳어 버리고 말았다.

전하가 침상 곁에 앉아 손가락으로 비연의 입가에 묻은 물을 닦아 주고, 또 조심스레 물을 먹이며 입술을 적셔 주고 있었다.

하소만은 전하의 시중을 3년 동안 들었다. 전하가 병이 중한 황상이 무엇인가를 먹는 것을 돕거나, 어린 태자에게 무엇인가 먹이는 것도 본 적 있었으니 전하의 온화한 일면을 보았다고 자신하고 있었다. 그러나 이렇게 단 한 사람에게 집중하는 것은 본 적이 없었다!

이 순간 전하는 마치 세상 전부를 잊어버린 것처럼 온 마음을 비연에게만 쏟고 있었다. 이런 집중력은 마치 시간조차 멈추게 할 듯한 그런 것이었다. 이 순간의 모습은 고요하게 영원으로 남을 것이다.

하소만이 복잡한 얼굴로, 전하를 방해하지 않고 몰래 불러

나왔다. 그는 계속 망중의 말을 믿지 않았다. 그러나 지금 그는 확실히 보았고, 더 이상 자신을 속일 수는 없었다.

공고문을 붙이는 일을 그는 이제 감히 권할 수가 없었다. 이제 어떻게 하지?

황상은 전하께서 비연과 함께하는 것을 허락하지 않을 거다. 정비는 말할 것도 없고 측비로 들이는 것조차 반대할 게 분명했다. 심지어 늙은 여우를 찾아내고 나면 즉시 비연을 정왕부에서 내쫓으라 할 수도 있었다.

그때가 오면 전하께서 어떻게 반응하실지는 하늘만이 알리라. 그리고 비연, 저 계집이 얼마나 힘든 일을 겪게 될지도!

하소만이 문 앞 계단에 앉아 두 손으로 턱을 받친 채 근심으로 온 얼굴을 일그러뜨렸다.

방 안에 있던 군구신이 물 한 잔을 다 먹인 다음에 몸을 일으키려 했다. 그런데 갑자기 비연의 눈에 희미한 눈물 자국이 어려 있는 것을 발견했다. 그는 몸을 굽혀 그것을 제대로 들여다보려 했다. 그 순간 비연이 갑자기 눈을 떴다. 군구신은 당황했다.

비연은 그가 자신을 들여다보고 있는 것을 보고 눈을 휘둥그렇게 뜨며 멍한 표정을 지었다. 군구신이 즉시 몸을 일으켰으나 비연은 온몸이 굳어 버린 것처럼 움직일 수가 없었다. 머리도 여전히 아파 제대로 생각을 할 수가 없었다. 그녀는 이것이 꿈인지 현실인지조차 구분하지 못하고 있었다.

만약 꿈이라면, 그녀는 또 죄를 짓고 있는 셈이다. 만약 현실이라면……

비연은 감히 생각을 이을 수 없었고, 또한 움직일 수도 없었다. 그녀는 몰래 눈을 움직여 훔쳐보려고 했다. 그러나 그를 제대로 볼 수 없었다. 오히려 군구신이 냉랭한 표정으로 다시 몸을 굽혔다.

비연이 깜짝 놀라 이제 눈조차 제대로 움직이지 못했다. 심장이 쿵쿵, 빠르게 뛰고 있었다.

정왕 전하가 무엇을 하시려는 걸까? 그녀는 분명 꿈을 꾸고 있는 것이다! 너무 큰 죄를 짓고 있었다.

그러나 그때, 군구신이 그녀 머리 근처에서 약왕정을 들어 올리더니 냉랭하게 물었다.

"이것이 무엇이지?"

비연이 바로 정신을 차렸다. 꿈이 아니었다. 그리고…….

그녀는 더 이상 생각할 겨를도 없이 다급하게 일어나, 침상에서 내려와 몸을 굽혔다.

"전하를 뵙사옵니다! 이 물건은…… 그, 그저 장식품입니다."

그녀는 제대로 서 있을 수도 없을 지경이었지만 간신히 버텼다.

군구신의 눈에는 아무 반응도 나타나지 않았다. 심지어 그의 안색은 평소보다 더 냉담해 보였다. 그는 약왕정을 비연에게 돌려준 다음 더 이상 묻지 않고 이렇게만 말했다.

"일어나거라. 몸이 불편하다면 급하게 약을 검증하지 않아도 좋다."

비연은 그제야 자신이 고통으로 혼절했었다는 사실을 깨달고는 서둘러 말했다.

"전하, 이미 검증을 끝냈습니다."

이 육단상륙이 빙해의 남쪽에서 왔다는 사실을 검증하지 못했다면 비연도 아마 이렇게까지 다급하지 않았을 것이다. 그러나 그 사실을 알게 되자 그녀는 일각도 지체할 수 없었다.

정말 알고 싶었다. 대체 어떤 사람이 이 육단상륙을 빙해 너머에서 가져온 걸까? 그 늙은 여우일까, 아니면 다른 사람일까?

비연이 서둘러 말했다.

"전하, 육단상륙과 약 가루의 육단상륙 산지는 알아내지 못했습니다. 그러나 약 가루 속에 있는 다른 삼류 약재는 모두 신농곡에서 온 것입니다!"

그녀는 잠시 멈췄다가 덧붙였다.

"이 삼류 약재는 흔한 것들이라, 보통 약재 시장에서도 구할 수 있는 것들이었습니다."

사실 그녀가 덧붙일 필요 없이 군구신도 알고 있었다.

신농곡의 약재 경매장에서는 보통 약재도 팔고 있긴 하지만 신농곡은 진양성에서 매우 멀리 있다. 오 공공이 굳이 천릿길을 가서 진양성에서도 살 수 있는 흔한 약재들을 사 올 이유가 없는 것이다!

오 공공은 약재들을 다른 사람에게서 받았거나, 어쩌면 진양성에 약을 저장해 두는 장소가 따로 있을 수도 있었다. 배후 인물이건 저장 장소건, 모두 신농곡과 떼려야 뗄 수 없는 관계일 것이다⋯⋯!

영리한 생각

그런데 신농곡이라고?

군구신은 놀랐다. 그도 신농곡을 의심하기는 했지만 육단상
륙의 출처가 신농곡이 아닌지 의심했을 뿐이지 신농곡 자체를
의심하지는 않았던 것이다.

비연이 제공한 이 실마리가 진상에 가장 접근한 것임이 분명
했다. 약재가 그곳에서 왔다는 것은 이미 중요하지 않았다. 늙
은 여우가 누구인지가 가장 중요했다.

늙은 여우는 십중팔구 신농곡의 사람일 것이다!

비연은 정왕 전하가 자신의 추측을 인정하는 걸 보고 서둘러
말했다.

"저에게 생각이 하나 있습니다. 전하께서 괜찮으시다면 고려
해 주십시오."

"말하라!"

"전하, 육단상륙 세 뿌리가 모두 같은 해의 것입니다. 약 가
루 안의 육단상륙도 마찬가지고요. 저는 신농곡에서 이 약재를
대량으로 심고 있다고 생각합니다. 그러니 이 육단상륙을 가지
고 신농곡으로 가서 의뢰를 하는 거예요. 똑같이 생긴 것을 구
한다고 말이지요! 그리고 신농곡에서 어떻게 반응하는지 지켜
보고 싶습니다!"

말을 끝낸 비연은 조금 켕기는 기분이 들어 군구신의 눈을 제대로 바라볼 수가 없었다. 그녀는 거짓말을 하고 있었다. 그녀의 진짜 목적은 이 기회에 신농곡으로 가서 경위를 탐색해 보는 것이었다.

늙은 여우가 이 약을 빙해를 건너 가져온 것이 아니라면, 대체 어디서 가져온 걸까? 늙은 여우가 이 약을 다른 사람에게서 얻은 것이라면, 대체 '다른 사람'이 누구일까? 신농곡은 현공대륙에서 똑같은 것으로 하나 더 구해 올 수 있을까?

신농곡의 약사들로 하여금 찾게 하고, 다시 정왕 전하로 하여금 그들을 추적하게 한다면, 자신이 '정보통'들을 찾는 것과는 비교도 되지 않을 것이다.

비록 비연에게 사심이 있긴 했지만 이것은 확실히 좋은 방법이기도 했다. 군구신이 차갑게 말했다.

"아주 영리하군."

정왕 전하에게서 칭찬을 받은 셈이니 비연은 매우 기분이 좋았다. 동시에 더더욱 켕기는 마음이 들었다. 그녀는 여전히 그를 바라보지 못하고 열심히 물었다.

"전하께서는 승낙하시는 거지요? 그럼 언제 출발할까요?"

군구신은 비연이 서두르는 것에 신경이 쓰이는 듯 그녀를 한 번 바라보았다. 비연은 그제야 자신이 흥분해 있다는 것을 깨닫고 재빨리 변명했다.

"적은 어둠 속에 있고 우리는 밝은 데 있으니, 제가 보기에 이 일은 시간을 끌면 안 될 것 같습니다."

군구신은 전혀 의심하지 않는 듯 아주 명쾌하게 답했다.

"준비해 두도록. 오늘 밤 출발하지."

오늘 밤? 그렇게 빨리?

비연은 무척 기뻐, 막 혼수상태에서 깨어났음에도 불구하고 바로 원기가 충만해짐을 느꼈다. 그녀는 공손히 허리를 굽히며 답했다.

"예, 명에 따르겠습니다!"

군구신이 탁자 위의 약방문을 그녀에게 건넸다.

"약을 지어서, 가는 길에도 복용하도록."

그리고 무엇인가 더 말하려는 듯하더니 결국 아무 말도 하지 않고 몸을 돌려 문밖으로 나갔다. 그러고는 문밖에 있던 하소만을 보고 나지막하게 물었다.

"시녀는 언제 도착하지?"

시녀가 곁에서 시중을 들었다면 오늘과 같은 일은 벌어지지 않았을 거다. 그가 좀 더 늦게 돌아왔다면, 그녀가 바닥에서 얼마나 더 쓰러져 있었을까?

하소만이 솔직하게 대답했다.

"이미 몇 명을 뽑아 두었고, 아직 고려 중입니다."

사실 비연을 제외하면, 정왕부의 노복들은 모두 하소만이 하나하나 정성 들여 세심하게 고른 이들이었다. 하소만은 나이는 어리지만 대담하고 안목도 높았다. 사람을 고를 때 시간을 들이는 편이었지만, 하나를 골라도 정확하게 고르곤 했다!

군구신이 고개를 끄덕이고는 대리시로 향했다.

그가 떠난 후에야 비연은 문밖으로 나왔다. 그녀는 한눈에 방문이 누군가에게 걷어차여 열렸다는 걸 알아보았다. 그녀가 의혹에 찬 눈으로 물어보려 했을 때, 하소만이 소리쳤다.

"내가 그랬다! 그렇게 볼 필요 없어! 내가 책임지고 고쳐 놓을 테니까!"

그러고는 그 자리를 떠나려다가 다시 고개를 돌리고, 싫은 표정으로 말했다.

"흥, 말라비틀어져서는. 앞으로는 좀 많이 먹어. 안 그러면 다른 사람들이, 우리 정왕부가 너를 괴롭히는 줄로 알 거 아냐!"

비연은 하소만의 어리지만 침착한, 그리고 약간은 괴이쩍은 모습을 보면서도 화가 나기는커녕 오히려 웃고 싶었다. 정왕부 안은 답답하다면 답답한 공간이었다. 그러나 이 어린 태감이 있어 그 답답한 심정을 풀 수 있었다.

다음 날 바로 먼 길을 떠나야 하니 비연은 당연히 정왕부 밖으로 나가 물건을 장만해야 했다. 점심을 먹은 후에 하소만에게 함께 가서 흥정을 도와 달라고 하려 했는데, 하소만이 직접 그녀의 문을 고치고 있는 걸 보게 되었다.

제법 자세가 나오는 것이, 늙은 장인보다 못하지 않았다. 비연은 정왕부 내에 수리를 거친 여러 곳이 모두 이 어린 태감이 직접 한 것은 아닌지 의심하기 시작했다.

그는 정말로 심혈을 기울이고 있었다. 주인을 위해 너무 돈을 아끼는 건 아닐까?

비연은 하소만을 방해하지 않고, 적당히 변장한 후 문밖으로 나갔다. 그녀는 군구신이 저에게 시위를 붙여 두었다는 사실을 모르고 있었다.

그때 군구신은 대리시에서 공 대인에게 비연이 세 뿌리의 육단상륙을 검증한 결과를 설명하고 있었다. 그러나 대약사는 만나지 않았다. 그는 공 대인에게도 많은 이야기를 하지는 않고, 직접 신농곡에 한번 다녀올 테니 비밀을 지키라고만 이야기했다.

밤의 장막이 내려오고, 마차가 준비되었다. 군구신은 비연과 함께 문을 나섰다. 이 일정은 비밀이라 마차도 망중이 몰기로 했다. 몰래 수행하는 시위들 외에는 다른 시종은 없었다. 심지어 하소만조차 동행하지 않았다.

하소만이 멀어져 가는 마차의 뒷모습을 보다가, 부러움과 질투가 뒤섞인 표정에 우울함을 더해 한탄했다.

"모두 가 버리라지! 나 홀로 참담하면 그만이다!"

과연 다음 날 아침, 궁에서 사람이 오더니 하소만을 데리고 황상을 배알하러 갔다.

하소만은 항상 황궁에 출입했고, 언제나 활발했다. 다만 천무제의 처소에 갈 때만은 풀이 죽곤 했다.

천무제의 기색은 며칠 전보다 꽤 좋아져 있었다. 그는 밝은 노란빛 용포를 입고 거대한 용상에 단정히 앉아 있었다. 그 자태며 표정에 위엄이 넘쳐흘렀다. 그가 날카롭게 질문했다.

"정왕이 언제 성을 나갔느냐? 그렇게 큰일을, 어찌 보고하지 않았느냐!"

하소만은 고통스러운 심정이었다. 전하는 분명 '공고문'과 관련한 일을 피하기 위해 일부러 황제를 보러 오지 않고 밤에 성을 나갔음이 틀림없었다.

하소만은 무릎을 꿇고, 얼음처럼 차가운 바닥에 이마를 붙인 채 답했다.

"황상께 말씀드립니다. 일이 너무 급작스러웠던지라 전하께서는 입궁하지 못하셨습니다. 본래 노비에게 밤에 입궁하여 보고드리라 하셨으나, 또한 황상의 휴식을 방해할까 두려워 오늘 아침까지 시간을 끌게 되었습니다. 황상께서 만약 노비를 부르지 않으셨다 해도, 노비가 왔을 것입니다."

천무제가 고개를 끄덕이더니 또 물었다.

"기씨 가문과 정씨 가문이 모두 공고문을 붙였다던데, 정왕은 어찌할 생각이냐?"

이건…….

하소만은 그저 울고 싶을 뿐이었다. 그는 머리를 짜내어 겨우 대답했다.

"황상께 말씀드립니다. 전, 전하께서는 본래 공고문을 붙이려 하셨으나……, 노비가 말렸습니다."

천무제가 분노했다.

"무엇 때문이냐!"

하소만이 서둘러 말했다.

"노비는 또한 대자사의 명성과 위신을 걱정하는 마음에 그리하였습니다. 지금 누군가가 전하와 고 약녀에 대한 헛소문을 만들고 있을 뿐 아니라, 대자사의 점괘가 거짓이라는 소문도 만들고 있습니다. 전자는 일부러 전하를 모욕하는 것이고, 후자는 대자사를 모욕하는 것입니다. 이 두 가지가 동일인의 소행이라면 그 마음 씀씀이가 악독하다 하지 않을 수 없습니다! 노비의 생각에는, 분명히 일소하기보다는 그 변화를 조용히 관찰하는 게 좋을 것 같았습니다. 배후에 있는 이가 대체 무엇을 위해 그런 마음을 먹었는지 알아내기 위해서 말입니다!"

천무제가 수염을 쓰다듬었다. 예상외로 하소만의 생각에 찬성하는 것 같았다.

사실 천무제는 이미 소문을 만들어 낸 자를 조사하도록 명령한 상태였다. 다른 사람들의 일이라면 신경 쓸 필요 없지만, 나라의 절인 대자사 문제라면 달랐다. 절대로 누구에게도 모욕받게 할 수 없었다!

천무제가 잠시 생각한 후 계속 물었다.

"하소만, 네가 보기에 정왕은…… 고비연에게 마음이 있는 것 같더냐?"

하소만은 망설임 없이 고개를 저었다.

"절대로 불가능합니다! 황상, 전하의 안목을 아시지 않사옵니까. 전하께서 마음에 들어 하시는 것은 그저 고 약녀의 약술뿐입니다."

천무제가 얼마나 믿는지는 알 수 없었다. 그러나 그는 하소만에게 3만 금을 상으로 내렸다.

어서방을 나온 히소만은 다리가 풀리는 것을 느꼈다. 평생처음으로 상금을 받고도 기쁘지 않았다.

3만 금이라……

하소만은 알고 있었다. 황상이 이리도 큰 상금을 내리는 것은 하소만을 매수하여 비밀을 듣고자 하는 것이었다. 황상이 점점 더 정왕 전하를 믿지 못하고 있었다!

정왕부로 돌아온 하소만은 제 주인에게 모든 것을 사실대로 고하는 소식을 보냈다. 전하께서는 그를 거둬 주셨을 뿐 아니라 아무도 모르는 커다란 은혜를 베풀어 주셨다.

하소만은 죽는 한이 있더라도 전하를 배신할 수는 없었다!

그날 밤, 군구신은 밀서를 받아 읽은 후 바로 불태워 버렸다. 그는 자신이 신농곡에서 돌아갈 즈음이면 부황의 병이 분명히 회복되어 있을 거라 생각했다.

이번에 신농곡에 가는 일이 얼마나 위험할지는 모른다.

그는 신농곡과 적이 되고 싶지 않았다. 그저 그 늙은 여우가 신농곡에서 권력을 쥔 이가 아니기만을 바랄 뿐이었다.

약왕 신농곡

신농곡은 진양성에서 10여 일 걸리는 거리에 있었다. 천염국 내에 위치하고 있기는 하지만 군씨 황족 관할에 속해 있지는 않았다.

진양성을 떠나 숲으로 들어간 군구신과 비연은 마차를 버리고 말로 갈아탔다. 그리고 꼬박 이레 동안 오솔길을 달려 신농곡에 닿았다.

길을 가는 동안 군구신은 유달리 과묵했다. 중요한 일이 아닌 한 비연이 먼저 그에게 말을 걸기 어려운 분위기였다. 수다쟁이인 비연으로서는 고역이 아닐 수 없었다.

망중이 때때로 나타나긴 했지만, 7일이라는 시간 거의 대부분은 침묵을 지켜야 했다. 비연은 속으로 정왕 전하는 모든 부분이 다 좋지만 조금 답답하다고 생각했다.

정오. 비연과 군구신은 신농곡으로 들어가는 커다란 돌문 앞에서 말을 세웠다. 돌문은 높고 웅대했으며 또한 굉장히 넓었다. 황성의 성문과 비교해도, 더하면 더했지 못하지 않았다.

신농곡에 들어가려는 이들은 상당히 많았다. 홀로 온 사람도 있었고 삼삼오오 짝지어 온 사람도 있었다. 더 많은 것은 상인들 무리였는데, 대부분은 이곳저곳을 다니며 고초를 겪은 듯한 모습들이었다.

신농곡에 오는 이들은 두 부류였다. 하나는 약을 찾아 병을 치료하려는 자들, 그리고 또 하나는 약재를 매매하려는 상인들.

군구신과 비연은 치료를 원하는 이들로 위장하기로 했다. 흰 옷을 입은 군구신은 우아하면서도 냉담한 분위기를 풍기는 것이 귀한 가문의 공자 같았고, 소박한 푸른 옷을 입고 머리를 양 갈래로 틀어 올린 비연은 영락없이 공자를 따르는 노비로 보였다.

"공자님, 들어가시지요."

비연은 호칭도 바꿨다. 그녀는 일각도 지체할 수 없었다.

이때, 그녀의 허리춤에 매달려 있던 약왕정이 갑자기 날아오를 것처럼 떠오르기 시작했다. 비연이 깜짝 놀라 바로 약왕정을 찰싹 때렸다!

약왕정이 원래 있던 자리로 떨어지더니 이번에는 갑자기 앞으로 날아가려 했다. 그 힘이 어찌나 센지 비연까지 함께 끌려갈 것만 같았다. 비연은 서둘러 약왕정을 붙잡고 의식을 이용해 야단을 쳤다.

"이 녀석, 조용히 못 하겠어? 그 망할 얼음에게도 들켰는데, 정왕 전하께도 들킨다면 너를 계속 데리고 있지 못할지도 몰라!"

군구신은 앞에서 걷고 있어 약왕정의 이상한 모습을 눈치채지 못했다.

약왕정이 조용해진 것을 확인한 비연이 겨우 안도의 한숨을 내쉬며 서둘러 군구신을 따라갔다.

신농곡의 돌문 안으로 들어서니 상당히 긴 산길이 펼쳐졌다.

위는 좁고 아래는 넓은 것이, 매우 어둡고 쌀쌀했다. 고개를 들어 보면 빽빽한 나무 사이로 하늘이 간신히 보일락 말락 했다.

비연은 신농곡주가 무엇 때문에 이곳을 선택했는지 알 것 같았다. 이 지역은 지키기는 쉽고 공격하기는 어려웠다. 전쟁 시에는 이 좁은 길을 봉쇄하기만 하면 아무리 용맹한 군대라도 쉽게 공격할 수 없을 것이다.

이 좁은 길 양쪽은 깎아지른 듯한 절벽이었다. 풀 한 포기 자라고 있지 않았다. 당연히 약초도 전혀 보이지 않았다. 비연은 계속 주위를 살피며 안쪽으로 들어갔다.

산길을 지나자 그녀가 흥분하여 숨을 들이켰다. 눈앞에는 그동안 본 것 중 가장 거대한 신상이 서 있었다. 바로 약왕 신농씨의 신상이었다.

소의 얼굴에 인간의 몸인 신상이 3장이 넘는 높이로 대지 위에 우뚝하게, 하늘을 찌를 듯 서 있었다. 웅혼한 기세가 느껴지는 그의 발아래 서니 마치 높은 산 아래 서 있는 것처럼, 스스로가 얼마나 작은지 배로 느낄 수 있었다.

신상의 팔다리, 심지어 얼굴에까지 덩굴이 가득 타 오르고 있었다. 특히 몸 부분은 얼마나 빽빽한지, 돌로 이루어진 몸은 보이지 않고 그저 비춰빛으로만 보였다.

높다. 높고도 높다.

비연은 간신히 덩굴 몇 종류를 알아볼 수 있었지만 다른 것들은 무엇인지 알 수 없었다. 그러나 그녀가 감별해 낸 몇 종류의 덩굴은 모두 진귀한 약재였다.

신농 석상을 지나니 시끌벅적한 약재 시장이 나타났다. 그 안에는 최소 오백은 넘는 노점이 각종 약재를 팔고 있었다.

이곳에서 노점을 벌이는 이들은 산골짜기에 사는 원주민이거나 외부에서 온 상인들이었다. 이곳에서 팔리는 것 대부분은 보통 약재들이었지만, 가끔 기이한 약재들이 나오기도 했다. 그런 경우는 약재를 팔러 온 사람들이 물건을 잘 구분하지 못하는 경우가 대부분이었다.

신농곡의 진정한 경매장은 이곳이 아니라 사방의 산 정상 위에 있었다.

약재 시장의 동서남북, 네 방향으로 각각 거대한 산이 하나씩 자리 잡고 있었다. 그중 동쪽과 서쪽 산 정상에 있는 약재 경매장에서는 매일 아침부터 한밤중까지 귀하고 비싼 약재들을 경매에 부쳤다.

남쪽 산 정상은 의뢰를 하는 곳이었다.

북쪽 산은 가장 높고 위험한 곳이었는데, 삼엄하게 지키고 있었다. 소문에 따르면 신농곡 곡주 대인이 그곳에 은거하고 있다고 했다.

비연은 이 모든 정보를 듣고 온 참이었다. 신농곡은 이 10년 동안 수많은 이들이 모이는 곳이 되었지만, 신농곡주는 매우 내향적인 성격이라고 했다. 외지인은 말할 것도 없고, 신농곡 사람 대부분이 신농곡주를 만나 본 적이 없었다.

약재 시장을 한 바퀴 둘러본 비연이 주변 숲으로 시선을 옮겼다. 산과 들에 가득한 것이 모두 약초였다! 공기 중에도 약초의 향이 맴돌고 있었다!

이 느낌이 너무나 익숙했다! 방금 돌문 밖에서 약왕정이 흥분해서 날뛰었던 것도 이상한 일이 아니었다. 약왕정은 아마도 그들이 집에 돌아왔다고 오해한 게 아니었을까?

비연은 백의 사부가 미워 죽을 지경이었다. 그러나 그를 떠올릴 때면 항상 마음이 아팠다. 그녀는 저도 모르게 눈을 감고, 고개를 든 채 산골짜기에서 불어오는 미풍을 맞이했다. 그 익숙한 냄새들이 그녀의 얼굴로 다가왔다.

백의 사부, 연아가 여기 온 후에도 잘 지내고 있나요? 연아가 보고 싶지 않나요?

이때, 군구신도 발걸음을 멈췄다. 고개를 들어 신농 신상을 바라보는 그의 얼굴에는 평소에는 잘 내보이지 않는 경외심이 떠올라 있었다.

군구신이 한참 후에야 물었다.

"고 약녀, 신농곡의 전설을 들어 본 적 있느냐?"

비연이 정신을 차리고 상당히 놀라며 물었다.

"신농곡에 전설이 있나요?"

군구신이 신농곡이라는 이름과 눈앞의 신농씨 신상의 내력에 대해 그녀에게 설명해 주었다.

전해 오는 이야기에 따르면, 천 년 전 현공대륙에 격렬한 전쟁이 있었다. 사상자는 셀 수 없었고, 온 들판에 이재민들이 가득했으며, 전염병이 횡행했다.

그러던 중 하늘에서 이 산골짜기로 신화가 내려왔는데, 신비한 백의 약사가 상고 시기의 현동玄銅을 취해 오행의 정수로 신농정을 주조했다. 그리고 그 자신도 불 속에 몸을 날려, 자신을 희생해 세상 사람들의 고통을 구제하고자 하였다.

사람들은 백의 약사가 어떤 사람인지 알지 못했다. 그저 그가 약왕 신농씨의 재림이라 여기고 신상을 주조하여 기념하였다. 그리고 이 산골짜기를 신농곡이라 이름하였다.

관련된 전설은 조금씩 달랐지만 기본적으로는 대개 비슷했다. 천 년이 지나는 동안 전설이 진실인지 거짓인지 아는 이들은 없어졌으니, 그때의 신농정을 찾으려는 사람들도 당연히 없었다.

"신농정……."

비연은 저도 모르게 중얼거리며 무의식적으로 약왕정을 꽉 쥐었다. 이유 모를 불안감을 느꼈으나 곧 떨쳐 버렸다.

천 년 전의 전설인데 어찌 백의 사부와 관계가 있겠는가. 그녀 자신도 마음속 불안이 지극히 우스운 것 같았다.

비연이 진지하게 물었다.

"전하, 신농곡에 천 년이나 된 전설이 있다 해도, 꼭 천 년의 역사가 있는 건 아니겠지요?"

군구신은 그제야 신농곡주가 거주하는 북쪽 산을 바라보며 말했다.

"확실히 천 년의 역사가 있지. 천 년 동안 단 한 번도 주인이 바뀌지 않았으니 말이다. 이곳은 계속 고독 일가가 관할해 왔다."

비연은 헉, 차가운 숨을 들이마셨다. 신농곡의 기반이 튼튼하다는 건 알고 있었지만 역사가 그리도 깊은 줄은 몰랐던 것이다.

천 년이라니! 군씨 황족이나 기씨 가문 같은 대세가도 사실은 2, 3백 년에 불과했다.

이렇게나 웅대한 기반에, 최근 10년 동안의 경영 성과를 생각하면 이 작은 골짜기는 이미 한 나라에 비견할 정도로 부유해졌을 것이다.

누가 이런 세력과 척을 지고 싶겠는가? 또 누가 이런 세력의 주목을 받고 싶겠는가?

만약 늙은 여우가 신농곡주를 위해 일하는 사람이라면, 이 일은 정말…… 힘들어진다!

비연이 경악하고 있는데 군구신이 담담하게 말했다.

"가지. 의뢰장으로……."

소녀의 체면을 생각해 주세요

신농곡 의뢰장은 남쪽 산 정상에 위치하고 있었다.

이곳은 신농곡에서 가장 특수한 곳이라고 할 수 있었다. 소위 약재를 의뢰한다는 것은 높은 가격으로 약사에게 의뢰하여 필요한 약재를 구하는 것이었다.

약사 역시 일단 의뢰를 받아들이면 온 힘을 다해 찾아야 했다. 약속된 시간 내에 찾지 못하면 의뢰가의 세 배로 배상해야 하기 때문이다. 그 덕분인지 10년 전에 의뢰장이 생긴 이래 의뢰가 실패한 기록은 단 한 번도 없었다.

신농곡 약사 수에는 한계가 있고 약을 찾는 데는 시간이 필요했다. 그래서 의뢰장에 매일 출입할 수 있는 인원수에 제한을 두고 있었다. 며칠이 지나도 의뢰를 받을 약사가 모자라 의뢰장에 들어갈 수 없는 경우가 허다했다. 의뢰할 사람이 많을 때는, 설사 높은 가격을 부를 수 있는 사람이라도 줄을 서야만 했다.

비연과 군구신이 산 아래에서 들은 바로는 오늘 마침 두 명의 자리가 있다는 이야기였다. 그들은 최대한 빠른 속도로 산에 올랐다.

그들이 의뢰장에 도착했을 때 그들 뒤쪽에 다른 두 사람이 나타났다. 젊은 남자 한 명과 여자 한 명이었다.

남자는 수려한 얼굴에 유순한 성격으로 보였다. 얼굴에 화장을 하고 있어 여자보다 더 여자다운 느낌을 풍겼다. 그리고 옷 위에 걸친 꽃과 같은 비단 장포는…… 그야말로 활짝 핀 꽃가지가 바람에 흔들리는 듯 화려하고 아름다웠다!

여자도 상당한 미인이었는데, 단정하고도 당당해 보이는 동시에 놀라울 정도로 온유하고 부드러워 보였다. 대갓집 규수다운 자태였다.

"공자님, 들어오세요, 어서!"

비연이 그들을 흘깃 보고는 빠른 걸음으로 의뢰장 안으로 들어갔다. 의뢰장에는 두 명의 자리만 남아 있어 그들이 사용하면 끝이었다. 육단상륙과 약 가루. 그들이 지금 신농곡에 온 가장 큰 목적은 신농곡 약사들이 이 물건들에 대해 어떤 반응을 보이는지 정탐하는 것이었다.

한 사람이 한 가지 약만을 의뢰할 수 있었다. 오늘 남은 자리가 둘이었으니, 비연은 당연히 두 자리를 모두 얻어야 했다. 내일 의뢰가 가능할지는 누구도 확언할 수 없기 때문이었다.

비연이 의뢰장 대문까지 달려갔다. 얼마 지나지 않아 그 유순해 보이는 남자도 그녀를 따라 뛰어왔는데 비연보다 속도가 빨랐다. 두 사람은 거의 동시에 문안으로 들어갔다.

비연이 미간을 찡그린 채 그를 한 번 보고는 계속 앞을 향해 달렸다. 어찌나 빠르게 달렸던지 하마터면 접수대로 돌진할 뻔했다.

의뢰인은 여기까지만 올 수 있었다. 필요한 약과 가격을 쓰

면 접수대의 약동藥童이 가져갔다. 그리고 순번에 따라, 시간이
비는 약사에게 의뢰가 갔다. 약사가 의뢰를 받으면 약동이 다
시 의뢰인에게 알려 주었다.

이런 과정은 의심할 바 없이 의뢰인의 비밀을 지키기 위함이
었다. 설령 의뢰를 받은 약사라 해도 의뢰인의 신분은 알 수 없
었다. 물론 의뢰인이 공개하기를 원한다면 예외였다.

이번에는 비연이 먼저 의뢰 창구에 도착했다. 그녀가 안도의
숨을 쉬며 서둘러 접수대 안의 약동에게 말했다.

"남아 있는 두 자리를 모두 주세요."

유순해 보이는 남자가 크게 놀랐다.

"뭐라고? 남아 있는 것이 두 자리라고?"

비연이 그는 상대도 하지 않고 약동을 향해 해맑게 웃으며
손가락 두 개를 내밀고 강조했다.

"둘! 둘 다 필요해요!"

약동이 대답하기 전에 유순해 보이는 남자가 갑자기 그녀를
밀치며 음산하게 말했다.

"이 아가씨가 어찌 이러는지. 두 자리밖에 남지 않았다는 것
을 알면서도 고의로 본 공자의 것을 빼앗으려 들어?"

비연은 하마터면 넘어질 뻔했다. 그녀는 이해할 수 없다는
듯 눈앞의 이 여성스러운 남자를 바라보았다.

겉보기에는 이리도 유순해 보이는 사람의 힘이 이렇게 세다
니. 떠밀린 그녀의 어깨가 다 아팠다.

그녀가 차갑게 반박했다.

"이 남자가 어찌 이러는지. 아가씨라는 것을 알면서 손을 쓰려 들어? 대체 남자가 맞는 건가? 내가 너보다 한 걸음 먼저 산 정상에 올랐고, 너보다 먼저 접수대로 왔다. 모든 일이 선착순이라는 걸 모르는 모양이지? 한 번에 두 자리를 요구해서는 안 된다고 의뢰장이 정해 놓은 적 없는데, 내가 어찌 고의로 네 것을 빼앗으려 한 게 되느냐?"

남자가 가장 싫어하는 말이 바로 다른 이가 그의 성별을 의심하는 것이었다. 그는 갑자기 눈을 가늘게 뜨고 한 걸음 한 걸음 비연에게 다가왔다.

비연이 저도 모르게 뒷걸음질 쳤다. 모골이 송연했다. 그녀는 남자의 행동에 놀란 것이 아니라 이 순간 그의 눈에 어린 음험하고 악독한 기운에 놀랐다. 저런 악랄함은……, 마치 수단을 가리지 않고 보복할 듯한 기세였다. 사람을 죽여야만 분이 풀릴 듯한 그런 악랄함.

어쩌지?

남자가 한 걸음 한 걸음 다가왔고, 비연이 한 걸음 한 걸음 물러섰다. 갑자기, 바람을 가르는 날카로운 소리가 들렸다. 그와 동시에 옥패 하나가 날아와 번개보다도 빠른 속도로 남자의 어깨를 맞혔다.

"악!"

남자가 놀라서인지 아파서인지 큰 소리로 비명을 지르고 돌아보았다. 비연도 다급하게 돌아보니 정왕 전하가 이미 들어와 있었다. 손을 쓴 사람은 바로 그였다.

"감히 본 공자에게 손을 쓰다니, 너도……."

남자의 말이 끝나기도 전에 군구신의 얼음처럼 차가운 시선이 쏟아져 내렸다. 남자는 놀라 굳어 버린 듯 말을 멈췄다.

군구신이 차갑게 말했다.

"연아, 이리 와라!"

연아…….

비연이 살짝 넋을 놓았다. 자신이 잘못 들은 것은 아닌지 의심스러웠다.

사실 진양성을 떠날 때 그들은 이미 이야기를 끝내 두었다. 그는 귀한 가문의 공자로 분장하고 그녀는 그의 시녀로 분장하기로. 그러니 약녀나 전하와 같은 호칭을 써서 신분을 폭로할수는 없었다.

그녀가 그를 공자라 부르는 것은 매우 자연스러웠다. 그러나 그가 이렇게 '연아'라 부르는 것을 들으니 어색해 몸 둘 바를 모를 지경이었다. 무어라 표현하기 어려운 감각이 일었다. 과분한 애정을 받아 놀랍고도 기쁜 듯한 감각, 그러나 결코 완전하지는 않은 그런 느낌이었다.

비연이 다가오지 않자 군구신의 눈에 살짝 불쾌한 빛이 스쳐 갔다. 그는 '연아'라는 호칭은 뺀 채 다시 한번 차가운 어조로 명령했다.

"이리 오도록."

"예!"

비연이 그제야 다급하게 달려가 그 곁에 섰다. 바닥에 부서

진 옥을 보고는 한눈에 그것이 정왕 전하가 항상 차고 다니던 값진 패옥임을 알아보았다. 그러나 그녀가 괴롭힘을 당하는 것을 보고 군구신이 아무것이나 손에 잡히는 물건을 던졌다는 사실을 그녀는 알지 못했다.

비연은 속으로, 하소만이 이 일을 안다면 또 며칠이나 자신을 미워할지 생각했다.

남자가 열심히 군구신을 살펴보았다. 마침내 군구신이 결코 평범한 인물이 아니라는 걸 알아본 듯 더 이상 방금처럼 거들먹거리지 않았다. 그러나 눈에 깔린 악랄함은 여전했다.

그가 물었다.

"너는 누구냐? 용기가 있으면 이름을 대라!"

그때 문밖에서 한 여자의 목소리가 들렸다.

"소 공자, 화를 가라앉히세요. 모두 오해니까."

들어온 사람은 바로 남자와 동행한 소저였다. 그녀가 상당히 초조한 듯 빠른 걸음으로 들어와 남자 앞을 가로막았다.

"모두 오해예요. 이분은 진양성의 신 공자로, 나의 오랜 벗이지요."

진양성의 신 공자? 오랜 벗이라고?

비연은 매우 놀랐다. 정왕 전하가 이 소저와 아는 사이일 줄은 몰랐던 것이다. 신 공자의 '신'은 군구신의 '신'과 발음이 같으니, 이 여자는 정왕 전하의 신분을 아는 게 분명했다.

하지만 이 여자는 진양성 사람 같지 않았고, 더군다나 정왕 전하에게 여성 친우가 있다는 이야기는 들어 본 적이 없었다!

여자가 다시 말했다.

"신 공자! 이분은 나의 친우로, 동쪽에서 온 소 공자랍니다. 오늘 이 일은 분명 오해겠지요. 원컨대 소녀의 체면을 생각하셔서 다투지 마시고 평화롭게 의논해 주셨으면 해요."

동쪽에서 온 소 공자라고?

영리한 비연은 여자가 일부러 강조한 '동쪽'이라는 단어에서 남자의 내력을 조금이나마 추측했다. 현공대륙 북쪽에는 천염국이 있고, 서쪽에는 백초국이, 동쪽에는 만진국이 있으며, 남쪽에는 한씨 가문의 한가보와 상관 가문의 영역이 있었다. 북, 서, 남쪽에서 권세 있는 가문이라면 손으로 꼽을 만했다.

소씨 가문이라면 설마 만진국에서 조운을 장악하고 있어 부유함으로는 한 나라에 필적한다는 그 가문일까? 그렇다면 저 여자는 또 누구일까?

비연이 답답해하고 있을 때 소 공자가 달갑지 않은 듯 말했다.

"좋소. 한 소저의 체면을 생각해서 방금 일은 잊도록 하겠소. 하지만 의뢰와 관련한 일은 의논의 여지가 없소!"

더 이상 유일하지 않은

"본 공자가 두 자리를 모두 원하오!"

소 공자의 말에 본래 조용하던 공간이 적막 속으로 빠져들었다.

이건…….

비연은 화가 났다. 이 자식이 방금 그녀에게 자기 것을 빼앗아 갔다고 질책했을 때를 생각하면 그는 한 자리면 충분할 것이다. 그는 방금 그녀에게 일부러 그랬다고 질책하고는, 지금 보복하려고 일부러 저러는 것 아닌가?

비연이 따지려 하자 군구신이 먼저 입을 열었다. 그는 무표정하게, 얼음처럼 차가운 목소리로 말했다.

"선착순으로 정하는 것이니 당연히 의논의 여지가 없지. 하지만 너는 내 사람을 건드렸으니 이 일은 끝나지 않았다."

소 공자가 발을 한 번 굴렀다. 여자가 몸을 흔드는 것 같은 모습이었으나, 그 순간 땅 위에 흩어져 있던 옥 조각들이 산산조각 났다. 그가 군구신에게 경고하는 눈빛을 보내며 말했다.

"제대로 생각해 보는 게 좋을걸. 본 공자는 한 소저의 체면을 생각해 주는 거지, 네 체면을 생각해 주는 게 아니란 말이다!"

군구신이 쓸데없는 말은 하지 않고 바로 사납게 발을 한 번 굴렀다. 소 공자의 발아래 부서져 있던 옥 조각들이 순식간에 공중으로 날아올랐다. 소 공자의 얼굴 앞까지 날아오른 옥 조각들이 마치 금방이라도 그의 얼굴로 향할 것 같았다.

소 공자가 깜짝 놀란 표정을 지었다. 바로 이때, 한 소저가 서둘러 소 공자 앞을 막아서며 초조한 목소리로 권했다.

"이러지들 말아요. 신 공자, 이곳은 신농곡이에요. 계속 시끄럽게 하면 쫓겨날 수도 있어요."

군구신은 한 소저의 체면을 세워 주지 않을 작정이었다. 그는 차갑고 고집스럽게 말했다.

"미안하군!"

소 공자는 한 소저의 이 말을 듣고 무엇인가를 떠올린 모양이었다. 그는 한 소저를 밀어내고 일부러 도전하듯 냉소하며 말했다.

"본 공자가 아니라고 하면?"

군구신은 정말로 화가 났다. 비연조차도 그의 분노를 느낄 수 있을 정도였다. 그가 정말 손을 쓴다면 저 소 공자가 어찌 될지는 아무도 알 수 없었다.

"공자님, 그만하세요. 저자와 다투지 마시고 중요한 일부터 처리하셔야죠!"

그러면서 비연이 재빨리 군구신의 팔을 잡아끌며, 발끝을 세워 그의 귓가에 속삭였다.

"전하, 속지 마세요. 저자는 지금 일부러 저러는 거예요! 신농곡에서 일하는 사람들을 화나게 하면 우리는 내일도 들어갈 수 없을지도 몰라요. 게다가 시끄러운 일이 생기면 늙은 여우가 놀랄 수도 있고요."

비연은 이렇게 권하면서도 사실 달갑지는 않았다. 마음 같아서는 손을 놓고 어떻게 되는지 지켜보고 싶었다. 하지만 다시 군구신을 잡아끌며 소리 죽여 말했다.

"전하, 우리 일을 다 끝낸 다음에 돌문 앞에서 길을 막으면 됩니다. 신농곡을 나서기만 하면 저자를 손봐 줄 기회가 없지 않을 거예요!"

군구신은 비연의 작은 얼굴이 제법 음험한 표정을 짓고 있는 것을 보고, 노기를 가라앉히고 고개를 끄덕였다. 지금 신농곡에서 시끄러운 일을 만드는 것은 확실히 현명한 행동이 아니었다.

한 소저가 이 모습을 보고, 본래 초조해하던 표정이 갑자기 굳어 버렸다. 정왕 전하는 그녀의 체면을 세워 주지 않았다.

그런데 저 시녀의 말은 듣는다고?

한 소저는 저도 모르게 다시 비연을 훑어보았다. 그녀의 마음에 달갑지 않은 분노가 떠올랐다.

사실 방금 마주쳤을 때 그녀는 한눈에 비연의 존재를 알아보았다. 바로 최근 진양성에서 온갖 소문의 중심에 있는 고 약녀라는 걸 말이다!

한 소저가 정왕을 좋아한 지 3년째였다. 그가 어떤 사람인지 더 잘 알 수 없을 만큼 잘 알고 있었다. 그녀는 그 소문 사이에 진실이 숨어 있다고 결코 믿지 않았다. 단 한마디도!

사실 그녀는 이곳의 일을 끝낸 후, 물건을 건네준다는 핑계로 정왕부에 가서 진상을 알아볼 생각이었다. 그러나 지금 눈

앞에 펼쳐진 장면이 그녀에게 진실을 알려 주고 있지 않은가?

여자는 종종 타인을 속이며, 자신마저 속이기도 한다. 동시에 여자의 직감과 판단은 너무나 정확하여, 자기 자신을 도저히 속일 수 없는 경우도 있었다.

방금 정왕이 손 가는 대로 내던진 옥패며 고개를 끄덕이는 모습을 보니 모든 것이 명백했다. 이 고 약녀는 정왕의 마음속으로 들어갔다. 한 소저 자신과 마찬가지로 고 약녀도 정왕에게 일종의 예외인 것이다.

게다가 고 약녀는 그녀보다 더 깊은 곳까지 들어가 있었다!

정왕 전하에게 마음을 품은 여자가 그리도 많건만 정왕 전하는 오로지 한 소저 그녀가 말을 걸 때만 대화를 거절하지 않았다. 지금 고비연이 같은 자리를 차지했으니, 자신은 더 이상 유일한 존재가 아니었다!

그녀, 한우아는 한가보에서 가장 사랑받는 셋째 소저였다. 가주인 소 부인이 가장 귀하게 여기는 양딸이기도 했으며, 신농곡 출신의 약사이기도 했다.

그러나 비연은 일개 약녀로, 그저 어쩌다 육단상륙을 감정한 것에 지나지 않지 않은가? 비연이 대체 무엇으로 그녀와 다툴 수 있단 말인가?

이 순간 한우아는 마치 비천한 하인에게 사납게 모욕당한 기분이었다. 그러나 모욕은 사실 중요하지 않았다. 그녀와 함께 정왕 전하를 다투는 일을 그녀는 절대로 용납하지 않을 작정이었다!

"흥, 원래 말재주가 좀 있었던 거군!"

한우아는 소 공자의 차가운 웃음소리에 생각에서 깨어났다. 그녀는 달갑지 않은 마음을 마음 깊은 곳에 숨기고 몸을 돌려 소 공자를 향해 진지하게 말했다.

"우리가 확실히 한 걸음 늦게 도착했지요. 계속 시끄럽게 굴려면 혼자 하도록 해요. 나는 더 이상 함께하지 않을 테니까!"

말을 마친 후 그녀는 군구신에게로 성큼성큼 걸어갔다. 예쁘장한 미간을 찌푸린 모습은 화가 난 것 같기도 하고, 어쩔 수 없어 하는 것 같기도 했다.

그녀가 진지하게 말했다.

"신 공자, 비록 모두 친우라 해도 나는 절대로 한쪽을 편들지 않아요. 내가 약동에게 당신이 먼저 왔고, 소 공자가 늦게 왔다고 이야기하겠어요. 그에게 미움을 사는 것은 아무렇지도 않으니까. 그가 당신의 시녀를 괴롭힌 것에 대해 당신도 그에게 한 번 교훈을 남겨 주면 공평하겠죠."

아무리 좋아한다 해도 그녀는 정왕 전하 앞에서 비굴한 모습을 보인 적은 없었다. 그리고 그에게 푹 빠져 있다는 기색을 보인 적도 없었다. 그녀는 그가 그런 여자를 좋아하지 않는다는 걸 알고 있었다.

그녀는 그가 개나리를 좋아한다는 것도, 바람 속 공기봉리의 향을 좋아한다는 것도, 그리고 보름날 밤의 둥근 달과 초하루의 뭇 별들을 좋아한다는 것도 알고 있었다.

군구신은 더 이상 이 일에 신경 쓰지 않았지만 한우아에게는 예의를 차려 말했다.

"한 소저께서도 약을 구하러 오셨습니까?"

정왕이 자신을 바라보자 한우아의 심장이 빠르게 뛰었다. 그녀는 꾹 참으며 평온하게 미소 지었다.

"소 공자와 함께 왔지요."

그러고는 비연을 흘깃 바라보며 말했다.

"신 공자, 이곳에 약을 구하러 오신 데는 이유가 있으시겠지요. 꼭 필요하지 않다면 자리가 하나 더 있어도 쓸모없으니, 다른 이의 편의를 봐 주면서 자신의 편의를 보아도 괜찮겠지요."

그녀의 이 말은 매우 공정해 보였지만 속뜻은 비연이 일부러 다른 사람을 괴롭히기 위해 혼자서 두 명분의 자리를 차지하려 했다고 질책하는 것이었다. 비연이 먼저 일을 크게 만들지 않았다면 뒤쪽에서 이렇게까지 기분 나빠 하지는 않았을 거라고 말이다.

그러나 군구신은 냉랭하게 대답했다.

"괜찮지 않습니다."

그러고는 성큼성큼 접수대로 향했다.

비연은 이 한 소저를 유심히 바라보았다. 그녀의 첫인상은 사실 꽤 괜찮은 편이었다. 그러나 방금 그 조소하는 듯한 말에 호감이 사라지고 말았다.

그나저나 인정하지 않을 수 없었다. 보면 볼수록 이 한 소저는 정말 아름다웠다. 또한 대담하면서도 부드러움을 잃지 않았다. 눈매에는 사람의 마음을 떨리게 하는 교태마저 어려 있어,

단정한 분위기 가운데에 극적인 매력을 풍기고 있었다. 그야말로 남자의 마음을 들었다 놓을 수 있는 미인이었다.

무심결에, 한 소저의 허리에 매달린 1촌 길이의 식물이 눈에 들어왔다. 풀 같기도 하고 약재 같기도 했는데, 비연으로서는 처음 보는 것이었다.

여자라면 보통 꽃으로 장식하는 것을 좋아한다. 그런데 한 소저가 매달고 있는 저것은 뭘까? 대체 무슨 작용을 하는 걸까? 혹시 어딘가 아파서 치료하기 위해 매달아 놓은 것일까?

그러나 비연은 더 이상 생각할 겨를이 없었다. 그녀가 군구신을 따라 접수대로 가려 하자 곁에 있던 소 공자가 한 걸음 먼저 앞섰다. 그리고 군구신 옆에 서서 창구 안의 약동을 보며 말했다.

"본 공자도 동시에 도착했으니, 어찌 되었건 본 공자에게도 한 자리를 주어야 한다!"

군구신이 서슴없이 그를 막아섰다. 그러나 창구 안의 약동이 말했다.

"싸우지들 마십시오. 제가 집사님께 물어보고 올 터이니, 집사님이 결정하게 하시지요."

지인, 일부러 편을 들다

약동이 잠시 후 젊은 집사를 데려왔다.

젊은 집사는 매우 귀찮은 듯, 걸어오며 원망의 말을 쏟아냈다.

"먼저 온 순서대로 하면 되지 뭘 다투고 있단 말이야? 정말 귀찮게! 또 싸우려 들면 모두 다 가라고 해."

비연 등은 멀리 있었지만 집사가 약동에게 하는 말을 들을 수 있었다. 비연은 몹시 즐거웠다. 분명히 그녀가 한 걸음 먼저 왔기 때문이었다.

그러나 젊은 집사는 가까이 오자 한눈에 한 소저를 알아보고 태도가 180도 변했다.

"아이고, 한가보의 한 소저 아니십니까? 어디 보자, 어디, 오늘은 무슨 바람이 불어 한 소저를 이곳까지 모셔 왔는지."

한가보라고?

비연은 계속 이 한 소저가 소 공자처럼 만진국의 귀족이라고 생각했다. 한 소저가 한가보 출신이리라고는 전혀 생각지 못했던 것이다.

10년 전만 해도 기씨, 소씨, 혁씨, 상관씨, 이 네 가문이 바로 현공대륙의 4대 가문이었다. 그리고 랑종狼宗 한씨는 4대 가문에 속하지 않았지만 실력이나 기반이 4대 가문보다 우월해 사람들이 4대 가문의 우두머리라고 불렀다.

빙해의 사건이 있은 후 무학이 몰락했다. 현공대륙에는 큰 난리가 벌어졌고, 기씨, 소씨, 혁씨, 세 가문은 힘을 크게 잃고 말았다.

기씨 가문은 천염국의 군씨 황족의 신하가 되어 병권을 장악했다. 소씨 가문은 만진국의 백리 황족에 의탁하여 조운을 장악했다. 혁씨 가문은 지리멸렬해져 아무것도 할 수 없는 처지가 되었다.

오로지 상관씨 가문과 한씨 가문만이 현공대륙 남쪽을 굳게 지키며 지금까지도 남쪽을 진정으로 통치하고 있었다.

비연은 놀란 것은 놀란 것이고, 권세 있는 귀족과 교류할 생각은 조금도 없었다. 그녀의 마음속에서 가장 권세 있는 이는 바로 정왕 전하였다.

한우아가 젊은 집사를 유심히 살피다가, 그녀가 신농곡 약학당에서 공부하던 시절의 동창이라는 사실을 알아차렸다. 그녀는 놀랍기도 하고 기쁘기도 해서 외쳤다.

"공소예, 너였구나!"

신농곡에는 전문적인 약학당이 있었는데, 5년에 한 번 입학 시험을 치러 천부적인 재능을 지닌 학생들을 불러 모았다.

이 학생들은 학업을 마친 후에 신농곡의 대약사들에게 뽑혀 제자로 들어가거나 직접 누군가를 가르치거나 했다. 그리고 나머지 사람들은 신농곡에 남아 집사의 임무를 맡았다.

한우아는 당시 약학당에서도 출중해 각종 시험에서 늘 1등을 했고, 세 명의 약사가 제자로 받아들이려고 다투기까지 했다. 그러나 안타깝게도 그녀의 양어머니인 한가보의 가주는 그녀가 신농곡에 남는 것을 허락하지 않고 한가보로 데려갔다.

공 집사는 애석한 표정으로 말했다.

"한 소저, 네 재능과 학식이면……. 그때 가지 않았더라면 지금 아마 약사까지 올라갔을 텐데. 며칠 전에도 학당에서 스승님 한 분이 네 이야기를 하는 걸 들었다."

비연이 이 대화를 듣고 속으로 의외라고 생각했다.

한 소저는 원래 신농곡 출신으로, 동창들 중에서 뛰어난 편이었구나!

고수가 구름처럼 모여 있다는 신농곡에서 우수한 약사란, 외부의 대약사급에 해당하는 능력을 지니고 있었다!

한우아는 잡다한 인사말을 나누고 싶지 않았지만, 이 이야기를 듣자 슬쩍 군구신을 곁눈질했다. 그녀는 정왕과 3년을 알고 지냈지만 정왕이 그녀의 약술이 어떤 수준인지 알지 못한다고 여기고 있었다.

이번 기회에 정왕 전하에게 그녀에 대한 걸 좀 더 알릴 수 있지 않을까? 정왕 전하가 비연을 높이 평가한 건 바로 비연이 약학에 조금 능력이 있기 때문 아닌가?

한우아는 정왕이 신농곡 약사들의 품계를 알지 못할 거란 생각에, 서둘러 겸허하게 웃으며 말했다.

"신농곡의 약사가 어디 아무나 되는 자리인가? 신농곡에서 가장 젊은 약사도 마흔이 넘은 다음에야 겨우 진급했다고 들었는걸. 너무 치켜세우지 마. 다른 사람이 들으면 웃음거리가 되겠어."

공 집사가 서둘러 말했다.

"이 말은 내가 한 말이 아니라 약학당 스승님이 하신 이야기인걸."

한우아는 또 몰래 군구신을 바라보았다. 그리고 그가 듣고 있는 것을 확인하고 몰래 기뻐하며 서둘러 말했다.

"됐어, 됐어. 그런 이야기는 그만하고 중요한 일을 이야기해야지."

그러고는 일부러 정왕 뒤의 소 공자를 먼저 소개했다.

남자를 일부러 밀어내는 것은 꽤 효과가 좋은 방법이었다. 정왕처럼 오만한 사람에게는 특히 그랬다. 그가 방금 그녀의 체면을 세워 주지 않았으니 그녀도 차라리 소 공자를 편애하기로 했다. 그러나 그녀는 정왕이 기분 나빠 하거나 혹은 그에게 미움을 살까 봐 걱정하지 않았다.

한우아는 소 공자를 상세히 소개한 다음, 일부러 동쪽 소씨 가문에서 온 공자라고 강조했다. 그다음 군구신을 소개할 때는 그저 지나가듯 두어 마디 했다. 그리고 마지막으로 공소예에게 말했다.

"이 두 분은 모두 나의 친우신데, 오늘 공교롭게도 여기서 마주치게 되었지 뭐야. 그런데 작은 오해가 있었으니, 네가 결론을 잘 내려 주었으면 좋겠어."

공 집사는 이미 약동에게서 대충 들어 한우아가 소 공자와 함께 왔다는 사실을 알고 있었다. 게다가 한우아의 소개까지 듣고 나니 얼마간 꿍꿍이가 생겼다. 그는 먼저 소 공자에게 공손히 두 손 모아 인사했다.

"소 공자, 저는 의뢰장의 집사인 공소예입니다."

소 공자는 놀랍고 기쁜 마음에 재빨리 예의에 맞춰 인사를 되돌린 후 말했다.

"다행입니다. 보아하니 이번에 한 소저에게 함께 와 달라고 청한 것이 정말 잘한 일이었습니다."

이 말은 분명 집사에게 한 소저의 체면을 세워 주는 동시에 모종의 부탁이 숨어 있었다.

공 집사는 일부러 장난스럽게 웃으며 말했다.

"한 소저를 청해 오시기 쉽지 않으셨을 텐데요, 소 공자께서는 정말 능력이 있으시군요."

그리고는 몸을 돌려 군구신을 바라보았다. 우호적인 태도긴 했으나 그렇게까지 열정적이지는 않았다.

"신 공자, 반갑습니다."

그러나 군구신은 기다리는 데 염증이 난 상태라 차갑게 말했다.

"본 공자의 시녀가 먼저 도착했고, 약동이 증인이 되어 줄 것이다. 본 공자는 의뢰 두 건을 해야 하니 어서 빨리 안배하도록."

공 집사는 상당히 화가 났지만 일단 고개를 돌려 한우아에게 묻는 듯한 시선을 던졌다. 한우아는 정왕이 약을 찾으러 왔으면서 신농곡의 집사에게 감히 이런 태도를 취할 거라고는 미처 생각하지 못한 참이었다.

그녀는 당황스러웠다.

그녀가 만약 다시 편을 든다면, 재주를 피우려다 일을 망치는 건 아닐까? 혹시 정왕의 반감을 사지는 않을까?

그녀는 머뭇거리며 결론을 내리지 못하고 있었다.

공 집사가 그녀의 마음속에 그렇게 많은 생각이 있다는 걸 어찌 알겠는가. 공 집사는 한우아가 소 공자의 편을 들고 싶지만 공개적으로 표현하기 어려워한다 생각했다. 그래서 그는 약동을 소리쳐 불러 다시 물었다.

"신 공자의 시녀가 먼저 도착했느냐?"

약동은 돌아가는 형세를 보고 말했다.

"제가 소 공자님과 이 시녀가 함께 들어오는 걸 보았습니다. 창구에 도착한 시간은 거의 차이가 없었어요. 공 집사님, 선후로 따지기 어렵다면 의뢰금으로 정하시는 건 어떨까요?"

공 집사의 눈가에 교활한 빛이 스쳐 갔다. 그는 즉시 방법 한 가지를 내놓았다.

"이러지요. 두 분이 동시에 도착했다 하고, 두 분 모두 의뢰를 두 가지 하실 작정이라 하니, 두 분께서 내실 수 있는 의뢰금으로 결정하겠습니다. 의뢰금이 높은 사람이 의뢰를 하실 수 있습니다!"

동쪽에서 온 소 공자라면 의심할 바 없이 만진국의 조운을 장악한 소씨 가문의 소야였다. 만진국에서 가장 부유한 가문 출신이니 결코 은자가 부족할 리 없었다!

소 공자가 이 말을 듣고 매우 기뻐하며 말했다.

"본 공자는 찬성입니다. 다만 의뢰 두 건을 함께 경쟁한다면 공정성을 잃기 쉬우니, 하나씩 하는 게 어떻겠습니까? 여기 계신 신 공자의 의견은 어떠하신지요?"

비연은 화가 났다. 이들은 분명 사리사욕에 눈이 멀어 일부러 그들을 괴롭히고 있었다.

그러나 군구신은 매우 상쾌하게 대답했다.

"끝까지 해 보지."

소 공자가 가장 좋아하는 것이 바로 돈으로 상대를 내리누르는 일이었다. 그의 입가에 경멸을 담은 냉소가 떠오르는가 싶더니 그가 외쳤다.

"후회하지 마라! 첫 번째 의뢰에 본 공자는 3만 금을 내겠다!"

3만 금!

비연은 말할 것도 없고 공 집사와 한우아도 숨을 들이켰다.

소 공자가 처음부터 너무 세게 나가는 게 아닐까?

그러나 군구신은 침착하게 한옆으로 다가가 앉더니 말했다.

"연아, 네가 저 공자와 함께 가격을 말해 보아라."

가난하다, 금화 한 닢

정왕 전하의 목소리는 여전히 차갑고 가라앉아 있었다. 그러나 '연아'라 불리니 비연은 온몸이 따뜻해지는 기분이었다.

그녀는 정왕 전하가 그녀에게 부드럽게 대해 준다면…….진정으로 부드러울 때는 어떤 느낌일지 도무지 상상도 할 수 없었다. 그녀는 그저 이렇게 이름을 불리는 것만으로도 이미 충분히 따뜻한 느낌을 받았다!

비연은 즐거운 마음으로, 그러나 중요한 일을 그르칠 수 없어 즉시 몸을 숙이며 대답했다.

"예!"

정왕 전하께서 '끝까지 해 보지.'라고 말한 이상, 분명 충분한 역량이 있을 것이다. 그녀가 중임을 맡았으니, 이 순간부터 정왕 전하의 힘이 그녀의 힘이었다!

어쩔 수 없이 헛되이 돈을 쓰게 되었으니, 그녀는 이 소씨 성을 가진 자를 반드시 이길 것이다!

비연은 소 공자를 돌아보며 일부러 고개를 세우고 가슴을 폈다. 그리고 당당한 자세로, 손가락 하나를 들고 소리쳤다.

"3만 금이라고? 우리 공자께서는 이만큼 더하실 생각이다!"

모두 그녀의 손가락을 바라보았다. 물론 군구신도 그녀의 손가락을 바라보았다.

공 집사가 입을 열려고 했을 때 소 공자가 먼저 물었다.

"그게 무슨 뜻이지? 얼마를 더하겠다는 거야? 백? 천?"

소 공자는 이 천염국에서 온 신 공자가 보통 사람이 아니라는 걸 알아보았다. 그러나 한우아가 방금 공 집사에게 그렇게 간단하게만 소개한 걸 보면, 기껏해야 보통 귀족에 지나지 않을 거라 생각했다. 그런 주제에 감히 만진국 제일의 부잣집 출신인 자신에게 덤비다니, 정말이지 제 힘도 모른다고.

의뢰장의 의뢰금은 대개 세 구간으로 이루어져 있었다. 의뢰하는 약재의 희귀도에 따라 달라지는데, 5천 금부터 2만 금까지가 첫 구간이었다. 그리고 2만 금에서 5만 금까지가 두 번째 구간, 5만 금 이상이 세 번째 구간이었다.

대부분의 사람들이 제시하는 의뢰금은 첫 번째 구간에 속했다. 두 번째 구간의 의뢰를 하는 이들이 있긴 했지만 기본적으로 3만 금 정도였고, 그 이상을 부르는 사람은 더욱 적었다.

5만 금 이상을 부르는 사람들은 손으로 꼽을 만했다. 소 공자가 특별히 '3만 금'에서 시작한 것은, 상대방이 얼마나 더 높일 수 있는지 보기 위한 것이었다.

비연이 아무 말도 하지 않는 걸 보고 소 공자는 하하, 소리 내어 웃기 시작했다. 그 모습은 여인보다도 더 간드러진 느낌이라, 그 유순하던 인상이 부자연스럽게 보였다.

"쯧쯧, 설마 1만 금을 더한 것은 아니겠지? 하하, 시녀야, 네 주인에게 물어는 보았느냐?"

비연은 고개를 저으며 진지하게 말했다.

"금화 한 닢을 더한 것이다."

뭐라고? 금화 한 닢?

소 공자는 잠시 멍한 표정을 지었다가 이해할 수 없다는 듯 소리쳤다.

"뭐라고?"

비연은 여전히 진지한 표정으로 말했다.

"우리 공자님께서 금화 한 닢을 더하신다고 말했다. 즉 3만 금에 금화 한 닢 더."

소 공자는 그녀를 바라보다 곧 큰 소리로 웃기 시작했다. 그는 한옆에 앉아 있는 군구신에게 조소하듯 말했다.

"신 공자, 세상 물정 모르는 하인을 데리고 다니면 망신살이 뻗치는 법이지!"

그 옆에서 공 집사도 참지 못하고 웃기 시작했다.

"금화 한 닢을 더한다고? 하하, 본 집사는 평생 처음 듣는 이야기로다!"

경매에서 1만 금으로 시작한 물건은 가격을 경쟁할 때 최소한 1백 금은 더하는 것이 상례였다. 그것은 누구나 다 아는 규칙이었다!

규칙을 모른다 해도, 어찌 금화 한 닢만을 더하는 걸까? 이 것은 주인의 체면을 깎는 정도가 아니라 그야말로 망신을 주는 것이다! 이 이야기가 밖으로 새어 나간다면 경매계 최대의 웃음거리가 될 거다!

한우아는 비록 공 집사처럼 웃지는 않았지만, 이미 몰래 웃기 시작했다. 그녀는 당연히 정왕의 재력을 알고 있었기에 소 공자에게 그만하라고 권할까 머뭇거리던 참이었다. 그런데 비 연이 이렇게 궁핍하게 구는 걸 보니 아무 말도 하지 말아야겠 다는 생각이 들었다.

정왕 전하에게 이 시녀가 약학 쪽 능력을 제외하면 아낄 만 한 가치가 없다는 걸 보여 주고 싶었던 것이다. 하인은 결국 하 인일 뿐이고, 몰락한 가문 출신의 소저 주제에 어찌 한가보의 셋째 소저와 비교가 되겠는가?

모두 군구신이 화를 내기를 기다리고 있었다. 그러나 군구신 은 담담한 얼굴이었다. 화를 내기는커녕 망신을 당했다 여기지 도 않는 것 같았다. 그는 냉랭하게 공 집사에게 물었다.

"방금 최저 금액에 대한 규정이 있었던가?"

공 집사는 머뭇거리다가 말했다.

"아닙니다. 하지만 신 공자, 경매의 규칙은 분명 아시리라 생각합니다……."

그의 말이 끝나기도 전에 군구신이 말을 잘랐다.

"이곳은 의뢰장이지. 경매장의 규칙을 따르고 싶었다면 경매 장으로 가면 된다. 꼭 어떤 규칙이 있어야 한다면 본 공자도 함 께 따라가 보지."

이건…….

공 집사가 당황했다. 이 일은 본래 그가 사리사욕에 눈이 멀 어 벌인 짓이었다. 그가 돈을 받고 의뢰장에 뇌물만 좀 돌린다 면 그다지 큰일이 되지 않을 거다. 그러나 이 일이 커져서 경매장으로 퍼지거나 신농곡의 사람들이 모두 알게 된다면 그때는 수습이 불가능할 것이다.

그는 생각했다.

시녀야 세상 물정 모른다 해도 이 신 공자가 설마 잘난 척을 하려는 건가? 그럼 잘난 척을 하게 둬 보자. 어쨌든 시작부터 높은 가격이 나왔으니, 신 공자도 오래 잘난 척하지는 못할 것이다.

소 공자는 당연히 공 집사의 근심을 이해하고 차갑게 코웃음 쳤다.

"같이 놀 능력도 안 되면서 잘난 척은? 본 공자는 너희랑 투닥거릴 시간이 없단 말이다!"

그리고 그는 눈썹을 치켜세우고 거만한 표정으로 비연을 바라보고는 손가락 세 개를 들었다.

"본 공자가 3천 금을 더하도록 하지!"

3천 금? 그럼 3만 3천 금에 금화 한 닢이라!

"3만 3천 금이라…….."

비연이 일부러 그렇게 중얼거리며 머뭇거리는 표정으로 한참 동안 정왕을 바라보았다. 그리고 다시 손가락을 하나 올리며 억지로 허세를 부리듯 큰 소리로 외쳤다.

"다시…… 금화 한 닢 더!"

이렇게 되니 3만 3천 금에 금화 두 닢이 더해진 셈이었다. 소 공자는 코웃음 치며 호탕하게 손을 들어 올렸다.

"다시 3천 금!"

비연이 다시 머뭇거리며 말했다.

"다시 금화 한 닢 더!"

계속 이렇게 반복되었다.

어느새 금액은 4만 5천 금에 금화 다섯 닢이었다. 비연은 또다시 금화 한 닢을 추가했다.

소 공자는 마음속으로 놀랐다. 그는 궁핍해 보이는 비연이 계속 쫓아올 줄은 몰랐던 것이다. 비록 그녀는 매번 금화 한 닢만을 더했을 뿐이지만, 이대로 계속 경쟁한다면 그녀가 내야 하는 것은 금화 몇 닢이 아니라 전체 금액이었다!

이렇게 높은 금액을……. 대체 어디서 저런 용기가 난 걸까?

소 공자가 머뭇거리다가 이를 악물고 계속했다.

"본 공자가 다시 3천 금을 더하겠다!"

가격이 이미 4만 8천 금에 금화 여섯 닢이었다. 이 가격은 사실 소 공자의 최대한도였다. 소씨 가문이 부유하기로 유명하긴 했지만, 그는 그저 소씨 가문의 아들일 뿐이었다. 그가 이번에 이곳에 온 것은 사적인 일 때문이었다. 그의 개인적인 돈은 그 정도가 전부였다.

그는 이미 돈이 아까워지기 시작했고, 비연이 감히 계속 돈을 더하고 있다는 사실을 믿을 수 없었다. 그러나 비연은 또다시 손가락 하나를 들었다.

소 공자는 결국 참지 못하고 눈을 가늘게 뜬 채 음산하게 경고했다.

"계집, 본 공자가 너에게 일깨우지 않았다고 말하지 마라. 다시 금화 한 닢을 더한다면, 본 공자는 반드시 네가 그 돈을 내게 만들 거다!"

그는 비연을 의심하고 있었다. 이렇게 높은 가격이라면 비연이 분명 내지 못할 거라고. 비연의 주인에게 이렇게 큰돈이 어디 있겠는가? 그녀는 분명 일부러 가격을 높인 거고, 진정으로 의뢰를 맡길 생각은 없는 것이다. 그러니 이렇게 경고하면 그녀가 그만둘 거라 생각했다.

그렇지 않고 더 이상 경쟁하면 그가 힘들어질 차례였다. 지금 그에게 남은 금액은 1백 금뿐이었다. 비록 1백이 비연의 금화 한 닢보다 높다 해도, 방금까지 호쾌하게 3천 금을 불렀던 것을 생각하면 너무 졸렬해 보일 것 같았다.

비연이 대답하지 않자 소 공자가 참지 못하고 다시 경고했다.

"네 주인과 잘 의논해 보도록 해라. 본 공자는 한번 말하면 꼭 하는 성격이다!"

비연이 고개를 끄덕였다.

"좋아, 금화 한 닢을 더하지는 않겠다."

소 공자가 속으로 안도의 숨을 쉬었다. 그러나 누가 알았을까, 비연이 다시 덧붙였다.

"1백 금을 더하겠다!"

이건……

자리 하나는 공짜로

1백 금이라고? 비연이 멈추지 않았을 뿐 아니라 오히려 금액을 높였다?

소 공자가 멍한 표정을 지었다.

대체 이 망할 계집이 뭐라 하는 거지?

비연이 그에게 시간을 주지 않고, 도전하듯 한 단어 한 단어 천천히 말했다.

"소 공자, 내가 돈을 내도록 도와줄 필요 없다. 하지만 만약 능력이 된다면 다시 1백 금을 더해 보도록. 반드시 그 돈을 내도록 해 드릴 테니. 나는 말을 하면 꼭 그대로 하는 사람이지!"

방금 자신이 다른 사람을 위협했던 말이 그대로 돌아오다니, 이 얼마나 답답한 상황인가.

소 공자는 화가 나서 악독하고 음험하게 눈을 빛냈다. 1천 금, 1만 금을 더해 비연을 사납게 눌러 버리고 이 수치를 돌려주지 못해 한스러웠다.

그러나 그는 할 수 없었다!

방금 그는 1백 금을 더할 수 있었다. 그러나 비연이 1백 금을 더하고 나니 그는 더 이상 더할 수 없었다. 총금액이 그가 감당할 수 있는 범위를 벗어났다!

게다가 그는 이 망할 계집이 대체 무슨 생각을 하는지 짐작도 할 수 없었기에 감히 모험을 할 수 없었다.

소 공자가 손을 들어 올렸다. 그는 주먹을 꽉 쥔 채 한참 동안 가격을 부르지 않았다. 결국 그는 비연을 가리키며, 음험한 미소와 함께 소리쳤다.

"망할 계집, 이번만은 본 공자가 너에게 양보해 주마!"

비록 저 망할 계집을 통쾌하게 밀어붙이지는 못했으나 그는 차라리 이번에는 지기로 했다. 그는 신 공자가 어떻게 그 많은 돈을 내는지 지켜볼 생각이었다.

소 공자가 공 집사를 바라보며 진지하게 말했다.

"공 집사, 마지막 가격은 4만 8천 1백에 다시 금화 여섯 닢이오. 신 공자가 이겼소!"

그의 이 말은 의심할 바 없이 신 공자에게서 당장 돈을 받아 내라는 재촉이었다.

한우아는 이미 무언가 이상하다는 생각을 하고 있었다. 그녀도 비연이 일부러 망신당하는 척했다는 건 눈치채고 있었다. 그러나 무엇 때문에 그랬는지는 도무지 알 수 없었다.

대체 왜 일부러 신 공자에게 수치를 준 걸까? 결국 비연이 무슨 이익을 본 것도 없지 않은가?

공 집사도 소 공자와 생각이 같았다. 그는 군구신을 바라보며 진지하게 말했다.

"신 공자! 이곳은 비록 정식 경매장은 아니지만, 바로 가격을 지불하는 것이 신농곡 전체의 규칙이니 지켜 주시기 바랍니다! 그러지 않는다면…… 이 자리는 조건 없이 소 공자에게 넘기고,

신 공자는 석 달 동안 신농곡에 들어오실 수 없습니다!"

군구신은 말없이, 담담한 표정으로 소매에서 작은 패 하나를 꺼냈다. 그 패를 본 모든 이들이, 비연도 포함해서 깜짝 놀랐다.

희귀한 흑수정으로 만든 검은 패였다. 종이처럼 얇은 그것은 검은색이었지만 투명하니 윤기가 돌았다. 그리고 그 중심에는 무늬 하나가 투각되어 있었다.

비연은 한눈에 이 패가 현상각에서 발행한 흑패라는 걸 알아보았다. 현상각은 현공대륙에서 가장 큰 전장[2]으로, 현공상회 소속이었다.

현상각은 백패, 금패, 그리고 흑패를 발행했다. 이 패를 사용하는 경우, 그저 패를 보여 주고 장부에 적기만 하면 되었다. 패를 가진 사람이 직접 돈을 지불하지 않고, 대신 상대가 장부를 가지고 현상각에 가면 돈을 받을 수 있었기에, 대량의 금전을 지니고 다니는 귀찮음을 줄일 수 있었다.

이 패는 가진 사람의 신분을 대표할 뿐 아니라 현상각의 신뢰를 대표했다. 그러므로 현공대륙 어떤 상인이라도 이 패를 보면, 패를 지닌 사람에게는 어느 정도 예의를 갖추기 마련이었다.

백패와 금패는 한도액이 정해져 있었다. 보통 백패는 귀족이나 세가의 자제들이 사용했고, 금패는 황족이나 권세가의 자제들이 사용했다. 하지만 발행되기 시작한 지 얼마 안 된 흑패는 어떤 사람에게 자격이 주어지는지도 잘 알 수 없었다. 그러나

---

2 과거의 은행.

의심할 바 없이 재력은 물론이고, 최정상급으로 존귀한 사람만이 쓸 수 있었다. 그런 까닭에 흑패는 한도액이 없었다.

비연은 매일 하소만에게서 이런저런 자랑을 들어 정왕 전하의 재력이 어느 정도인지 잘 알고 있었다. 그러나 정말 이 정도일 줄은 몰랐다.

계속 군구신을 잘 안다고 생각하던 한우아도 당황했다.

물론 이 순간 가장 놀란 사람은 소 공자와 공 집사였다. 그들은 자신들이 방금 신 공자를 조소했던 일이 얼마나 우스운 일이었는지 깨닫고 있었다!

군구신은 그들의 놀라움은 신경 쓰지 않고, 흑패를 돌 탁자위에 내려놓으며 냉랭하게 물었다.

"공 집사, 두 번째 경매 후에 함께 계산해도 되겠지?"

공 집사는 그제야 정신을 차렸다. 그의 태도가 다시 180도 달라졌다. 그는 한우아의 체면은 이제 안중에도 없이 서둘러 말했다.

"당연하지요, 당연하고말고요!"

군구신이 인내심 없이 재촉했다.

"그럼 시작하지!"

소 공자는 신 공자의 신분이 의심스러워 한우아에게 질문하는 듯한 눈빛을 던졌다. 그러나 한우아는 켕기는 데가 있어 그를 바라보지도 못했다.

공 집사가 소 공자를 재촉했다.

"소 공자, 두 번째 경매를 시작하시겠습니까?"

소 공자는 수치스럽기도 하고 화도 나서 매우 달갑지 않은 기분이었다. 그는 신 공자의 신분을 추측하기에 앞서 속으로 중얼거렸다.

'흑패를 가지고 있은들 뭐 어떻다는 거지? 본 공자는 반드시 너희들이 힘들어하는 꼴을 보고야 말겠다!'

"당연하지요. 본 공자가 먼저 시작하겠소이다!"

소 공자는 한 번에 5천 금을 올릴지, 아니면 1만 금을 올릴지 머뭇거리며 말을 하지 못했다. 그때 비연이 말했다.

"공 집사, 방금 소 공자가 먼저 시작하셨으니 이번에는 제가 먼저 해야 공평하지요."

공 집사의 마음도 이미 기울어진 상태였다. 그가 인정한다는 듯 고개를 끄덕이고, 소 공자와 의논하지도 않고 직접 말했다.

"연 아가씨, 시작하시지요."

소 공자는 머리끝까지 화가 치밀어 올랐으나 다투지 않았다. 어쨌든 먼저 가격을 부르지 않아도 가격을 올릴 기회는 똑같이 있으니까. 그는 최고가를 불러서 저 신씨 성을 가진 놈에게 대가를 치르게 할 작정이었다!

비연이 입을 열었다.

"금화 한 닢."

뭐라고? 또 금화 한 닢이라고? 이건 또 무슨 의미지?

공 집사와 한우아 모두 이해할 수 없었지만 군구신은 입가에 미소를 머금었다. 마치 이미 무언가를 발견한 듯한 모양새였다.

소 공자는 해 볼 만한 가치가 있다고 생각했다. 그는 비연이 일부러 자신을 모욕하고 있다 생각하며, 자신도 똑같이 모욕을 주고 싶었다.

그가 분노한 목소리로 외쳤다.

"본 공자는 5천 금을 더하겠다!"

비연이 웃었다.

"다시 금화 한 닢."

소 공자도 계속했다.

"다시 5천 금!"

두 사람은 계속 그렇게 주고받으며 격렬한 각축전을 벌였다.

"다시 한번, 금화 한 닢."

"5천 금!"

"한 닢."

"5천 금."

마침내 소 공자가 열 번째로 5천 금을 불렀을 때 비연이 갑자기 진지한 표정으로 말했다.

"소 공자, 나는 다른 사람에게 양보받는 것을 좋아하지 않는데, 방금 한 번 양보했으니 이번에는 그 빚을 갚겠다. 더 이상 돈을 더하지 않겠다!"

비연의 말이 끝나자 열렬하게 추격전을 벌이던 소 공자의 등골이 서늘해졌다. 그는 마치 무엇인가를 깨달은 듯 재빨리 공 집사를 바라보았다.

공 집사가 진지한 표정으로 말했다.

"최종 경매가는 5만에 금화 열 닢으로, 소 공자께서 승리하셨습니다."

소 공자의 안색이 갑자기 창백해졌다. 그에게 그런 큰돈이 어디 있겠는가! 그의 최고 한도액은 4만 8천1백에 금화 여섯 닢이었다. 그렇지 않았다면 첫 번째 경합 때 그렇게 쉽게 양보하지 않았을 것이다!

그는 계속 이 점을 계산하고 있었는데, 이번에는 어찌 된 걸까? 뜻밖에도……, 뜻밖에도 흥분하여 잊었단 말인가?

소 공자는 홀연히 깨달았다! 마침내 비연이 무엇 때문에 계속 금화 한 닢으로 시간을 끌었는지 알게 되었다. 그녀는 그에게 도전하고 그를 모욕한 것이다!

원래 비연에게 있어 첫판은 그의 한도액을 알아보기 위한 탐색전에 지나지 않았던 것이다! 그리고 그의 한도액을 알아낸 후 두 번째 판은 일부러 그를 흥분시켰다!

지금 그는 돈을 낼 수 없었다. 신농곡의 규정에 따르면 두 번째 자리는 조건 없이 비연에게 귀속되게 되었다. 그들은 금화 한 닢도 낼 필요가 없었다. 그리고 그는, 벌로 석 달 동안 신농곡에 들어올 수 없게 되었다!

제기랄!

"이 천한 계집이, 나를 놀리다니!"

수치스러움이 분노가 되어, 소 공자는 침착함을 버리고 비연의 따귀를 내리쳤다!

푹 빠져 버린 비연

소 공자가 갑자기 손을 쓰리라고는 누구도 생각지 못한 상황이었다. 당황한 비연은 피하는 것조차 잊고 있었다.

그러나 군구신은 계속 대비하고 있었던 것처럼, 소 공자가 손을 올리는 순간 사납게 탁자를 내리쳤다. 그 힘이 어찌나 대단했던지, 돌 탁자 위에 있던 흑패가 공중으로 날아올라 날카롭게 소 공자를 향해 날아갔다.

휙!

날카로운 소리가 나는가 싶더니 흑패가 소 공자의 손목을 스쳤다. 그 순간, 소 공자의 손이 비연의 얼굴 바로 앞에서 멈췄다. 붉은 피가 그의 손목 위로 뿜어져 나왔다.

"악!"

소 공자가 경악했다. 얼마 지나지 않아 손목에서 선혈이 어지럽게 쏟아졌다.

정신을 차린 비연이 재빨리 피해 겨우 피를 맞지 않았다. 한우아와 공 집사 역시 멀리 피했다.

소 공자는 상처를 눌러 지혈하며, 자신의 손이 전혀 움직이지 않는다는 걸 깨달았다. 아무래도 힘줄이 끊어진 모양이었다.

그 모습을 보고, 안 그래도 놀라고 있던 사람들이 더욱 놀랐다. 소 공자가 분노한 눈으로 군구신을 바라보며 외쳤다.

"대체 누구기에 함부로 나에게 상처를 입히느냐!"

군구신이 그제야 몸을 일으켰다. 그는 차가운 눈을 가늘게 뜨고, 얼음과 같은 표정으로 말없이 한 걸음 한 걸음 소 공자에 게 다가갔다. 그러면서 손을 허공에 흔드는가 싶었는데, 바닥에 떨어져 있던 흑패가 날아서 그의 손안으로 돌아갔다. 계속할 생각인 것 같았다!

"너, 너……, 본 공자를 기다리도록 해라. 어디 두고 보자. 본 공자는……."

소 공자가 말도 채 끝내지 못하고 다급하게 몸을 돌려 도망쳤다. 한우아가 쫓아가지 않고 이 상황을 멍하니 바라만 보다 겨우 정신을 차렸다. 그녀는 정왕의 무공이 매우 뛰어나다는 사실을 알고 있었지만 이 정도일 줄은 몰랐다.

그녀가 더욱 알지 못했던 것은 정왕이 이렇게 사나울 수 있다는 사실이었다! 소 공자의 손을 못쓰게 만들다니!

그녀가 방금 아주 명확하게 소개했다. 동쪽의 소씨 가문이라고 말이다. 정왕은 분명히 소 공자가 만진 최고 부자인 소씨 가문 사람이라는 걸 알았을 테고, 그가 소씨 가문의 적자라는 사실도 추측해 냈을 것이다!

소 공자가 먼저 손을 쓴 것은 분명 잘못이다. 하지만 정왕도 그렇게 앞뒤 가리지 않고 소씨 가문과 척을 질 이유가 있을까?

자신의 위신을 위해 그런 걸까……, 아니면 비연 때문에?

이 순간 비연은 마치 푹 빠져 버린 사람처럼 정왕에게 시선을 쏟고 있었다. 입을 막은 채 군구신을 바라보는 그녀의 커다란 눈이 그야말로 숭배심으로 가득 차 빛나고 있었다.

정왕 전하의 방금 일초식은 너무나 멋있었다! 우아하고 존귀하면서도 저렇게나 사납다니!

조금 전의 빚과 지금의 원한을 일거에 갚았다. 더 이상 돌문 앞에서 사람을 가로막을 필요가 없었다. 원한을 바로 갚으니 과연, 원한을 기억하는 것보다 통쾌하기 이를 데 없었다.

비연은 명백하게 이해하고 있었다. 자신은 정왕 전하와 영욕을 함께 나누는 정왕 전하의 시녀다. 다른 사람이 그녀를 괴롭힌다면 그것은 정왕 전하의 얼굴을 때리는 거나 마찬가지다. 그러므로 사실 정왕 전하는 오로지 그녀만을 위해 보복한 건 아닐 거다.

그렇다 하더라도 그녀는 뜻밖의 애정을 받은 듯한 행복감에 사로잡혔다. 보호받는 듯한 착각마저 들었다.

군구신도 더 이상 소 공자를 따라갈 생각은 없었다. 그는 흑패를 공 집사에게 주고 기록하게 했다.

공 집사는 본래 겁을 먹은 데다 흑패 위에 피가 묻은 걸 보고 더욱 두려워했다. 그는 군구신의 신분을 어느 정도는 추측하고 있었지만 감히 증거를 구하지는 못했다. 그가 아는 것은, 자신과 같은 일개 집사는 흑패를 지닌 사람에게 미움을 사서는 안 된다는 것뿐이었다. 그가 망설임 없이 말했다.

"신 공자님, 오해였습니다, 오해! 방금의 경매는…… 없었던 걸로 하시죠. 의뢰금…… 역시 스스로 정하시면 됩니다."

군구신이 사양하지 않고 고개를 끄덕였다. 이 일은 본래 이렇게 되어야 했다. 늙은 여우의 일 때문에 조용히 있으려던 게 아니라면, 그가 어찌 공 집사 같은 이와 뒤엉켰겠는가?

그가 흑패에 묻은 혈흔을 보고 미간을 살짝 찌푸렸다. 그 모습을 보고 한우아가 서둘러 손수건으로 그 핏자국을 닦으려 했다. 그러나 그녀가 말을 하기도 전에 군구신이 흑패를 비연 쪽으로 넘겼다. 비연은 그제야 정신을 차리고 빠른 걸음으로 나가, 흑패를 받아 세심하게 닦았다.

한참 후 비연이 두 손으로 흑패를 건넸다.

"공자님, 깨끗하게 닦았어요."

정말 즐거웠다. 이렇게 가까운 거리에서 그와 마주 보는 상황에서도 그녀는 웃음이 나오는 걸 참을 수 없었다.

그녀의 보기 좋은 두 눈은 웃음기로 둥글게 휘어져, 마치 두 개의 달이 뜬 것만 같았다. 그리고 그녀의 눈동자 속에는 열광이, 기쁨이, 긍지가, 그리고 즐거움이 마치 영원히 꺼지지 않을 것처럼 찬란하게 빛나고 있었다. 그녀의 이런 모습은 정말 너무나 바보 같아 보였지만 동시에 너무나 사랑스러웠다.

비연의 이런 시선을 처음 받는 게 아닌 군구신은, 지금 그녀의 눈빛이 예전보다 훨씬 열정적인 걸 명확하게 알아보았다.

그는 분명 그런 눈빛에 반감을 느껴야 했다. 그러나 지금은 귀신에게라도 홀린 듯 그저 조금 어색하기만 했다. 그는 흑패를 받아 들고는 몸을 돌려 비연을 등진 채 미간을 찌푸렸다.

비연이 낙담하지 않고, 오히려 만족스러운 표정으로 고개를 숙인 채 피를 닦은 손수건을 접었다. 어차피 그의 반응을 기대한 건 아니었다. 자신만의 바보 같은 즐거움일 뿐이니 실망할 일도 아니었다.

그러나 이 모습을 보던 한우아는 꽤 즐거운 마음이 들었다. 정왕의 좋고 싫음조차 제대로 판별하지 못하는데 비연이 아무리 영리한들 무슨 쓸모 있겠는가? 정왕 곁에 얼마나 오래 있을 수 있을까?

정왕이 가장 싫어하는 여인은 바로 저런 식으로 자신을 바라보는 여인이다. 그런 그녀를 정왕이 좋아할 리도 없고, 시녀로도 불합격인 것이다!

한우아는 더 이상 의혹을 품지 않았다. 정왕 전하가 소 공자에게 중상을 입힌 건 소 공자가 자신에게 도전한 것에 분노한 까닭임이 분명했다. 결코 비연을 위한 복수는 아니었던 것이다. 정왕이 비연을 예외로 둔 것은 이용할 필요성이 있기 때문일 것이다!

한우아는 몰래 기뻐하면서도, 다시 자신이 무슨 말이라도 했어야 하는 거 아닌가 고민하기 시작했다. 그녀는 소 공자와 함께 온 상황이었다.

그녀는 자신을 위해 뭔가 변명해야겠다고 생각했다. 그러나 소 공자가 우물에 빠졌을 때 돌을 던지는 것처럼 보여서도, 그렇다고 자신이 여전히 소 공자의 편을 드는 것처럼 보여서도 안 될 말이었다. 자신은 이럴 수도 저럴 수도 없었던 것처럼, 그러나 자신의 생각은 또 있는 것처럼 보여야 했다. 그래야만 정왕은 그녀가 방금 했던 일을 이해해 줄 것이다.

한우아가 계속 힘들게 궁리하고 있을 때, 비연이 군구신 앞으로 돌아가 진지하게 말했다.

"공자님, 어서 의뢰를 맡기는 게 어떨까요?"

군구신은 그녀가 손에 쥐고 있는 손수건을 보더니 불쾌한 듯 말했다.

"더럽지 않은가?"

비연이 어색해하며 말했다.

"제……, 제가 핏자국이 보이지 않게 안으로 개켰습니다. 돌아가서 빨면……, 잘 빨면……."

비연의 말이 끝나기도 전에 군구신이 단호하게 말했다.

"버리도록."

비연은 상당히 당황스러웠다. 꽤 비쌌던 이 손수건을 한참을 머뭇거린 끝에 겨우 샀던 그녀였다.

군구신은 귀찮다는 듯 재촉했다.

"버리라 했다! 오늘 본 공자의 체면을 세워 주었으니, 남은 수만 금을 돌아가면 모두 너에게 상으로 내릴 것이다."

뭐라고?

비연이 처음에는 당황했다가 곧 크게 기뻐했다! 군구신을 바라보는 그녀의 눈길이 즉시 열렬한 숭배로 변했다. 다만, 이번에는 그녀도 멍하니 있지만은 않았다. 그녀는 재빨리 몸을 굽혀 감사를 표한 후, 최대한 빠른 속도로 손수건을 한옆에 버렸다.

다시 한번 아주 갑자기 행복이 찾아왔다!

옆에서 한우아는 물론이고, 심지어 공 집사와 같은 남자조차도 비연을 향해 질투와 부러움의 시선을 던지고 있었다!

한우아는 본래 얼굴에 질투를 드러내지 않는 사람이었다. 그러나 이 순간엔 얼굴에 질투를 드러내고 있었을 뿐 아니라 두 손도 주먹을 꽉 쥐고 있었다.

그녀는 열심히 정왕의 마음을 읽으려 해 보았다. 그러나 정왕 스스로 비연을 총애하지 않는다 말하더라도, 그녀 자신이 믿을 수 없을 듯했다.

비연과 군구신이 의뢰 내용을 공포할 수 있도록 한우아는 자연스럽게 자리를 피했다. 그녀는 희망을 버리지 않고 산 아래에서 기다릴 작정이었다.

아마도 내적이겠지

의뢰 내용을 공포하기 위해서는 의뢰첩을 적어야 했다. 군구신은 약에 관해서는 잘 알지 못해 비연에게 대신 쓰도록 했다.

비연은 일단 오 공공의 그 약 가루를 의뢰했다.

그녀는 신농곡의 고수라면 분명 약 가루를 분해할 수 있을 거라 생각했다.

그러나 꼭 고수가 의뢰를 받으러 온다고 완전히 보증할 수는 없어, 약왕정을 사용해 그 약 가루를 하나하나 분류해 약사가 감별하기 쉽도록 해 두었다.

그리고 자신이 제공한 약 가루와 산지, 연령, 품질 등이 반드시 일치하는 약재를 찾아와야 한다고 의뢰첩에 명확하게 적어 놓았다.

그녀가 잠시 생각하다가 나지막하게 물었다.

"전하, 시간을 반나절이라고 적으면 어떨까요?"

약왕정은 이 약 가루의 약재들이 모두 신농곡에서 나왔다고 검증해 냈다. 반나절이면 약사가 약을 모아 제조하고 배합하기에 충분한 시간이었다.

게다가 그들의 이번 행동은 그저 약사들의 반응을 보기 위한 것에 지나지 않았다.

비연의 뜻을 알고 있던 군구신이 고개를 끄덕이며 직접 현상가를 적었다.

3만 금.

비록 약 가루 안에 육단상륙도 섞여 있지만 비연은 의뢰금이
비싸다고 생각했다. 그러나 높은 가격을 적어야 약사들을 끌어
들일 수 있을 것이다! 의뢰를 내건다 해도 약사가 바로 올 거라
는 보장은 없으니까.

첫 번째 의뢰첩을 작성한 후 비연이 계속하여 두 번째 의뢰
첩을 적었다. 바로 가장 관심을 갖고 있는 육단상륙이었다. 그
녀는 세 뿌리 육단상륙 중 완벽하고 손상이 없는 한 뿌리를 견
본으로 곁들이고, 이것과 연령과 산지가 일치하는 걸 가져올
것을 요구했다.

비연이 머뭇거리며 물었다.

"전하, 시간은…… 어떻게 정할까요?"

군구신은 그녀의 마음속 계산을 아는지 모르는지 그저 이렇
게만 대답했다.

"네가 정하면 된다."

비연은 크게 기뻐하며 즉시 '1년'이라고 적었다. 신농곡의 약
사가 이 육단상륙이 누구의 손에서 나온 건지 안다면 1년도 필
요 없을 터였다. 그러나 어디에서 나온 건지 모른다면 찾기가
쉽지 않을 테니 시간을 넉넉하게 주어야 했다. 그래야 그녀가
얻을 수 있는 정보도 많아질 테니까.

군구신이 흘깃 본 후 반대하지 않았다. 그리고 의뢰금을 6만으로 적었다.

비연은 당연히 그가 큰 금액을 쓰기를 바라고 있었지만, 이 '6만'이라는 숫자를 보자 깜짝 놀라고 말았다.

너무 많은 금액 아닌가?

공적인 일을 기회로 사적인 이익을 취하려던 비연이었다. 속으로 조금 죄책감을 느꼈다.

약동이 의뢰첩 두 부를 가지고 들어갔다. 그러자 공 집사는 비연에게 한옆의 정자에서 차를 마시며 소식을 기다릴 것을 청했다.

군구신은 거의 말이 없는 성격이고, 비연 또한 자기 생각에 빠져 있었다. 공 집사가 계속 화제를 찾아보려 했지만 결국 아무도 상대하지 않으니 어색한 가운데 물러갔다.

비연은 날이 어두워지기 전에 의뢰가 받아들여질지 결정된다면 행운이라 생각했다. 그런데 의뢰첩을 가져간 후 한 시진쯤 지나, 의뢰장의 대집사가 직접 그들을 만나러 왔다. 그의 안색은 결코 좋지만은 않았다.

대집사가 진지하게 물었다.

"두 분, 무엇 때문에 이 두 의뢰를 내거셨는지 알려 주실 수 있겠는지요? 사람을 구하기 위해 필요하신 건지, 아니면……."

군구신과 비연은 그의 이런 태도를 보고 경계하기 시작했다. 군구신이 반문했다.

"의뢰장에는 그런 규칙이 없는 걸로 알고 있는데, 이유를 꼭 말해야 합니까? 대집사께서 이렇게 물어 오심은 어떤 뜻이신지?"

대집사가 당황하더니, 두 손을 모아 인사하고 말했다.

"두 분을 속이지 않겠습니다. 두 분께서 가져오신 육단상륙은 신농곡 장약루에 있던 물건으로, 외부에 판매한 적이 없습니다. 두 분께서는 어디서 이 물건을 얻으셨는지요?"

이 말을 듣자 비연과 군구신은 크게 놀랐다. 정확히 말하자면 놀라면서 기뻐하고 있었다. 신농곡이 늙은 여우와 동료만 아니라면 이 일은 처리하기 쉬워진다!

당연히, 군구신은 여전히 마음속으로 경계하고 있었다. 그가 대답했다.

"이 물건은 도적질한 것이 아닙니다. 본 공자는 당신들의 노집사인 우청주를 만나고 싶으니, 전달해 주시기를 바랍니다."

"노집사께서도 마침 공자님을 뵙고 싶어 하십니다. 따라오시지요."

대집사의 말에 비연은 의아했다.

노집사도 그들을 보고 싶어 하다니?

신농곡의 곡주는 얼굴을 보이지 않을 뿐 아니라, 곡과 관련한 일을 처리하는 일도 극히 적었다. 그런 까닭에 신농곡을 실제로 관리하는 이는 노집사 우청주였다.

군구신이 노집사를 만나려 한 것은, 늙은 여우가 신농곡의 내적이 아닌지 의심하기 때문이었다. 그는 이 일을 다른 이의 손을 거치게 하여 쓸데없이 귀찮은 일을 만들고 싶지 않았다.

노집사가 무엇 때문에 이 일을 이렇게 중시하는 걸까? 직접 그들을 만나려 할 정도로 말이다. 육단상륙은 비록 아주 희귀한 물건이지만 노집사가 그렇게까지 중시할 정도는 아니었다.

노집사가 이 몇 뿌리 육단상륙이 다른 육단상륙과 다르다는 사실을 아는 걸까? 혹은 이 육단상륙이 빙해의 남쪽에서 왔다는 사실을 아는 걸까? 그렇다면 빙해에 대해, 그리고 빙해의 남쪽에 대해 노집사는 얼마나 알고 있을까?

비연은 생각하면 생각할수록 흥분되어 저도 모르게 심장이 빠르게 뛰었다.

얼마 지나지 않아 대집사가 그들을 의뢰장 뒤의 누각으로 안내했다. 누각을 오르니 서재에 들어서게 되었다. 백발이 성성한 노인 한 명이 긴 탁자 옆에 서서, 진지한 얼굴로 탁자 위의 약재를 검증하고 있었다. 그것은 바로 비연이 그들에게 건넸던 약가루와 육단상륙이었다.

이 사람이 바로 신농곡 노집사 우청주였다.

그들이 들어오는 것을 보고 노집사가 약재를 내려놓고 다가왔다. 그는 머리가 온통 세어 있었지만 원기가 왕성하고, 얼굴에서도 빛이 나는 게 전혀 늙어 보이지 않았다. 그는 윗사람이라거나 늙었다는 이유로 거만하게 굴지 않고, 예의 바르게 군구신에게 두 손을 모아 인사했다.

군구신 역시 예의 바르게 인사를 되돌리며 말했다.

"후배는 천염의 황족 군구신입니다. 집사 대인을 뵙습니다."

군구신의 신분을 들은 노집사가 매우 놀란 듯 더욱 겸허해졌다.

"정왕 전하셨군요. 존명을 오래 들어 왔습니다! 어서 앉으시지요!"

진양성에 돌아온 지 3년밖에 안 된 정왕 전하의 명성이 이리 클 거라고는 생각지 못했다. 신농곡을 맡은 이조차 알 정도라니!

비연은 마음속으로 다시 한번 자부심을 느꼈다. 그녀는 조용히 군구신 뒤로 가 선 채 생각했다.

이렇게 품위 있는 노인이라면 분명 대화가 쉽겠지?

그녀는 일단 듣기만 하다가, 기회를 보아 몇 마디 끼어들며 그를 탐색해 보기로 했다.

노집사가 바로 상황을 설명했다. 군구신과 비연은 그제야 알게 되었는데, 그들이 쓴 의뢰가가 너무 높았던 것이다. 약사 모두가 의뢰를 맡으려 하였으나 결국은 그중 어떤 약사도 육단상륙의 산지를 감별해 내지 못했다.

의뢰장에서는 물건을 그에게 보내 감별해 줄 것을 부탁했다. 감별 후 다시 제비뽑기로 약사를 정해 찾게 할 생각이었다.

그는 한눈에 이 육단상륙은 신농곡의 것이고, 외부에 판매하지 않는 물건이라는 사실을 알아차렸다. 그 즉시 장약루로 가서 조사했고, 그곳에 있던 육단상륙이 정말 사라졌다는 사실을 알았다.

노집사가 물었다.

"정왕 전하, 분명 이 한 뿌리만 갖고 계신 건 아니겠지요?"

군구신은 노집사에게 존경의 뜻을 표하고 있었으나 완전히 의심을 내려놓은 건 아니었다. 그가 물었다.

"집사 대인의 말씀은, 무슨 의미신지?"

노집사는 숨기지 않고 답했다.

"약 가루 속에 있는 육단상륙 역시 우리 신농곡에서 밖에 내놓지 않던 물건입니다. 지금 저에게 주신 물건은 전혀 손상이 없으니, 한 뿌리만 갖고 계신 게 아니겠지요. 우리 장약루에서 잃은 것은 한 뿌리가 아니라 네 뿌리입니다!"

네 뿌리! 육단상륙 세 뿌리에 약 가루에 들어간 한 뿌리. 바로 흉수의 손에 들려 있던 것과 부합했다!

군구신은 고개를 끄덕이고, 그제야 그간의 사실을 털어놓았다.

노집사는 처음에는 놀라다가 점차 분노했다.

"어찌 그럴 수가! 감히 우리 신농곡의 약을 훔쳐 사람으로서 못 할 짓을 하고, 사람을 해하려 하다니. 약을 훔친 이자를 노부가 반드시 찾아내어, 엄히 벌하여 모든 이에게 본보기로 삼을 것입니다!"

군구신은 즉시 의심하는 바를 이야기했다.

"집사 대인, 신농곡의 방비에…… 이자가 내적이 아닐는지요?"

〈제왕연〉 3권에서 계속